千寻 与世界相遇

千寻
Neverend

选题策划	王小花
项目编辑	王小花
	胡须猫
版权编辑	张烨洲
装帧设计	木
内文排版	史 明
责任印制	盛 杰
营销编辑	王雪雪

青鳉啊，游向太平洋吧

〔日〕重松清 著

董纾含 译

晨光出版社

序
章

　　从座位上起身准备道别时，同事们鼓起了掌，并送上了鲜花。粉色和黄色的郁金香、香豌豆、满天星，还有橙色的大丁草。

　　虽然预想过可能会收到鲜花，但是花束的尺寸却比想象中大了不止一两圈。双手抱住花束之后，脸几乎都被遮住了。

　　"谢谢！"安藤美津子点着头，费劲地从花束的缝隙里望着同事们。鼓掌的声音更加热烈了。

　　应该不会紧张的吧，她曾以为。虽然或多或少会心有感慨，但也不至于情绪翻涌到说不出话的程度吧。她以为，在人前讲话、与人分别，这些她早就已经习惯了。

　　从二十二岁那年成为小学老师开始，到六十岁退休的这三十八年，她对升职做校长或副校长毫无兴趣，于是整个职业生涯都在教学一线度过。在这期间，她与数不尽的孩子相遇、别离。到了退休的年龄，她又延退了

1

一年——这一年与其说是为了教书，不如说更多是为了和年轻老师谈心。如果拿演唱会打比方，这一年就算是结束后的安可吧。而到了今天，最后的安可曲也结束了。

"安藤老师，您辛苦了。"

将花束递给她的女老师端端正正地对她敬了一礼。今年是这名年轻老师工作的第三个年头，已经经历了理想与现实的差距所带来的苦恼，她这一年成长了许多。

"哎呀，干吗这么拘谨啦？"美津子笑着揶揄道，"就像平时一样，我也更开心哪。如果可以的话，最好用大家偷偷称呼我的那个名字哦。"

"……可以吗？"

"当然可以，我很乐意的。"

她微笑着点头，面前的女老师听罢，有些拘谨却又十分高兴地说："馅蜜[1]老师，这么多年谢谢您的照顾！"

安藤美津子。馅蜜。这是她初为人师时，孩子们给她起的绰号。听到这个名字，她感觉胸腔里猛地沸腾起来，眼中瞬间盈满了泪水。

将花束拿回家之后，她将花儿插进花瓶中，供在了

---

[1] 馅蜜（あんみつ）的日文发音与安藤美津子（あんどう みつこ）的发音类似，所以被当作了安藤老师的绰号。

佛龛前。此时正值春季彼岸[1]，佛龛前摆着菊花和百合。她想，丈夫一直喜欢热闹明亮的东西，所以他一定更加青睐华丽的郁金香和香豌豆吧。

馅蜜老师端坐在佛龛面前，对着她的丈夫——杉田宏史的遗像倾诉起来。

"多亏你保佑，我今天漂漂亮亮地正式退休喽。"

宏史的遗像用的是六十二岁那年去加拿大旅行时拍的照片；没想到只过了一年，丈夫就去世了。就在他背对着尼亚加拉大瀑布面露笑容时，胰脏已经悄悄地癌变，癌细胞也通过淋巴系统扩散到了全身。

她对自己竟然毫无察觉而感到悔恨、难过、抱歉。可同时，面对默默忍耐背部疼痛的丈夫，她又忍不住想训斥："就算再能忍痛，也得有个限度啊。"

不管怎么说，那个年长她六岁，同时也是她的老师前辈的宏史，在五年前——他六十三岁那年去世了。馅蜜老师今年十二月满六十二岁，还有不到三年，她就超过了丈夫去世时的年龄。

她有时候会忍不住冒出一个念头——"这么一来，你可就比我年轻了。"想到这里，她不由得心底一颤。

"谢谢你，这些年听我发了那么多的牢骚……本来该

---

[1] 彼岸是日本的传统节日，分为春季彼岸和秋季彼岸，分别指春分日和秋分日的前后三天，为期一周。彼岸期间要祭拜逝者。

趁你还在世的时候说这些感谢的话，不过，人生大概就是如此吧。"

她一边教书，一边拉扯大了儿子和女儿；又是工作又是育儿和家务事，艰难程度可想而知。不说这些，单是想在工作中继续使用自己的旧姓"安藤"，于公于私都有很多阻碍。但是，不论是公开还是私底下，宏史都全力支持着自己。她真的很感激自己的丈夫。

是宏史主动提出："难得被大家称为馅蜜老师，你就保留旧姓嘛，昵称可是老师的勋章呢！"他说这话的时候还有点不好意思。宏史为人宽厚，虽然去世的时候已经退休三年了，但参加葬礼的学生和同事的人数却远远超过了预期，让殡葬公司的负责人手忙脚乱。但这其实是馅蜜老师的，虽微不足道，却又确凿无疑的自豪。

颇具纪念意义的退休日晚餐，和平时一样也是三菜一汤。盐烧鲅鱼、裙带菜煮竹笋、蔬菜浇头的炸豆腐，还有蔬菜味噌汤；至于主食嘛，毕竟是值得纪念的一天，所以做了赤饭[1]。

这并不算是一桌盛宴，对六十一岁的她来说，菜品多少有点老年人风格。不过，这也是她一直以来的习惯。

---

[1] 赤饭，即红小豆糯米饭，是喜庆日子会吃的食物。

大多数情况下，小学老师的午饭都和孩子们的午饭一样。虽然最近学校选用了不少偏日式口味的菜肴，但总体还是要配合小孩子的口味。那么至少晚餐的时候就吃上一口自己爱吃的菜吧。

晚餐后的小酌时间，她打开了一瓶纯米大吟酿，这是附近那家对日本酒颇有见地的酒屋老板推荐的。她斟好酒，对着佛龛里丈夫的遗像干了一杯，随后就一边看着电视台播放的旅行节目，一边小口啜饮着斟进小玻璃杯中的酒。不知不觉间，四合[1]的瓶子就空了一半。打住！不能再喝了！趁着还没喝醉，赶紧去洗个澡。没错，对独居老人来说，喝醉了倒在浴室里是最可怕的，她如此告诫自己。

正在此时，电脑传来请求网络通话的声音。是女儿麻美打来的。东京时间晚上九点，麻美所住的加拿大多伦多是早上八点。麻美顺着妈妈这边的时间，招呼了一声"晚上好"；馅蜜老师则照顾着女儿的时差，说："早上好哇，这么早起给我打电话，谢谢啦。"

"妈妈今天退休，对吧？"

"没错，明天开始就退休在家啦。"

"学校给你开送别会了吧？"

---

[1] 合（gě）是一种古计量单位，一升为十合。

"是提了要开的，但是我说算啦。就在家吃了晚饭，这会儿差不多该去泡澡了。"

"干吗搞得这么寂寞啦，和同事们一块喝一杯多好哇。"

馅蜜老师哈哈笑着回答："要配合年轻人的节奏很累的，一个人慢悠悠地晚酌才最舒服嘛。"

麻美今年三十三岁，单身，眼下应该也没有什么心思结婚。女儿能打电话过来，馅蜜老师还是很高兴的。教书生涯的最后一天，她的确希望能有人陪她聊聊。

"不过嘛，妈妈真的是辛苦了。"麻美语气郑重地说。

"嗯。谢谢。"

如此回复女儿的馅蜜老师，表情也变得平缓了下来。

"那接下来妈妈有什么计划？"

"先给家里做个大扫除，再好好放松下来过日子吧。"

"妈妈不是很不擅长做扫除吗？哦，与其说不擅长，不如说妈妈就是不太较真的性格吧。比如那种不是特别注意就看不到的污渍，妈妈可能一开始就没看在眼里。"

"哎呀，你好烦！"馅蜜老师笑了。不过，女儿说得没错，她脸上的笑纹也因此更深了些。

"不过，你真的应该好好放松下来啦。在职这些年，妈妈一直都特别忙碌哇。"

"好呀，谢谢关心啦。"她回应道。

"哥哥那边来过电话了吗？"

"他昨天打来过。跟我说了声'辛苦了'。然后还提到了宝宝的事。他说今天会很忙，所以提前一天打电话来问候。"

儿子健夫下个月就满三十六岁了。馅蜜老师期待已久的宝宝，顺利的话会在今年九月出生。严格说来，这是她的第一个孙辈。

"小薰一切都好吗？"

"嗯。说是今天傍晚还要去医院做 B 超。也差不多能知道宝宝性别了。"

或许是察觉到了妈妈语气中的兴奋，麻美也配合着先回应了一句"真期待呀！"但随即又说："妈妈，翔也那边，也要多多关照他的情绪才好。"

"……这我当然知道啦。"

其实，馅蜜老师已经有一个孙子了。不过，她和这个孙子并没有血缘关系。

翔也是健夫的妻子小薰和前夫所生的儿子。

麻美的工作是帮想要在加拿大创业的人，或是从日本去加拿大留学的人进行规划。她在多伦多开了一家工作室，如今已经是第六个年头了。

说实话，关于这门生意有多高的需求量，馅蜜老师其实并不清楚。就算她听说最近韩国和中国的客户要比日本客户更优质一些，也只会发出"这样啊"的感慨，却不明白其中的缘故。比起这个，馅蜜老师更在意的是麻美竟然始终没有结婚的意愿。不过，她自己的人生当然是她自己做主，人一辈子也不只是为了结婚嘛——馅蜜老师时常这样提醒自己。但即便如此，她依然无法释怀。

对健夫也是一样。

她希望健夫能成为一名老师。已去世的宏史也这么想。健夫还怀在馅蜜老师肚子里的时候，他们就想好了。

所以，当知道健夫去读了一所理科大学，而且一门老师必修的课程都没选的时候，馅蜜老师灰心极了。而且他毕业之后竟然去了一家家电制造公司，"那孩子的性格明明更适合做老师呀！"馅蜜老师每每想起这件事都耿耿于怀地念叨，搞得宏史也很无奈。

当然，健夫的人生属于他自己。馅蜜老师并不是那种硬将自己的想法和价值观强塞给孩子的强势家长。可是，关于结婚这件事……

"还有啊，妈妈。"麻美用一副谆谆教导的口吻说，"虽然小薰怀了宝宝是件高兴事。可是和我哥有血缘关系的宝宝出生，就意味着翔也可能会失去在家中的容身之地呀。所以翔也的事，一定要认真对待才行。"

"……这我当然知道啦！"

馅蜜老师有点恼火地回答。其实，她虽然知道，但也真的仅限于"知道"，只明白问题的严重性，但是并不清楚该怎么做。关于这件事，她内心一直非常困惑。

　　倒不是因为小薰曾经离过一次婚。不过，当健夫第一次把小薰介绍给自己，馅蜜老师看到她身边还站着六岁的翔也时，一瞬间也觉得不能接受。怎么回事啊？我的儿子为什么要当别家孩子的爸爸呀？这种困惑在健夫和小薰结婚三年后的今天，仍旧没有消散。

　　和麻美通过电话后，馅蜜老师洗了澡换上了睡衣，再度坐在笔记本电脑前。她打开了文档，将前一天写到很晚的信件重新读了一遍。

　　青鳉们，大家好：

　　馅蜜老师想了很多天，才写下这第一句话。她为称呼苦恼了很久，最终还是选择把最先浮现在脑海中的称呼写下来。选择这句话的自己是诚恳的，她很珍惜这份诚恳。

　　　突然被称呼为"青鳉"，或许有人会生气吧。
　　真是抱歉。但是，对老师来说，我教过的所有孩子都是"青鳉"。认真听过老师讲话的孩子，一定能领会我的心意。"哦！当年馅蜜老师确实会喊我们'青鳉'来着。"可能会这样想吧。

大学毕业，通过了老师资格考试，馅蜜老师第一次站上讲台是在1973年，也就是昭和四十八年。

自己曾是个很没用的老师，不成熟、想太少，总是瞎忙活。不过，回过头再看自己当年的样子，她还是想拍拍年轻的自己，说一声"你真的很努力了"。

成为老师的第一年，馅蜜老师负责的是五年级的学生。现在想想，让一个新人老师直接带五年级，这决定有点鲁莽。孩子们有的比较早熟老成，有的还是小孩子心性；在学习和运动方面，他们的差距也越来越明显，人际关系也变得复杂起来；就连欺负同学的情况也开始发生变化，不再是小孩子之间无心无意的"玩笑"了。

她当时只能用自己的方式去努力教育这群五年级的孩子。在老老师的眼中，她一定显得很靠不住。当时有个前辈对她说："馅蜜老师的班级呀，就和那首叫《青鳉的学校》的儿歌里唱得一模一样——'分不清谁是学生，谁是老师'[1]，是吧？"

---

[1]《青鳉的学校》是一首日本童谣。歌词中有一小节为："青鳉学校里的青鳉们，分不清谁是学生，谁是老师。大家都在一起，活泼地玩耍。"

当时听到这句话，她很窝火，打心底里感到不服气。于是，反驳那位老师道："青鳉有什么不好？！"

"我们班的孩子都是青鳉，但是他们也能和鲸鱼一样堂堂正正地遨游在太平洋里！"

没想到，她竟然和这个被自己怒呛的老师结婚了。这恐怕就是人生的奇妙之处吧。

馅蜜老师继续读下去：

老师在今年三月就退休了，从此以后，再也不能在校园里教书育人了。其实，有很多学校曾发来邀请，希望我能接受返聘，还有一些在地方上十分活跃的自由学校[1]也和我谈过。但是我全都拒绝了，我现在已经彻彻底底地退休了。

为什么我要选择彻底退休呢？因为我想去见见你们，见见青鳉们。

我总是对大家说"要成为能够在太平洋遨游的青鳉"，大家还都记得吗？做一条小小的青鳉没什么不好。但是，就算是青鳉这样的小鱼，我也希望你能生活在太平洋中……我就是带着

---

[1] 课程设置、教授方法等具有高度灵活性，学生可自由进行选择的学校形态。

这样的愿望敦促大家的。

可是，我这句话究竟说得对不对呢？

我想见见大家。我想听听已经成年的大家现在的想法与心情。

这封信，我会发给所有我带到了六年级、参加过毕业典礼的学生。

我已经做了将近四十年的老师，带了八个六年级的班。八个，我也不知道是多是少。我数了数这八个班的人数，总共二百七十七人。

这封信，我发送给了全部二百七十七人。因为是按照小学毕业花名册上记录的住址寄出的信件，所以我也不知道究竟能有多少人收到这封信，也不知道能有多少人回复我的信件，并将自己现在的生活分享给我……我努力提醒自己，千万不要过分期待。

不过，我咬了咬牙，还是寄出去了。这样做或许会让你们感到困扰吧？我在此道歉。

但我真的很想知道：大家现在都在哪儿呢？是在小溪之中，还是远征出海、在太平洋里遨游呢？是依然在做青鳉？还是已经成了巨鲸？

大家现在，都幸福吗？

馅蜜老师重读了一遍这封信，胸口自然地感到一紧。

应该不会收到回信吧，馅蜜老师想。就算知道大抵如此，可一想到这儿，她心里还是涌起一阵难以言喻的失落。

她将这封信读了无数遍，最终打印了出来。她决定不再去想了。反反复复地推敲永远没有尽头，而且很有可能放弃，最终干脆不寄了。

她打印了二百七十七份内容相同的信，又将收信地址也打印了出来。

眼下已过晚上十一点，平时这个时间她已经钻进被窝，但是今晚出乎意料的清醒。等反应过来的时候，四合的酒瓶子已经空了。虽然自己的酒量的确比较大，但没想到一瓶酒下肚，竟然还如此云淡风轻。

既不想睡，也没喝醉。

二百七十七封信打印完，在信封上贴好地址，这期间她连个哈欠都没打。

很快就过零点了。

呼。她叹了口气，认了命。

其实，她心里一直隐隐期待着健夫能打个电话过来。虽然昨天已经打过电话了，但是她总期待着儿子能再打个电话慰劳一下自己，或者说，他应该这样做才对。毕竟是退休纪念日，就算说上一句话也行啊。

可是，都到这时候了，估计没戏了。就算健夫打电话过来，想必自己接起来的第一句也会是斥责："也不看看现在几点了？"

算了。就算打电话过来，也没什么好说的。想到这里，馅蜜老师开始把打印好的信纸折起来，塞进一个个信封里。

和健夫之间的不融洽，是从他结婚前开始的，到如今已有四年了。要说她对小薰离过婚还带着个孩子的事情毫不介怀，那肯定是骗人的。

宏史并不知道小薰和翔也的事。就连馅蜜老师和麻美，也是在宏史初盆[1]的时候才第一次见到小薰和翔也。是健夫说"小薰也想给爸上个香"，于是把他们母子领来的。

要是健夫在宏史还活着的时候，就把小薰和翔也介绍给他的话——

"他们肯定要打起来的。爸爸根本不可能接受哥哥带回家的妻子是离过婚的。"麻美断言，"爸爸这个人，在学校是个开放大度的老师，但是在家就是个价值观超级保守、目光短浅还很霸道的家长。"

麻美去加拿大的时候遭到了宏史的强烈反对，还是

---

[1] 已故之人的第一个盂兰盆会。

馅蜜老师和健夫都站在麻美这边，对宏史又哄又劝，才勉强说服了他。

"其实做老师的还真是这样呢。妈妈的同事里也有好多人是这种类型啦。"面对话里话外护着自己老公的馅蜜老师，麻美道，"唉，不过让爸爸去做那个顽固又招人恨的角色，对妈妈来讲比较轻松吧。"

听麻美这样讲，馅蜜老师顿时说不出话了。

就和麻美去加拿大的那件事一样，倘若宏史反对健夫和小薰结婚，那馅蜜老师绝对会站在这两个人的一边，替他们求情的。不管要费多大的力气去说服宏史，但只要自己的立场够清楚，她都能努力去做。

但是，倘若失去了那个"招人恨的老顽固角色"，她就只能卡在一个既不赞成也不反对的夹缝里。单靠"这是健夫自己的人生""那孩子毕竟也长大成人了"一类的话术，根本无法阻止自己和儿子一家渐行渐远。

真希望丈夫能再多活几年哪。自己刚才还对着他的佛龛发了大半天的牢骚。

把信塞进信封的工作进行到一半，馅蜜老师总算打起了哈欠。已经夜里十二点半了，差不多该睡了吧。馅蜜老师坐在原地伸了个懒腰，电话铃声突然响起，是自家的固定电话——她惊讶地看了一眼显示屏，那是一串陌生的电话号码。

拿起听筒，对面自称是警察，现在正在急救医院。

"您儿子和夫人遇到了交通事故。"

警察毫无感情地说。

第
一
章

1

饯别时同事送给馅蜜老师的花，还一次水都没换过，就直接枯萎在了佛龛的花瓶中。

整整一周家里都没有人，馅蜜老师虽然回过几趟家，但只是为了拿些换洗衣物和必需品，然后就一秒不歇地离开了，完全没时间打理房间。

报纸和信件都请隔壁的小池家代收了，但她究竟是怎么和人家说的？自己不在家时，家里的事请小池太太代劳到了什么程度？小池太太当时是什么反应？说起来，自己是和小池太太讲的，还是和他们家那个已经步入社会的女儿讲的，这些细节她统统记不清了。

整整一周都是如此。自己究竟在做什么、怎么做的，她都想不起来了。不论是进出家门还是在外奔走，她都慌张又忙乱。可是回头看，她其实也没有忙什么事，更多时间只是在独自一人坐着发呆。

浴室那边传来轻轻的一声洗澡水准备完毕的铃声。麻美对她说:"快去洗个澡吧。"

麻美刚才钻进厨房收拾起了已经腐坏的垃圾。锅里还扔着一周前那顿晚饭煮的竹笋,竹笋已经长霉腐坏,发出一阵阵臭味。馅蜜老师早把这锅菜忘记了。

那一晚,她根本没有余力去思考垃圾和剩菜的事。接到警察的电话,她急忙打了出租车,花了好几个小时才到那里的急救医院。然后,一转眼就到了今天。

好久没有在家里的浴缸里泡澡了。整整一周,她都窝在狭窄的商务酒店里,只能冲淋浴。伸腿踏入浴缸,全身浸入水中后,她感觉自己彻底放松了,疲劳感逐渐渗出来。她轻叹了口气,轻声念着:"小健……"

她像儿子小时候那样喊着他的名字。

"你在骗我吧,怎么会走了呢,怎么会呢……"

她以为眼泪已经流干,可是泪水却又不自觉地流了出来。

事故发生在小薰从医院做完产检后回家的路上。知道肚子里的宝宝发育得一切正常,小薰和健夫二人都很开心,就在这时发生了悲剧。

"只能告诉自己,幸好这起事故没有把无辜的路人也卷进去。"

其实馅蜜老师这样说并不是在逞强,但是麻美却露出一个安慰的笑："好啦，妈妈，别这样啦。快去吃点甜的，喝点热乎的，然后就睡觉吧。"

被炉的桌面上摆满了麻美买来的各色甜食。日式的金锣点心、樱饼、甜纳豆，西式的年轮蛋糕、黑松露巧克力，还有中式的月饼和芝麻团子……

"虽然这么说对小薰不太公平，但她和纯粹的路人毕竟不同，所以这就至少算得上不幸之中唯一的一点万幸吧……"

"别这样说啦，妈妈，什么都不要再说啦。"

其实馅蜜老师心里都很清楚，可是，她必须得说些什么。倘若沉默不语，巨大的悲伤会将她压垮。

"小健也是多此一举嘛，让小薰自己坐公交车去产检不就好了，他还非要从公司早退，陪她一起去医院，结果遇到这种事，真的是……如果小薰告诉他，自己一个人去产检不就好了。其实只是做个常规产检而已，有什么必要非让丈夫陪着呢，所以说呀……"

"妈妈，别说了，真的……别说了。"

麻美给馅蜜老师的杯子里添满了花草茶。她说："感觉难受了，就好好泡个澡，吃点甜的，再喝杯花草茶，就好了。"

为了让馅蜜老师舒服一些，麻美特意从加拿大带回来一些能让情绪平稳的花草茶。

麻美工作很顺利，同时也十分忙碌。听闻哥哥去世，她也没法立即赶回国。在日本这三天，她还要忙着和加拿大那边沟通工作，甚至都没有时间为失去哥哥而伤心。明天一早她就又要飞回加拿大了。

馅蜜老师其实希望女儿能再多留下来几天。可是她告诉自己，不能说出来。

健夫和小薰就住在关东近郊的某个小城，那儿有一家家电制造工厂。他原本是在东京的总公司工作，借着结婚这个理由，申请调到了地方工厂的管理部门，他说希望能更进一步了解现场的工作。听了这话，馅蜜老师还蛮感动的，不过她又担心这样会影响健夫未来的升迁。结果麻美直接来了一句："我哥就是想和你拉开点距离生活吧。"

这是馅蜜老师第一次去健夫居住的那个城市。接下来可能要再去几趟，收拾好遗物，腾退好员工宿舍，然后就再也不会去了吧。

明明快到四月了，这城市仍然北风阵阵，十分寒冷。泡沫经济时期这里还很热闹，但是这十年间，工厂不断缩小生产规模，整座城市都破败了许多。车站前的商店全都大门紧锁，商务酒店的洗手池散发出一股霉味。或许是因为严重的高龄化趋势，唯独为健夫和小薰举办葬礼的殡仪馆是崭新的，让人唏嘘。

除此之外，有产科门诊的医院竟然要开车一个多小时才能到，这令馅蜜老师感到又悔恨又生气，实在无法释怀。早先时候她就从新闻上听说过，地方上的产科医生骤减，可她没想到自己的儿子儿媳也会受此影响。

如果家附近有医院，就不用健夫开车接送了；如果不是所有孕妇都只能挤在一家医院看诊的话，就不必等那么久了；如果至少能减掉一半的车程，健夫就不会因为急着回去，选择需要翻越隘口的旧路了。旧路的转弯很多，太阳落山后有不少地方还会结冰，健夫就是因为车轮在结冰的地面上打滑失控，才发生了事故。

馅蜜老师啜饮着香甜的椴树花茶，叹了口气，闭上眼。还是不要再假设了。这一周，她已经假设得够多了，再往前想，就只有后悔。她后悔自己当初对儿子和小薰结婚这件事没有好脸色。

最最不能去想的，就是这个"如果"。因为这个"如果"和事故直接相关，所以一定要把它从脑海中驱逐出去。这一点，麻美也很严厉、很强势地要求她做到。

已经走上二楼的麻美又转回客厅里。

"已经睡着了。"她说，"不用喊他起来去个厕所吗？"

"没关系的。"馅蜜老师苦笑着，抓起一颗糖纳豆塞进嘴里。"我已经告诉过他厕所在哪儿了，而且从四月起他就念五年级了，要是管他太多，他会觉得烦的。"

"不愧是专业人士哦。"

"原专业人士啦。"

"不过……"麻美钻进被炉里，身子向前倾着，"就算是妈妈这样的专业人士，应该也没教过这种小孩吧？"

"我班上也有过领养家庭的孩子，还有住福利院的孩子呢。"

"怎么样啊？是不是很难带？"

"不会啦。不过，比起其他同学，这样的孩子是要多加注意和关心的，但是我没觉得他们有什么特别，也不觉得他们是很难带的孩子。"

麻美笑了："妈妈就是很能吃苦嘛。"

馅蜜老师顿时愣住，但她马上意识到，这是麻美在用自己的方式夸奖她，于是忍不住有些羞赧地笑起来。

"不过，"麻美再次压低声音，"这一次可不是以学校老师的身份，而是以领养家长的身份去养育他了。"

老师收起笑容，点了点头。麻美说得没错。

楼上，健夫曾住过的旧屋里，正睡着健夫和小薰——准确地说，是小薰和她前夫的儿子翔也。因为这场突发事故，翔也失去了妈妈和继父，只能来投奔和自己毫无血缘关系的"奶奶"。

"那孩子看上去蛮聪明的，说不定很快就能和奶奶熟悉起来了。"

"不过……要真是这样的话，反倒……"

"熟悉得太快，反而担心他？"

"倒不是担心……"馅蜜老师的语气有些微妙的低沉。一想到接下来的事，她就觉得胸口仿佛压着一块重重的石头；也正因如此，她至今都对失去健夫的悲伤没有什么实感。

健夫和小薰的葬礼来了不少工厂那边的同事，但是葬礼的气氛又冷清又可怜。

小薰那边除父母之外谁都没来。据说她前夫因为钱的问题，把所有亲戚都得罪了，小薰双亲为了还债，把住处和财产全都变卖了。这件事馅蜜老师倒是听健夫大致讲过，但她没想到竟然闹到连小薰的葬礼都拒绝出席的地步。

小薰的双亲在殡仪馆见到了女儿，她母亲立即哭倒在地，可是父亲却别过脸，从棺木前离开了。看到小薰留下的孩子翔也，他们既没有抱他，也没有和他讲话，甚至连一个笑脸都没有给他——是因为这孩子身上流着小薰前夫的血，所以才对他如此冷漠吗？

办葬礼的时候，翔也被安排坐在小薰的双亲旁边。

可是，烧完香后翔也并没有回到自己的座位上，而是想要坐在馅蜜老师和麻美中间。麻美无奈让出椅子，翔也便沉默着坐了下来。从那以后，翔也再也没回到过外公外婆身边。

"翔也从四月起就要在这边的学校念书了，转校手续是不是挺烦琐？"

"手续倒是很简单，但是不知道他愿不愿意好好念书啊。"

"没问题吧？毕竟换了环境，那孩子要是懂事的话，就会明白不该给奶奶添麻烦的。"

"所以说啊，要是因为这种原因……"

要是因为这种原因，那就太可怜了。馅蜜老师将后半句话咽了回去。

"算了，总之好好去做吧。"她苦笑道。这句话与其说是对麻美讲，不如说是对自己讲的。

葬礼上也来了一些翔也的同学和家长，看他们谈论翔也时的表情和语气，大家似乎并不仅仅是同情他，而是对他有很多的担心。

那孩子接下来要怎么办呢？未来能一切顺利吗？真的不要紧吗？会不会太艰难呢？

翔也的班主任告诉馅蜜老师：翔也今年三月就读完四年级了，可是第二和第三学期，他几乎都没去过学校。

这一晚，馅蜜老师做了个梦。那是昭和时代刚结束时的某一个周日。

梦里有还在读小学的健夫和麻美，以及头发还很浓密的宏史。地点是游乐园。全家人一起坐旋转茶杯，在溜冰圆舞曲的背景音乐中，悠闲地转着圈。

健夫似乎很喜欢旋转茶杯的平稳舒适，但是麻美很快就坐腻了，她站起来指着远处的云霄飞车嚷着要去玩那个，健夫微微撇着嘴劝道："小麻，茶杯在转着的时候不要站起来，很危险啦！万一摔出去怎么办……"

一直都是如此。健夫是个沉静温柔的孩子，说得不好听点，就是一个老实听话，又比较软弱内向的男孩。而麻美却对任何事都十分积极，开朗活泼，是个自由自在又争强好胜的女孩。

梦里的馅蜜老师一脸苦笑地望着排排坐好的兄妹俩。

个性和性格没有什么优劣之分，作为老师，她非常清楚这一点。但是作为妈妈，她内心却想：将来，应该是麻美会过得更顺利些吧。

就算是和周围屡屡产生冲突，麻美也能坚强地克服困难。眼下这个时代，正期望着富有行动力的女性。倘若世界没有变成这样，那么馅蜜老师——作为曾经在职场性别歧视问题上屡屡碰壁的一代人，是会感到不甘的。

可是健夫一定会受苦。他为人温柔，总想帮别人排忧解难，而且过于重视周围人的情绪，忽视自己的感受。可惜的是，虽心有不甘，但馅蜜老师也承认，等他长大成人，这些特性就很难再被称为长处和美德了。

馅蜜老师从梦里醒了过来。她仰躺在床上，叹了一口气。

小健呀。

她在心里对儿子说。

妈妈的担心，是不是成真了呢？

健夫和小薰结了婚，成了翔也的父亲，他一定很辛苦吧？在未满三十六岁的短暂人生里，他究竟活得幸福还是不幸呢？

她已经永远不会知道答案了。一片漆黑的卧室寂静极了，唯有窗外的雨声，不知何时悄然而至。

2

雨一直下到了早上。

馅蜜老师按掉了枕边的闹钟，动作显出疲态。一直以来，她都是早上六点钟起床。许久不在自家床上睡觉了，她觉得自己的身体疲劳又沉重。

馅蜜老师换好衣服走进客厅，睡在隔壁和室的麻美推开拉门，道了声早上好。她身上还穿着睡衣，也没有化妆，但看上去并不像是刚刚醒来。

"你很早就起了？"

"嗯，有些工作必须要处理。还有，哥哥的电脑……"说到这儿，麻美叹了口气，歪了歪头，"我还是不知道他的电脑密码是什么。"

"你也不必太勉强。"

"说什么呢？再怎么说，这件事也必须得勉强一下自己吧！"麻美露出一个有些惊愕的表情，继续道，"毕竟那是……"

说到这儿她突然卡住了，但很快又继续说了下去："毕竟那是哥哥的遗物啊。"

那电脑是健夫留在公司的笔记本电脑，的确是他的遗物。不过，这台电脑有开机密码，密码不对就无法解锁。从昨天开始，麻美试了健夫的生日、电话号码、住址编号等等，从英文到数字试了很多，但是都不对。

"妈妈，我把这台笔记本带回多伦多好不好？我有个朋友是这方面的内行。如果我输太多遍错误密码的话，搞不好里面的数据会自动清除……至少要把哥哥留存在这台电脑里面的那些念想告诉翔也啊，不然的话，哥哥怎么瞑目呀。"

"……那些念想？"

"是啊，比方说，在发出的邮件里，说不定写了关于小薰和翔也的内容。从网页的收藏记录里，说不定也能看到哥哥有多期待九月出生的宝宝呢。"

当然，也有可能会知道一些原本不想知道的事情。

即便如此，麻美仍旧坚持道："哥哥肯定也不想这样不明不白地就走了。他一定有很多遗憾，也一定有很多话还没有和翔也说。能尽量把这些话转达给翔也的人，如今也就只有我和妈妈了。"

麻美凝视着馅蜜老师的眼神原本强势得有些可怕，可当她又笑着强调"好吗？所以笔记本就先交给我吧？"的时候，她心里的某种支撑仿佛突然被撤掉一般，双眼顿时湿润了。

"谢谢。"馅蜜老师吸了吸鼻子回答道。

"哎呀，听到妈妈道谢，总感觉怪怪的，挺不习惯的呢。"

"是吗？"

"因为基本都是妈妈说教我嘛。"

为了掩饰害羞，麻美又噘着嘴补了一句："早饭想吃玉子烧，好久没吃了。"

听麻美这样讲，馅蜜老师又想到自己现在就只剩麻美这一个家人了。于是，她又忍不住吸起了鼻子。

其实，比起麻美，还是健夫更爱吃那种加足了糖的甜香玉子烧。意识到这一点时，老师的鼻尖已经彻底红透了。

已过早上七点，丝毫未见睡在二楼的翔也有起床的迹象。

馅蜜老师决定不去叫他。健夫和小薰遭遇不测至今过去了一周，这几天，每天看着那么多人进进出出，那么多事不断冒出来，就是成年人也会产生一种失去时间观念的感觉。说不定现在翔也甚至都还没有真切地感受到双亲已经去世的事实。

"从四月起开始念五年级的话，今年是多大啊？"麻美一边嚼着腌菜，一边问道。

"十岁。"馅蜜老师回她，然后啜饮了一口海带味噌汤。

"虽然只是走个形式，但那孩子才十岁就做了丧主，总觉得他挺厉害的。"

在葬礼上致辞的是健夫的上司。不过，出殡的时候需要翔也在双亲棺木上用石头敲钉子。看着怀抱双亲遗像的翔也，在场的人都忍不住落泪了。

"那孩子不是都没哭出来嘛。他不哭，反而让人感觉太坚强了，看着更难受。"麻美有些痛心地说，随后站起身去厨房盛味噌汤了。

"给翔也剩一些呀。"

"放心放心，我就再喝一口。毕竟回了多伦多可就喝不到什么像样的味噌汤了。"

麻美只在碗里盛了些汤汁，就那么直接站在锅前喝了起来。馅蜜老师轻轻瞪她："太没规矩啦！"又无奈地叹了口气。

桌对面的位置上放着用保鲜膜封好的饭菜，还有倒扣的茶碗、饭碗和方便筷。翔也一会儿起床就可以坐这儿吃早饭了。从今天起，这个位置就是翔也的了。

用方便筷并不合适，餐具也不该是给客人用的款，而应该为翔也准备他的专用碗筷才对。还有茶碗、玻璃杯或者咖啡杯。啊，对了！还得准备牙刷。今天早上就先凑合用旅行牙刷套装吧。这副套装本来是为突发灾害准备的。还是要尽早给翔也准备他的专用牙刷。

"妈妈，我可能在翔也睡觉的时候就走了，你就代我跟他问个好吧。"

"……好。"

"好啦，妈妈，别担心，会习惯的啦。"

和小学生相处，馅蜜老师的确很习惯。可是，迄今为止，她还从未遇到过一个年仅十岁就在这世上无依无靠的孩子。

八点多钟的时候，麻美走了。馅蜜老师原本要送她到外面，可是麻美说怕翔也醒了，把她劝住了。两个人就在玄关分别。

"哥哥七七[1]的时候我一定回来。万一有什么事,随时给我打电话发邮件哪。"麻美双手紧紧握住馅蜜老师的手,光是这样还嫌不够,她又抱了抱馅蜜老师,嘱咐她:"千万别太累哦。"

不知何时起,妈妈和女儿之间发生了角色逆转。一方面,馅蜜老师因为自己需要被孩子挂念而感到有些寂寞;另一方面,她又为孩子能独当一面而感到开心。在今天早上,开心或许稍稍胜过了寂寞吧。

玄关的大门合拢后,馅蜜老师仍旧站在门口。七点半的时候,二楼曾传来厕所冲水声,那之后便一直寂静无声。或许翔也用过厕所之后又回房间继续睡觉了吧。

麻美拖拽行李箱的声音一点点远去,终于彻底听不到了。为了将心里逐渐上涌的恐惧驱散,馅蜜老师出声地对着远去的麻美回答了一句"好嘞",她又盯着楼梯看了一会儿,然后告诉自己"还是让他再睡一会儿吧",随后回到了客厅。

到八点半再去叫醒他好了。想到这儿,馅蜜老师开始寻找消磨时间的事情做,她注意到了摆在房间角落里的纸袋子。

啊,对了!这件事还没做完呢。那是写给自己曾经

---

[1] 人死后的第四十九天,据说在此期间死者彷徨于今世和来世之间。

教过的二百七十七个孩子的信。装信封的工作只做到一半，就被警察那通电话打断了，一直搁置到现在。

"大家现在，都幸福吗？"

这句写在信末尾的话，馅蜜老师反反复复读了很多遍。虽然她并未当这一句话是社交辞令，但她承认，当时写下这句话的自己还很天真，很肤浅。如今早就和当初不同了。"幸福"这个词，变得很沉重，很沉重。

"老师已经失去了丈夫和儿子，女儿则住在加拿大。老师每一天都过得很寂寞。"

她本来想追加这样一句近况的，但是斟酌了一会儿，还是决定不加。作为妈妈，她勉强可以接受被女儿鼓励和安慰，可作为老师，她还是更担心学生们的情况。倘若真要再加些什么的话，也只能是加上一句"托大家的福，老师感到很幸福哦。"——但如今要写下这句话，也是对自己的一种折磨。想到这里，馅蜜老师有些凄凉地笑了。

本来要在八点半喊翔也起床的，但是馅蜜老师又改了主意。"算了，到九点再说吧。"到了九点，她又对自己说"那孩子应该是累坏了"，再次拖延下去。在此期间，馅蜜老师将所有信都放进了信封里，贴上了邮票。或许是这种纯粹的手工工作意外地能够让整个精神放空，当馅蜜老师将最后一枚邮票贴上信封的时候，她感觉身体一阵清爽。

趁着这种舒适的情绪尚未消散，她快速收拾好手头的事，奔向二楼。

"翔也，差不多该起床啦。"馅蜜老师站在楼梯中部的位置喊道。

"好。"

房里的人立即回应了她。令馅蜜老师没想到的是，翔也的声音听上去很清醒。

二楼一共有三个房间。健夫和麻美的两间卧室，以及一间基本沦为杂物间的书房。翔也住的是健夫的房间。他睡的那张床，健夫一直睡到了大学毕业。接下来是不是还要让翔也继续住在这间卧室，她还没有想清楚；但如果这间房成了翔也的卧室，健夫想必也会高兴的吧。可是，也正是因为自己的儿子是如此的温柔，所以馅蜜老师才有一种不希望任何人碰他房间的想法。

她敲了敲房门："翔也，我进来了哦。"

"好的。"

这孩子回应的口吻还是那么的清醒，完全没有刚起床的感觉。一推开门，馅蜜老师立即明白了其中原因。

翔也已经把睡衣换成了运动服，此时正坐在床的边缘。看样子虽然还未洗脸刷牙，但是早就已经清醒了。

"哎呀，你已经醒了呀。醒了就早点下楼来呀。"

"⋯⋯对不起。"

当然，馅蜜老师并没有生气的意思。于是她慌忙报以一个亲切的微笑："马上就能吃早饭了。"

"谢谢您。"

"别道谢了，这么客气干吗。说起来，你能吃纳豆吗？"

"没问题，我能吃。"

"起床之后做了什么呀？不会无聊吗？"

"我在看这个房间。还是第一次见爸爸的房间。"翔也说着，摆出环视房间的动作。

翔也的应答十分流畅，天衣无缝。虽然脸和体型的确符合四月开始读小学五年级的样子，但是他举手投足都显得十分成熟，像一个中学生了。

"这不比粗鲁的坏小孩强多了吗？如果他不是这种成熟的性格，妈妈肯定很头疼啊，到时候该变得很难相处了吧。"

麻美当时是这样评价翔也的，并且给他的性格打了合格分。但是馅蜜老师对这种性格的印象却和麻美完全相反。天衣无缝，反过来就意味着他自我防卫的外壳非常坚硬。用那种能够取悦大人的措辞方式讲话，也可以说是计算好了，没有给对方任何介入自己内心的机会。近四十年和小学生们相处的经验告诉她，这个孩子应该相当棘手。

馅蜜老师一边在厨房热着早饭，一边感受着背后客厅里的动静。

翔也端正地坐在椅子上，两手搭在膝盖上，挺直了腰板，正等待饭菜端上来。馅蜜老师告诉他可以打开电视看看，但是翔也丝毫没有要对遥控器伸手的意思。

这孩子一定会在动筷子之前合掌说一声"那么我就开始吃饭了"吧。馅蜜老师想。实际情况果然不出她所料，合掌加致礼，他一样没落。

"好吃吗？"馅蜜老师问。

"好吃。"翔也笑着点点头。

"要是你爱吃面包的话，明天咱们就吃面包？"馅蜜老师又问。

"米饭面包我都很爱吃。"翔也回答。

哎呀呀。馅蜜老师感到有些泄气，翔也却大口吃着老师拿手的玉子烧说道："这个真好吃，很甜，又咸咸的。"

怎么说呢……馅蜜老师心里想，虽然被他夸奖并没有什么不开心，但是她可能也没有开心到翔也期待的那个程度。

"你爸爸也爱吃。"

"欸？"

"你爸爸小的时候特别爱吃玉子烧。"

翔也一瞬间愣住了，随即露出一个吃惊的笑容。馅蜜老师发现他的笑容并不像个小孩子。于是她将视线错向一边，只说了一句："快吃吧。"

今天她准备下午出门。目前她住在健夫工作的城市，有很多手续还没办，很多招呼没打，比如翔也的转校手续。所以她这一晚只是暂回了一下东京而已。如果可以，她真的想在东京再多歇几天。

在此之前，要先把那些信塞进邮筒——她希望自己至少能做这么一件让人开心的事。

3

她们要先乘坐私铁和地铁到达东京的中心位置，再转乘其他私铁的特快列车，前往健夫居住的上毛市。

这是一条沿着关东平原北上的线路。车子从东京都中心的始发站行驶一小时之后，窗外风景中的乡土气息便逐渐浓厚起来。或许是因为雨一直下到了午后，河滩和田地上飘起了袅袅的白色雾霭，视野所及之处都笼罩在烟雾缭绕的氛围里。

翔也坐在两人座靠窗的位置，玩着便携游戏机。他根本不抬头看风景，一直专心致志地摇着操纵杆。

馅蜜老师从隔壁座位偷瞄了一眼他的样子，轻轻地叹了口气。

刚坐上电车的时候，翔也就问她可不可以玩游戏，当时要是委婉地拒绝他就好了。但是想到旅途那么长，他应该会很无聊，所以就同意了。在地铁的车内看不到室外的景色，所以他一直在玩游戏。反正坐上特快就能看到外面的景色了，到时候应该就不会玩游戏了吧，馅蜜老师这样想着。结果她失算了。

眼下也没法再说让他别玩游戏了，要是真这样讲了，翔也八成也会答应一声"好的"，然后乖乖听她话；或者是对她道声歉，然后把游戏机收回包里——这样会给她留下一种难以抹去的窘迫感，馅蜜老师真的很讨厌这种感觉。

下午三点，二人抵达上毛市。从站内走出来后，气温低得让人浑身颤抖。从覆盖着白雪的山顶吹下来的风冷得刺骨。到昨天为止，那种脚底冰冻般的寒冷，她已经深切地体会了整整一周。

她们向站前的计程车站走去。这趟先去翔也的小学。四年2班的班主任吉村老师正等着他们。

坐上计程车，告诉了司机他们要去的学校，随后翔也就默默地僵坐着不动了。

"你先和老师问个好，然后就可以自己去校园里玩了。"馅蜜老师告诉他。翔也本人不在场比较好,因为馅蜜老师必须得听吉村老师讲一下翔也从第二学期开始就不去上学的理由。

计程车司机告诉他们,雨是刚刚才停的,还是雨夹雪。今年的春天似乎来得很迟,什么温室效应都是骗人的吧。计程车司机无聊地笑笑。

吉村桂子老师还是个不到三十岁的年轻老师。不论是不上学的孩子,还是失去双亲的孩子,她都是第一次遇到。而同时占了这两点的小孩,对拥有近四十年老师生涯的馅蜜老师来说,也是头一回。

吉村老师在教职工办公室的接待区将转校的必需材料递给馅蜜老师,有些抱歉地说:"如果我是个更可靠,更容易让学生敞开心扉交谈的老师,说不定翔也就能每天都来学校上课了。"

馅蜜老师点点头,说了句:"是呀。"

她的性格就是如此,说不出"没有没有,不是您的问题"这样的客套话。

馅蜜老师提醒自己,不要用质问的口气询问瑟缩着肩膀的吉村老师。随后她问了几个问题,比如班上同学的人际关系,授课时班上的气氛和翔也本人的态度,翔也谈到家人时的态度,他朋友们的反应……

她放下了心。吉村老师虽然经验不足，却是个很认真、很努力的老师。她说"班上不存在霸凌情况"时的样子，并没有在撒谎或是掩饰。而且她对翔也的家庭情况也了解得很细致。

馅蜜老师的问题暂告一段落，吉村老师拿出了几张照片给她："请您把这些转交给翔也吧。"

那是几张打印出来的电子相片，画面中有翔也。有的照片中，他和朋友一起面对镜头在笑，有的他伸手比了"V"，地点都是在教室。不知道是不是这所学校的教室，也不知道其他孩子是不是和他同级。这些照片里面的孩子看上去有的比翔也大，有的比他小，黑板上的字也不只有日文一种。

"且到去年夏天，我们学校一直都在空教室开设日语班。"

"这些孩子……是日裔巴西人？"

"是啊，还有几个秘鲁人。"

馅蜜老师点了点头，望向窗外。翔也待在校园的一角，此时正在一半埋进土里的旧轮胎上跳着玩。

"比起四年2班的同学，翔也和日语班的朋友们玩得更多，也更开心。"

说到这儿，吉村老师一脸怀念地看着放在桌上的一张照片。照片里，翔也和朋友彼此搭着肩，二人背后的黑板上写着"adeus[1]"。

几年前，上毛市被称为"巴西小镇"，因为此地有数家大规模工厂，所以雇佣了非常多的日裔巴西人和秘鲁人。虽然他们和这里的日本人也会产生各种摩擦，但是对这座经济高度增长期结束后逐渐凋敝的城市来说，他们的到来切实为这里带来了生气。车站前开了不少巴西料理饭店，街道上到处都能看到葡萄牙语。二十一世纪最初那几年，这里日裔巴西人的居民数达到顶峰，当时电视还播放了夏季祭典上盂兰盆舞和桑巴舞同台竞演的盛况。

然而，2008 年经济危机到来，情况急转直下。作为外包人员的日裔巴西人纷纷遭受解约，不得不返回巴西，工厂也接二连三地搬走或缩小规模，整座城市再次开始凋敝。

听着吉村老师的讲解，馅蜜老师心里想到了健夫——健夫和小薰结婚并搬来上毛市，是在 2009 年。虽然他自己什么都没说，但是在工厂管理部门的工作中，想必也包含着裁员。对健夫这样性格温柔的人来说，这种工作真的太难承受了。

日语班是为有志成为老师的人义务教授日语读写而

---

[1] 葡萄牙语，意为"再见"。

开办的，这样的班级在这次经济危机中也纷纷关闭了。

"关于开设日语班的事，本身反对的声音很多。很多本地人不能接受外人进入校内。"

"还有……"吉村老师继续道，"从我们这些老师的角度来说，日语班是一个日本孩子和日裔巴西孩子的交流机会。但是，随着失业的巴西人数逐渐增多，从治安角度上，有不少大人向孩子们灌输了一些比较没有必要的认识……"

她的说法含糊不清，但馅蜜老师默默地点了点头。吉村老师没说完的话，她已经听懂了，她很清楚吉村老师想表达什么，也很清楚吉村老师的内心有多遗憾。

"但是，翔也是对那里最熟悉的孩子，几乎每天放学后，他都会去日语班玩，大家你追我赶地游戏，还会一起踢球……虽然语言完全不通。"

这个日语班也在去年九月停止教学了。仅仅一个暑假的时间，和翔也一起玩的孩子们就都离开了这个城市。

也就是在那个时候，翔也开始拒绝上学。

走出教职工办公室，天已经有些黑了。翔也勉强借着街上的路灯在旧轮胎那儿玩耍，一直到馅蜜老师快走到他跟前时，他才注意到她。不，从馅蜜老师喊了一声"久等了"之后，他扭过头的模样来看，他其实只是假装没注意到馅蜜老师罢了。

"已经结束啦，咱们回去吧。"

他丝毫没有不舍的情绪，立即从旧轮胎上爬了下来。

"吉村老师说，如果可以的话，你也去教职工办公室和其他老师道个别吧，好吗？"馅蜜老师试探着问道。

"不，我就不去了。"翔也摇摇头。

"不过……你还是要和吉村老师道别的吧，她会一直送咱们到校门口呢。"

"好。"

回答得依然天衣无缝、讨人喜欢。这孩子笑着的时候眼尾会下弯，虽然不可能，但是馅蜜老师却觉得他有点像健夫小时候的样子。

可是，那张照片里和朋友搭着肩露出的笑容，却比现在要活泼、天真、无忧无虑。馅蜜老师更喜欢那样的笑脸。

她把从吉村老师那儿拿到的相片交给了翔也。

"听说日语班的朋友们都不在这儿了呢。"她说着，观察着翔也的反应。

翔也沉默了一会儿，然后回答："虽然挺寂寞的，但也没办法。现在经济不景气，工厂的工作一直在减少。本来他们就是跟着爸爸或者哥哥来日本赚钱的，所以大家都明白，早晚会搬走。"

"你知道得很清楚嘛，是在报纸上看的吗？"

"是爸爸告诉我的。"

"这样啊……"

"我不上学的这段时间，也都是爸爸下班回来教我读书的。"

那一天健夫也准备这样做吧？为了独自留在家里的翔也，他和小薰想尽量早点回家，所以才选择了抄近路，随后发生了事故。如果翔也能好好去上学，做一个放学之后和同学们玩到天黑再回家的孩子，如果能这样——虽然现在说这些已经太晚了——或许就能避免悲剧发生了。

那之后，翔也一直表现得滴水不漏。不管是和吉村老师在校门口道别时，还是在站前的家庭餐馆吃猪排咖喱饭和什锦沙拉的时候，或是回到商务酒店去洗澡的时候，甚至在询问"睡前我可以玩一会儿游戏吗？"的时候，还有馅蜜老师提醒他"差不多该睡了，我要关灯了哦"之后，他立即关掉了游戏机的时候……总而言之，一切的一切，都仿佛排练好的那样流畅、平淡、仪态端正、十分礼貌。

如果这是一场考试，那他所做的一切回答都可以打对勾。可是，"正确的回答"和"真实的回答"并不相同。

所以馅蜜老师虽然认可他的满分答卷，但也会在评分的最后，将一个小小的"×"标在答题纸上。

"翔也，睡了吗？"黑暗之中，馅蜜老师对着隔壁床问道。

过了片刻，"还醒着"的回答声响起。那声音之中微妙地带了一丝睡意——这回答的方式也可以拿一个满分。

"奶奶想跟你说几句话，你不用回答我，听着就可以。"

"好。"

"明天我们要去寺里，给爸爸妈妈的骨灰上香，然后，再去事故现场献花，是吧？"

翔也没有回答。但是他或许想告诉馅蜜老师自己没有睡着，于是窸窸窣窣地翻了个身。馅蜜老师的眼睛已经适应了房间里的黑暗，她能看到翔也背对着自己。

"到时候如果你想哭的话，就不要忍了。"

依然没有回答。他的沉默令馅蜜老师放下了心。唯独这一点，他无法让自己回答出"正确答案"。

"守夜和葬礼的时候来了好多人，又很忙碌，所以没法好好哭，是吧？明天就只有奶奶在，你就尽情地哭吧。"

她本希望翔也这时候也依然沉默，但是翔也却轻声地笑了笑，回答道："我也没有忍。只是在医院里哭得太多，感觉眼泪好像哭干了……"

"我懂的，的确，是会这样啊。"

"不过呢……"馅蜜老师补充道，"你不必有顾虑，想哭的话哭出来就好。"

真希望你能哭出来。这才是馅蜜老师的真心话。

而翔也并没有回答她。

4

第二天上午，馅蜜老师带着翔也一起去了山间的寺院。办葬礼时也是拜托了这家寺院，健夫和小薰的骨灰在这里暂留了两晚。

骨灰盒和白木制的牌位并排安置在正殿的祭坛上。正殿烧着火炉。今天一早就十分寒冷，天空虽然很蓝，寺院周围却飞着细小的雪片。

翔也对着父母的骨灰盒双手合十，低下了头，又献上香。他双膝并齐，板板正正跪坐的姿势，和守夜与出殡时一模一样，看上去那般坚毅、惹人怜惜。可是，那副礼仪端正的模样，馅蜜老师无论如何都无法坦率接受——最终，翔也依然没有哭。

骨灰会拿回东京的家供养起来，四十九日的法会结束后，再挪入杉田家的墓地。一直到烧香时，馅蜜老师都是这样在心里安排的。但是看到翔也的模样，她突然改了主意。

"奶奶还有话和住持讲，翔也能在外面玩一会儿吗？"

"好。"翔也应了一声就跑出了正殿。虽然这样想太过自私，但此时馅蜜老师又十分感谢翔也的礼仪端正了。

"您有什么事吗？"住持有些惊讶地问道。于是馅蜜老师再次端正了坐姿，深深低头，请求住持同意将健夫和小薰的骨灰一直寄存到四十九日的法会为止。

住持虽一脸疑惑，但回答说："在骨灰堂暂放，当然没问题。"最近有不少家庭无法在家供养骨灰，所以越来越多的家庭从一开始就会选择将骨灰留在骨灰堂。

"但是，您孙子同意吗？"

"这也是为了孙子。我希望他能暂时离骨灰和遗影有一段距离。"

"您的意思是，不希望重提伤心事，对吗？"她从住持的语气里听出了反驳的情绪，"但说实话，我是觉得您这个做法……"

"正相反。"

馅蜜老师打断了住持的话："就是因为父母去世，所以我希望那个孩子能好好地感受悲伤的情绪。所以，我不想让他去'表演'悲伤。"

馅蜜老师坦然凝望着住持，在那双眼睛里，"奶奶"和"老师"的身份纠缠在了一起。

发生事故的那个盘山道现场，摆着花朵、罐装咖啡和小零食，还有装在礼盒里未拆封的小兔子玩偶。那应该是供给小薰的——或许，是供给小薰那尚未出生的宝宝的。

　　小兔子是粉色的。宝宝是个女孩子。在妇产科第一次得知孩子性别后，健夫和小薰在回家的车里都聊了些什么呢？最后的最后，那一瞬间——馅蜜老师希望他们正在幸福地微笑。她深信着，一定是这样的。

　　她祈祷着，他们两个人是在还不清楚发生了什么，甚至没有感到任何疼痛和难受的情况下，就离开了人世。可是，发生事故后，健夫用手机联系了警察。他在电话里用疼痛难忍的声音，一遍遍呻吟着："请叫救护车……请赶快来……请送我妻子去医院……"

　　其实健夫原想再另拨一通电话的。可是手机只拨到电话簿的界面，他便失去了力气。从掉落在脚边的手机页面上看，那是"紧急联系人"的号码列，里面有"自宅"和"老家"两个选项。如果是"自宅"，就是打给儿子；如果是"老家"，就是打给妈妈。健夫究竟想打给谁呢？她永远不可能知道了。"那还用说吗？"每想到这件事，馅蜜老师就对自己呵斥道。

　　关于电话的事，是健夫的上司告诉她的，不过她还没有告诉翔也。她选择告诉孩子的是："因为是一瞬间的事，所以爸爸妈妈丝毫没有感觉到痛苦，他们就像睡着了一样去天堂了。"

是不是早晚有一天，她必须把"你爸爸最后想要打电话给你"这件事转达给翔也呢？还是说，她最好不要去扰乱翔也的情绪，一直坚守这个秘密比较好？

馅蜜老师凝望着将花束摆在路边的翔也那弓起来的后背。还是不行啊，她耸了耸肩膀叹息。即便到了这儿，翔也依然没有哭，也没有显露出情绪的波动。

翔也呀，其实，就是因为你不哭，所以奶奶也没办法哭呢，真苦恼哇。

她很想对着翔也的后背这样讲，甚至想敲一敲他的后背，斥责他一句："你不许再这样了！"

从寺院和事故现场回来，上午安排的事就算都做完了。午饭也和前一晚一样，他们去了站前的家庭餐厅吃了意大利面。到了下午，馅蜜老师便领着翔也去了健夫公司，问候健夫的上司及同事。

公司的职工公寓可以一直保留到夏天。"您就不用在意我们这边的安排了，慢慢收拾就好。"厂长这样说道，"我们下个月起就要准备搬走了。"

工厂已经正式决定撤走了。公司并没找接替健夫职位的人，所以也就没必要急着收回职工公寓。

从四月份起，公司将分批次削减管理部门的人员。员工有退回总公司、调职到其他工厂、自愿退职等选项，工厂的总员工数会降低到现在的半数以下。

　　"杉田最晚在今年秋天也会回到总公司。他本来的工作内容就是商品策划和营销，他的工作在总公司才能更好发展。"

　　还有半年了。倘若没有那起事故，健夫他们再过半年就能全家搬回东京了。就算不会直接回老家住，但到时候他们之间的距离缩小，只要想见就能见到，那该多幸福啊。

　　是不走运啊，是太不走运了。所以只能为"运"字再加上一个"命"字，这是命，这就是健夫的命运哪。

　　健夫的直属上司——工厂的课长开车送馅蜜老师他们回了职工公寓。馅蜜老师在公寓入口停下脚步，让翔也独自先回去。她让翔也自己分分类，选出想马上带到东京的东西和可以暂时留在公寓里的东西。

　　"要是奶奶在边上一直看着，你应该会不大自在吧？所以你就自己选出想带去东京的必需品吧，多选些东西也无所谓。"

　　她这话有一半是借口。其实，她是想让翔在没有外人的情况下，在充斥着家人身影的房间里多待一会儿。

　　而且，还有一点。馅蜜老师喊住了准备回车里的课长："我想和您回车里聊聊……可以吗？"

两个人并排坐上驾驶席和副驾席，馅蜜老师刚要开口，课长就抢先道："翔也是不是一直不去学校上课呀。守夜的那天我有稍微听到一些，还挺惊讶的。"

其实，馅蜜老师想问的也是这件事："家里的事，他是不是在公司很少提？"

"不会啊，会说的。比如去兜风啊，和翔也玩抛接球啊，下次带他去钓虹鳟鱼啊什么的，他都会提的。而且还整天给我们这些同事看他手机里的照片呢。"

课长稍作停顿后，又说："他的家庭关系，我们也都知道。"

他继续道："杉田他是个好爸爸呀，真的。"

"虽然可能没有说出口，但是表现出烦恼的情况呢？比如最近没什么精神一类的，有吗？"

馅蜜老师一边问着一边心里想，这样问人家，就好像健夫是自杀去世了一样。

课长也十分干脆地回答："没有，完全没有。自从太太怀了宝宝，杉田他就特别高兴，还跟我们说，今年秋天翔也就能有小弟弟或者小妹妹了。他说这话的时候开心极了，看上去非常期待。"

可与此同时，翔也却已经有半年都没去学校了。健夫这个做爸爸的想必也很担心吧。他肯定在努力想办法让翔也回学校上学，或者至少也在探寻儿子不去上学的原因。这方面的苦恼，他是不是一直都没有在同事面前显露出来呢？如果真是如此，那他的真心话和牢骚都发泄到了哪里呢？

"哦！说起来……"课长转头看向馅蜜老师，"杉田小时候是不是养过鱼？"

"那可能是很久很久以前了，大概养过半年左右的金鱼……"

当时健夫还在读小学。他从附近的夏季祭典上捞到一条小小的日本金鱼，用玻璃碗代替鱼缸养了一阵子，但是在过冬前金鱼就死了。

"金鱼吗？"课长微妙地露出一个疑惑的表情，又点了点头。"那……您家附近有小河或者水田吗？"

"您是想问什么呢？"

"他提到了青鳉。"

那是在发生那起事故之前几天的事。当时，大家为外包合同期满、准备离开工厂的年轻人们举办了一场小型欢送会。

"是不能再续约了的意思吗？"

听到馅蜜老师这样问，课长惆怅地点了点头："最近只要是出去一起吃饭，全都是为了送别。"

"看来效益确实不太乐观哪……"

小学老师并不会直接面对学生的就职问题。所以，就算馅蜜老师知道年轻一代正面临非正规雇佣和就业难的问题，并为此感到痛心，但这件事其实并没有非常直接地和她的生活产生关联。或许就是因为这样，所以才常有人说学校的老师不谙人事。

"还是杉田建议给外包的年轻人们开个送别会呢。他说不希望合同期一满，就把人家当成用完就丢的工具。应该把外包员工也当成人，当成是曾经并肩作战的伙伴，好好欢送他们才对。"

欢送会的主角，是在生产线上工作了半年的几个才刚满二十岁的年轻人。大家按老样子聚在工厂的食堂一隅，喝的是正式员工凑钱买的啤酒和便宜红酒；大家把酒倒在一次性纸杯里，吃着从便利店买来的现成菜品和点心。这场欢送会的气氛并不热烈，和往常一样，聊天的内容很快就见底了。而且这三个主角都是一脸沮丧的模样，问到之后想做些什么，也回答不出个所以然；问到关于这座工厂的一些回忆，回答得更是犹犹豫豫、不清不楚。当然，这种反应也和往常一样。

"所以，到最后大家都不知道怎么打发时间、消耗酒品了。大概不到一个小时，就到了差不多可以散伙的地步。"

送别会的最后，就是课长的致词——"我自己也承认哦，我只会讲些老生常谈的话。而且离职的那几个人也对我没报多大期望。"

课长致词结束，大家走了走形式，鼓了鼓掌，然后开始收拾准备撤了。

此时，健夫一边收拾着用过的纸杯，一边出其不意地和那三人搭上了话："我说，你们见过青鳉吗？"

那三个年轻人都呆呆的，含混地点了点头。

"那我就出题了！"

健夫露出一个恶作剧般的微笑。

"青鳉在河中时，究竟是向着哪个方向游动的呢？是向上游，还是向下游？"

三个年轻人一个人回答"上游"，一个人回答"下游"，最后一个人垂着脑袋摇了摇头，只说了句"不太清楚"。三人看上去似乎都没有认真考虑这个问题，但健夫仍旧面带微笑地继续说："答案是上游。你们想想看，那么一条小鱼如果面向着下游，是不是一瞬间就被冲跑了？"

即便知道了正确答案，三个年轻人仍旧是一脸无所谓的模样，点了点头。

健夫似乎并不介意他们的态度，他继续讲道："你们看看小河或者排水渠就知道了。青鳉这种鱼很难往前游太远的。它没法像鲑鱼那样力量强劲地在河中逆流而上，毕竟它们体型太小了。"

啊哈哈哈。说到这儿，健夫还笑了起来。他平时是个非常安静认真的人，难得看到他这么活跃，当时课长还默默地想："杉田是不是喝得有点醉啊？"但如今课长却觉得，健夫当时的反常情绪或许就是某种不祥的预兆。

"明白了吧？青鳉其实很可怜，对不对？"

逆流拼命游着，却很难向前；倘若放弃，选择委身河流，又会被冲跑。

"但是，我真的不希望大家说出'但它不是没有进步吗？'一类的话。因为它们都在拼命地活着，非常努力地活着。不输激流，用力脚踩大地……不过因为是鱼啦，没办法脚踩大地。总之，就是坚持！慢慢地，青鳉也能振作起来，到那时，就算面向下游，它们也不会被冲走，说不定还能通过自己的能力和意志，奔向大海呢！"

青鳉是淡水鱼中肾功能尤其发达的鱼类，如果有足够的时间，令身体去适应，它们就能在和海水的盐分相当的水中生存。也就是说，从理论上讲，青鳉是有可能在太平洋中遨游的。

健夫就这样言辞热烈地说着。

"所以呢！"他紧紧盯着三个年轻人，"就让我们，成为那总有一天能够在太平洋遨游的青鳉吧！"

他没有用"你们"，而是说的"我们"。那三个年轻人的反应仍旧迟钝，但健夫似乎已满足于将想要传达的事情讲出来了的感觉，于是挥了挥手："再见啦，以后好好加油哇！"

这件事，发生在他出车祸的前几天。

"当时在场的同事们，都被他吓了一跳。因为他这件事讲得很突然，而且说话方式也和平时不太一样，就仿佛换了个人……"

说到这儿，课长又加了一句："所以现在想想，这可能真的是什么不祥的预兆吧……"

当时那几个年轻人似乎并没把健夫的话听到心坎里，但健夫却出神地望着他们离去的背影。这时，课长搭腔说"你还挺熟悉青鳉的嘛"，健夫才猛地醒过神来，有些不好意思地笑了。但是他并没解释自己为什么那么熟悉青鳉，课长也没有追问下去，而是又补了一句："你刚才讲得很精彩。"听课长这么一说，健夫更加腼腆地垂下了头。之后，他便彻底回归到平时那个安静的性情之中。

"他遭遇事故之后，我还问了其他人。可他们谁都没听过杉田讲那个青鳉的故事，而且杉田也不是那种爱讲大道理的人。所以事到如今，我越来越在意这件事……我也想过，这是不是他偶尔在书里或是网上看到的故事呢？可是现学现卖的话……他这故事也讲得太有表现力了吧，真的……"

讲了半天的课长最终叹了口气问："您有没有听他讲过刚才的那个故事呢？"随即扭过头去看向馅蜜老师，可是紧接着，他便屏住了呼吸。

馅蜜老师正在无声地哭泣着。

她皱紧眉，凝望着前挡风玻璃之外的风景。嘴巴紧紧地抿着，双手紧紧揪住覆盖住双膝的衣裙。泪水一波又一波从眼眶涌出，划过双颊，从下巴滴落。她的双肩微微颤抖着，太阳穴也跳动着。她拼命忍住溢出喉间的呜咽声。

课长大吃一惊，急忙道歉："对不起，这个……又让您回忆起了伤心事，真的对不起，是我考虑不周。"

馅蜜老师仍旧直视着前方，摇了摇头。挂在两颊鼓起部分的泪水在抖动中又滴落了一颗。

"那个故事，是我讲给他的。"

"欸？"

"是那孩子小学毕业的时候……我，我也会给自己的学生们讲这个故事，在他们毕业的时候，讲给他们听……"

他还记得。已经过去二十多年，可他还记得，一直记到生命结束。

5

翔也早早整理完行李，坐在客厅的沙发上玩起了游戏机。

"这些就够了吗？没问题吗？"

听到馅蜜老师这样问，翔也十分干脆地回答了一声"是"，丝毫听不出他对双亲有什么思念之情，也听不到任何悲伤的情绪，以及要和自己的家说再见时的不舍。这令馅蜜老师感到既有些不可思议，又有些凄凉，而且——还产生了一丝厌恶。

要带去东京并且马上就会用到的行李有两个纸箱那么多，这些东西就请课长找物流公司帮忙寄出了。翔也用得比较习惯的书桌和床，馅蜜老师也想在之后送去东京，不过得提前先把家里拾掇一下，腾出一些空间。

"翔也就住你爸爸小时候住的那间屋子怎么样啊？不过桌子和床比较老旧了，你能稍微凑合用一阵子吗？"

没法令小朋友满意的感觉还挺糟糕的……馅蜜老师一边担心翔也的情绪一边问道。

而翔也听罢却十分客套地反问："我可以住吗？合适吗？"

"当然合适啦。"

"可是……爸爸的房间不是好不容易才维持着原样的吗？要是我住了，很多东西摆放的位置都会变……"

翔也很担心自己会破坏关于健夫的美好回忆。麻美其实也说过："就别让翔也住哥哥的房间了，让他住我那间吧。"

馅蜜老师明白他们的用意，也非常感谢这一番好意。可是……不，正因如此——

"当然不要紧了。那就是翔也自己的房间了，千万别客气。就按照翔也的意思去布置就好。书架上你爸爸的那些旧书我都会收拾好的，翔也可以在书架上摆自己的书哦。"

对了，还有——馅蜜老师又想起了一件事，她继续说道："虽然壁纸没法马上换新的，但是咱们先把窗帘换了吧？地板上面也可以铺垫子，就是那种小毯子一类的，是不是？下次奶奶带着你一起去选，好不好？"

其实连馅蜜老师自己也觉得，她根本不必做到这个地步。是因为自己在恼火吗？是因为自己在任性？可是究竟是在对什么恼火和任性呢？又是为什么会这样呢？她不清楚。她只是不希望自己永远蜷缩在儿子死去的回忆之中。绝不能这样，她告诉自己。这一点，她无比肯定。

那天的晚饭，他们选择了一家出租车司机推荐的本地料理。

因为是内陆城市，所以海产乏善可陈，不过由于这里盛产小麦，所以这里的人一直比较爱吃乌冬。乌冬炖杂蔬这道菜很有名，是用不加盐的手打粗乌冬，配上南瓜和鸡肉，再用味噌佐以高汤煨出的炖菜锅。因为会提前先将面煮熟，所以随着不断地烹煮，面的口感会愈发软糯，形成一种特殊的口味。吃起来和山梨县的馎饦[1]有些相似。

司机推荐的是一家建在古民宅之中的餐馆，民宅的屋顶还是传统的稻草堆砌式。这家店的乌冬炖杂蔬是放在铁锅里煮的，炕炉桌的正中间摆着便携瓦斯炉，点上火之后，要一边咕嘟咕嘟地煮着锅子一边吃。因为点的是加了小钵菜的套餐，所以足够他们两个人吃。不过，馅蜜老师还是给翔也多点了一份生菜沙拉，然后又为自己点了一份烫热的当地酒。

"奶奶呀，其实还挺喜欢喝酒的，是不是很意外？要是我喝醉了，翔也可得帮我回酒店哪。"馅蜜老师打趣地笑着说了这么一句。翔也露出有些为难的表情，但还是回以笑容。

馅蜜老师吃起了用小碟分盛的炖杂蔬，她问翔也："怎么样，好吃吗？"

"嗯。特别好吃。"

"把身体吃得暖起来最好。今晚很冷，最适合吃这种

---

[1]山梨县的风味食品，用水和面粉做成带状或丸子状的食品，用酱调味。

东西啦。"

"嗯……"

"需要奶奶帮你再盛一碗吗？还是自己来盛？"

"我自己来。"

"是哦，翔也是个很自立的孩子呢。盛饭很简单就能做到了哦。"

"我也不知道简不简单啦，但是我自己能做。"

啊，是吗。馅蜜老师啜饮了一口杯底的酒，又给自己添了些。她硬憋出一个笑容，来掩盖自己败兴的情绪。哎呀呀，她仰起头看看天花板上的横梁。这对话真是一点都热闹不起来。翔也绝不是那种没情商的孩子，吃饭看上去也是津津有味的，可是他那无懈可击的回答，就仿佛一片滑溜溜的岩石面。馅蜜老师想再聊下去，却发现到处都是光滑平整的，根本没有一处凸起或凹陷的话头可以抓。

她又啜饮了一口酒。等一会儿喝得稍微醉些，她有话想问问翔也。

一合的酒壶已经喝空了。要是平日的晚酌，喝到这个程度也就该停了，可是馅蜜老师却犹豫着又加了一份。还差一点，就只差一点，她希望自己头脑和心灵之中绷紧的弦可以再放松些。

喝到后面时，速度比之前快了很多。铁锅里的炖菜基本吃光了，翔也面前那只生菜沙拉碗也基本空了。不过，馅蜜老师注意到其中有三片黄瓜还粘在碗壁上。

"咦？翔也，你讨厌吃黄瓜？"

翔也缩了缩脖子。"不太喜欢……"他又补充说，"不过我最后会吃完的……"

"翔也是会把难办的事挪到最后做的类型啊。"

"……好像是的。"

"学校那边也是出于这种原因所以就不去了吗？"

馅蜜老师想问的就是这个。她想好了要从其他的话题切进来，顺水推舟，点到正题。

翔也将筷子放下，双手在膝盖上摆正。整个人顿时蔫了。馅蜜老师很理解这个反应。也正是因为非常理解，所以更是加深了这个表现给她带来的感受：表演的气息过于浓重了，看上去像在撒谎。

"到东京了总会去上学的吧？从四月份开始你就该读五年级了。一直不上学的话，五年级可能就得复读了哦。"

不行。她突然察觉到了，自己下意识地措辞严厉起来。她并不想威胁翔也，更不想逼迫他。冷静，冷静。她对自己说。随后，她开始讲解东京那家翔也未来会去就读的小学，那里校舍虽然古旧，却是当地历史悠久的一所学校；既没有发生过霸凌事件，也没听说过有学级崩坏的情况；课余社团种类非常丰富，家长们也非常配合学校，一年四季都会开展很多有趣的活动。

可是，翔也的手始终摆在双膝上不动，脑袋也一直垂着。

"你爸爸以前也是读的那所学校哦，所以他算是你的大前辈了。"

所以呀——馅蜜老师还准备说下去。就在此时，翔也抬起头，唤了一声"奶奶"。他的语气带着前所未有的强势，盯着馅蜜老师的眼神也铆着劲。

"奶奶，您会受累照顾我一直到成年吗？"

突然被问到这个问题，馅蜜老师吃了一惊。她虽立即回答"当然了呀，奶奶和翔也可是一家人呢"，但她明显听出自己的声音里带着一丝慌张。

听到馅蜜老师如此回答，翔也的表情也丝毫不见放松——他甚至再度反问："不会感到困扰吗？"

"快别这样讲。"馅蜜老师立即制止他。这一刻，她既觉得翔也好可怜，但同时也认真地生气了。

"翔也，这种事情不要放在心上。因为我们是一家人，一家人住在一起，怎么能说是困扰，怎么会觉得受累了呢？听好，从此以后，奶奶和翔也就要一起生活了，奶奶可是期待都来不及的呢！"

真的呀，真的，心跳不止地期待！馅蜜老师轻轻敲

着自己左边的胸膛，笑了。随即，她半开着玩笑地对翔
也道："接下来就要共同走很长的一段路了，请多多关
照哦。"

酒劲猛地蹿了上来，但是，她反而在一瞬间清醒了。

翔也拿起吃沙拉用的叉子，将黄瓜片塞进嘴巴里，
几乎没有嚼就咽了下去。他应该相当讨厌吃黄瓜，咽下
之后嘴巴都瘪了起来。

"我再也不说什么喜欢、讨厌一类的了，我什么都会
吃下去，什么力都能出……"

"嗯。所以呢？不是，我的意思是，你不用在意这
些呀……"

"奶奶。"

"……怎么啦？"

"真的，我真的什么都愿意做。我绝对不会给奶奶添
麻烦的，您要是觉得我碍眼，就抛弃我吧。"

"你这孩子说什么呢！快别说了。还吃不吃饭？再添
一碗吧？或者把这个点心吃了吧。奶奶碟子里这颗草莓
也给你，来……"

"我只有一个请求……"

馅蜜老师还没等回应他，翔也便继续道："我不去
学校。"

他都还没见过东京的那所小学，就断言："如果您逼

我去学校的话，我就离家出走，或者去死。"

他们在上毛市逗留了三个晚上。收拾公寓，整理遗物，办理保险业务，支付医院的治疗费用和丧葬费用，还要去小薰兼职的购物中心问候……必须要做的事堆积如山。

第四天的下午，他们总算乘上了回东京的车。

翔也坐在窗边的座位上，背对着馅蜜老师，一直盯着窗外的景色看。他在上毛市住了大概三年，这里虽然很难说是翔也的故乡，但应该也留有不少回忆吧。尤其是，他大概做梦都想不到，自己有一天会孤身一人离开这里。

恋恋不舍是有的，应该是有的，最好是有的，不然会令馅蜜老师感到头痛。可是，每次她试探着问"还有什么地方想再去看看，奶奶带你去"或者"奶奶办事的时候，你找小伙伴玩玩吧"的时候，翔也总笑着摇摇头回答"没什么想去的地方"或者"不用了"，馅蜜老师也就没有再强求，只是点点头说知道了，对话便结束了。她决定放弃将翔也内心深处的想法生拉硬拽出来，从翔也告诉她不去上学的那一刻，她就想好了。

和这孩子相处绝不能太一根筋，也不能操之过急——身为老师，她如此提醒自己。可与此同时，她也束手无策，反复问自己该怎么办——用的是"翔也奶奶"的身份。

"奶奶和孙子""老师和学生"，这两组身份的相似和不同在哪里，如今她还不清楚。就算馅蜜老师作为"老师"度过了很长的一段职业生涯，可作为"奶奶"，她还完全是个新手。

此刻，列车正穿过上毛市与临市之间的河川。翔也仍在向外眺望。他面部的角度微妙地向后错了一点，看上去有一种想尽力将被车甩在后面的上毛市的街景收进眼中的感觉。

哎呀，他果然还是有不舍的嘛。馅蜜老师刚感到一丝安心，列车便完全穿过了铁桥。翔也则毫不犹豫地立即将脸从窗前挪开，掏出便携游戏机玩起了游戏。

情绪转换真快啊，未免也太快了吧。馅蜜老师靠回到椅背上，无奈地叹了口气。

回到东京的家中，已经晚上七点多了。晚餐就吃回来路上在便利店买的盒饭和土豆沙拉。盒饭本身不带沙拉，馅蜜老师觉得没有一份正经沙拉心里就接受不了。不过，她没有挑凯撒沙拉或者生菜沙拉碗，因为这两种里面都有翔也不爱吃的黄瓜。

家里空置了四天，冷得人浑身发抖。看样子这几天东京也很冷。馅蜜老师让翔也先吃饭，随后脱下衣服，立即烧起了洗澡水；又上了二楼，把健夫房间的暖气打开。

"翔也，你可以在餐厅吃，如果觉得冷，也可以钻到起居室的暖桌里吃哦。"

"那我可以去暖桌那儿吃吗？"

"好哇，好哇，来来。"

一旦手脚忙活起来，声音也自然轻盈了，似乎随着身体的节奏打着拍子一样。这对话倘若被屋外路过的行人听到，他们的脑海中一定会浮现出一幅阖家团圆的幸福景象吧。

没错。实际上，馅蜜老师一边说着"赶紧赶紧，太冷了太冷了"，一边微笑，翔也听到奶奶问话，也一定会回以微笑。要评价他的反应是对是错，那必然应该打个对勾。可是，"正确的回答"和"真实的回答"，到底还是不同的。

眼下的事差不多做完之后，馅蜜老师又不太想回到客厅和翔也面对面坐着了，她觉得有点尴尬，甚至有点害怕。

"我去一下隔壁的小池家哦。报纸和信件都托他们家保管了，得去和人家问候一下，也得把伴手礼送过去。"

把自己不在家时的一些事宜拜托给小池太太的时候，馅蜜老师只是简短地提到了翔也的事。不过看小池太太当时的反应，她应该没太听明白，所以馅蜜老师准备这会儿过去和她详细讲讲，第二天再带着翔也去正式介绍一下。

但是，此刻翔也却十分细心地问："我是不是也需要和奶奶一起去问候一下呢？"他真的很清楚自己应该做什么，或者说，他过分清楚了。

"你明天再去就好。"馅蜜老师回答。随后又补充了一句："翔也真是个可靠的孩子。"

走出玄关后，馅蜜老师陷入自责：怎么能对一个十岁的孩子说话带刺呢？

听着馅蜜老师的讲述，小池太太无数次地重复着："哎呀……天哪……"

最后她说："我们家有什么能帮得上忙的，您随时开口哇。"

听小池太太这样讲，馅蜜老师的确很感动。不过，这位小池太太同时也是个很八卦的人，因为她刚刚皱起眉压低声音问："健夫太太那边的父母都不照顾这孩子，是吗？"

小池太太还说站在玄关说话不太好，想请馅蜜老师进屋喝杯茶，但倘若真的进了她家，就不知道要聊到几点了。

馅蜜老师勉强简单回答了小池太太的问题，然后取走了自己不在家时收到的报纸和信件。

回到家，翔也刚刚吃完晚饭。她听到浴室传来洗澡水烧好的声音。

"今晚早点泡个澡，然后就睡吧。二楼的房间也暖和了。"

"好。"翔也应声，立即从暖桌里爬了出来。他的动作利落干脆，从背包里找出替换的内衣裤。馅蜜老师指了指浴室方向，翔也顺着她指的方向走过去。

他的一番表现，简直是理想的好孩子举动。明天去小池家问候时，他想必也一定会表现得天衣无缝吧。也正因如此，不晓得要是今晚馅蜜老师绝口不提的"不上学事件"让小池太太知道后，会掀起多么热闹的八卦呢？光是在脑子里想想，馅蜜老师就觉得筋疲力尽。

她钻进了翔也刚刚离开的暖桌里，开始整理信件。约有近三十封信件上印着"未找到收件地址"的印章被退了回来。那些都是馅蜜老师发给自己曾经教过的学生们的信。

因为她是参考毕业生当时留下的地址寄出的信件，所以这点心理准备还是有的。明天起，应该会有更多被退回来的信件。就算真的能寄到本人手中，也不一定能收到回信，所以还是不要报太多期望为好——馅蜜老师这样告诉自己。她要接受这样的结果，却又忍不住感到寂寞。要是没有寄出这些信就好了。事到如今，她有些后悔了。

重新整理了一番心情，她开始处理广告信件。此时，馅蜜老师突然发现其中夹着一张印有全家福的贺年卡，上面写着一句"谨贺新年"的问候。

前略。恭喜您退休，辛苦了。我是羽柴。
您还记得我吗？我是秀吉呀。

馅蜜老师不由自主地屏住了呼吸。

那是很久很久以前——馅蜜老师登上讲台第一年时教的学生。

秀吉，他的本名是羽柴良二。秀吉这个名字是酷爱历史的同学给他起的外号。因为他的姓氏和历史上的太阁丰臣秀吉的旧姓相同，都是"羽柴"。而且他的性格也和统一天下的秀吉十分相似，是个孩子王。

他在馅蜜老师记忆里的形象和贺年卡上的样子变化并不大。照片里的秀吉坐在客厅沙发上，体型健硕；他的太太身材娇小，和他并排坐着；沙发背后站着他的三个儿子。馅蜜老师急忙计算起了年龄——秀吉今年四十九岁了。他的三个儿子体格纤细，比较像妈妈，看上去还在念中学。不知是不是为了时髦，秀吉头上包了个头巾，他双手抱臂，架势十足。看样子是名副其实的一家之主，每日都在为全家人的幸福奔波努力。

在地址栏下半部分写下的这句话十分简短。做了简单的自我介绍后，他又补上一句："想着这样最方便了解我的近况，所以就用多余的贺年卡给您回复了。失礼啦！"秀吉的确是个会冒出这样的想法并采取行动的孩子，这一点直到现在都没有变。

"如果您顺路的话，请一定来我家做客。"

馅蜜老师翻到贺年卡背面，看到印着照片的那一侧写了地址。那一串地名很熟悉。东京都多摩丘市。馅蜜老师大学毕业成为老师后，第一所任教的小学，就是新兴城市多摩丘市的第三小学。也就是在那所建在山坡上的小学里，馅蜜老师与秀吉相遇，也与丈夫宏史相遇了。

秀吉小时候住的是集体公寓，但是看照片里他们家现在应该是独门独户了。之所以还能收到发往公寓的信件，或许是因为他父母如今仍旧住在集体公寓里吧。

馅蜜老师面带苦笑地看着照片里的秀吉。不考虑是否礼貌的问题的话，这样的方式的确很方便她了解近况。馅蜜老师对着照片想：秀吉也成了大叔呢。

而在她眼前，浮现出了四十多年前，那个小学五年级的秀吉，他正嘿嘿嘿地对馅蜜老师微笑。

"时隔许久，真想见见你呀，秀吉。"随后，她又仿佛是秀吉一样回答了自己："就是呀，就是。"

在退休后开始新生活的当口尝试回到原点，其实也是个不错的选择。

贺年卡的地址上并没有写电话号码。这让馅蜜老师有些迟疑。直接找上门有点太没礼貌了吧？可是，再回一封信，等着对方联系，似乎又会冲淡她此刻想要见面的那种热忱。

最终，馅蜜老师说服了自己：就后天周日去吧！到时候如果对方很忙，就只在玄关见一面好了。如果不在家，见不到面，也不要紧。

健夫死去，独自抚养翔也——如此始料未及的人生下半场，就从这场会面开始吧。

第
二
章

1

到了周日这天，总算能感受到一丝春意了。天朗气清，阳光明媚。馅蜜老师找了个理由邀请翔也一起出门："虽然离赏花的日子还早，但是难得的周日，和奶奶一起出门玩玩吧？"

他们出发去了多摩丘市。"奶奶呀，很久很久以前在多摩丘的小学认识了你爷爷，然后就和他结婚了。"馅蜜老师告诉翔也，"所以，要是没有多摩丘，你爸爸也不会出生啦，这么一想，是不是还蛮有趣的？"

其实正常的逻辑应该是："要是没有多摩丘，也就没有翔也啦，怎么样？要不要去看看哪？"但是这对父子之间没有血缘关系，所以她没办法这样讲。

翔也没显出一丝一毫怠慢的意思，而是一副吃惊的神色应和道："哇！真的吗？我想去！"

昨天也是一样，翔也问候隔壁小池一家的样子恭敬有礼，很爱给人贴标签的小池太太露出真心被感动的样子，感慨说翔也真是个稳重孩子。可是，翔也那天衣无缝的表现，正逐渐令馅蜜老师感到烦躁。

"多摩丘远吗？"

"乘电车大概一小时到吧。"

"那我可以带游戏机吗？"

"……可以的哦。"馅蜜老师憋住了叹息，又补充道，"但可能没座位哦。"她感觉自己又话里带刺了，扎得她心有些痛。

馅蜜老师在第三小学工作了五年，到第六年，她和宏史一同转去了市中心的学校，自那之后，她就再也没有回多摩丘市工作过了。最后一次来这儿，还是在年号刚刚改为"平成"没多久的1991年。这么一算，她已经二十多年没来了。

"当时回来，是为了参加三小建校二十周年的仪式。当时所有在三小教过书的老师都收到了邀请函，你爷爷就说好久没去了，要再去看看。"

在电车上，翔也挨着馅蜜老师坐着，应和着她的讲述。不过他看上去并不怎么感兴趣。这一半是因为比起陪奶奶聊天，他更想玩游戏，还有一半，是因为他并不认识奶奶提到的"爷爷"。

多摩丘——市如其名，这是一个建造在丘陵地带的新兴城市。1970年开始有人居住，那时候私铁线路都还没有开设，所以被称为"大陆上的孤岛"。到了八十年代后期至九十年代，基础设施整备结束，整个城市迅速发展，甚至还成了电视连续剧的拍摄基地，公团住宅[1]的数量更是提高了数倍。

"奶奶正好是铁道刚开通那阵子开始上班的。当时上下班的电车都空荡荡的，住宅楼也只有孤零零的几栋。到处都在施工，都是灰尘。"

馅蜜老师感慨万千地望着车窗外的风景。距离最开始在这个城市居住，已经过去了四十多年。这么多年过去，用房屋买卖的广告语来说——这个城市已经"成熟"。各种设计风格的住宅鳞次栉比，远眺早已看不到丘陵的线条。过去在干线上穿行的都是些建筑用的翻斗车和水泥搅拌车，而如今路两侧变成了一座又一座大型商铺，路旁的绿化植物也长得很茁壮。

"这儿和翔也之前住的地方不太一样，对吧？"

"是……"

"翔也之前住的城市历史比较悠久，很有老城风情吧。"

---

[1] 由住宅及都市整备公团（前身为日本住宅公团）建设，一般用于租赁或销售。

和健夫结婚前，小薰和翔也住在多摩川的河口附近，那儿密密麻麻建造着许多小工厂。小薰离婚后曾在制造电机部件的小工厂做经理，独自一人抚养翔也。而当时的健夫是发包方的责任人。

"奶奶的老家在静冈，那个地方就算是市中心也离田地很近，所以奶奶当时觉得新兴城市和集体住宅都很新鲜。钢筋水泥的建筑整齐划一，十分有未来感。虽然看着有点吓人，但是蛮壮观的。"

电车渐渐驶近多摩丘中央站。随着车内广播的播放，车速渐渐放缓。

"那时候还有'团地儿童'这么个词，指的是那种表现得很像个小大人，很瘦又缺乏营养的小孩。但这属于特别过分的偏见呢。"

"事实上并不是这样吗？"

"那当然了。不管是团地还是老街，也不论城市还是农村，都是啥样的小孩都有嘛。有的活泼有的老实，这是很自然的啦。"

团地活泼少年的典型，就是秀吉。

走出站台后，馅蜜老师突然感觉有点奇怪，一股违和感油然而生。走在行驶着新干线，设有顶檐的大站台里时，她迟疑了无数次。

走出楼下的闸机，又走上和站台直连的过街天桥时，她终于明白自己为何感到别扭了。"总觉得，有点萧条啊……"

听到馅蜜老师下意识地嘟哝出这么一句话，翔也有些意外地问："欸？但是比想象中更像大城市呀。"

那倒是。馅蜜老师点点头。站前开着大型商超，边上就是综合电影院，还有文化会馆、室内游乐场。走出天桥，踏上行人步道，眼前很快出现了从东京市中心搬来的某私立大学的校园。可以看出，这所大学医学部的附属医院应该就是这一带数一数二的医院了。

公共设施的确建造得足够多了，但所有设施看上去都很陈旧。这些设施本不应该很"旧"的，因为从建好到现在不过三十年，这种程度的旧建筑在东京的市中心有的是。可是，站前的这些建筑物却很旧，还萦绕着一股无法用建筑年头去计算的筋疲力尽的感觉。因为设计的时候选择的是当时最时髦的风格，所以越是在刚建好的时候吸引眼球，就越会加速变旧。

"好像……没什么人哪。"

"是呀。"

明明正值春假的星期日，可是出入购物中心的客人却很稀少。"可能开车的人比较多，所以一般不太走我们这一侧的通道吧。"馅蜜老师这样说。可是和当年与宏史回来参加校庆的时候相比，当下多摩丘的客流量明显在减少，整座城市显得很没有生机。

他们沿着天桥走出转盘路。前一晚馅蜜老师在网上查过路线，到秀吉家需要从车站乘坐二十分钟公交车。公交车正好就是馅蜜老师当年通勤乘的那班，会路过第三小学。

公交车已经停在车站了。馅蜜老师带着翔也坐上车子最后一排的座位，很快车子就启动了。车里只有几个老年人，其他座位全部空着。

公交车绕着转盘路开了半圈后驶了出去。在此期间，馅蜜老师注意到车内的广告几乎全是老人护理机构和医院，还有墓园。

从车站到学校车程不足十分钟，车窗外的风景和1991年建校二十周年的时候相比变化非常大。而且馅蜜老师在这里初登讲台的时间是二十世纪七十年代，和那时相比，整座城市的面貌已经发生了翻天覆地的变化，简直看不出是同一个地方了。

或许是因为高楼大厦建得多了，公交车虽然驶近了学校，却也看不出校园的样子。"以前这里空地特别多，所以当时学校的教学楼看上去孤零零的，很突兀。学区内建了三栋集体公寓。公寓是分期建设的，居民也是分批入住的，当时正是住户不断增加的时代，所以几乎每个月都会有新来的转校生。"

当时，三小还是建校刚刚三年的新学校，学校里的小孩还没记住校歌，校园里的常用物品也还没备齐；街上到处都在施工，供水和供电还不稳定，经常出现水质浑浊和停电的情况。但是，在当时大部分校园还是木质结构的时代，这所钢筋水泥建造的三层教学楼非常有新兴城市的风貌。每天早上下了公交车，走向崭新的校园时，年轻的馅蜜老师都会感到情绪高涨。

公交车拐过岔路口，车内广播提示下一站就是第三小学。

"在右边……"馅蜜老师喃喃道。翔也默默点头。校园终于出现在了眼前。

"快看呀！"馅蜜老师露出笑容，可是紧接着，她的笑容便僵在了脸上。

教学楼的第三层外侧拉着几条横幅。上面写着：

"谢谢！"

"再见！"

然后，在建了水房的屋顶，还垂下来两条横幅：

"感谢这 41 年间的温暖"

"forever 第三小学"

馅蜜老师伸手到窗边，毫不迟疑地按下了停车按钮。轻快的铃声在车内回荡。

"您要在这儿下车吗？"翔也吓了一跳，问道。

馅蜜老师说不出话，只能不住地点头。她的心绪跌宕起伏，等不及车子停稳就站起身向车门走去。

校园大门已经锁上了，进不去，但是站在门外就看得出里面空无一人。而且，那种寂静告诉馅蜜老师，这里已经有些时日没人进出了。

馅蜜老师拦住了一个路过的阿姨，打听了一下情况。

果然，多摩丘第三小学因为学生数量减少，今年三月已经关闭了。在读的学生从四月开始去第二小学上课。今年夏天将开始施工拆毁校园，之后这里会建一座包含护理设施的医院。

那个阿姨家虽然在附近，但是她说自己家的孩子一直念的都是私立学校，所以对第三小学没有什么感情。

"反正学校这种地方，除非自己家小孩在那儿念书，否则大家都觉得挺烦的吧？"

"……烦？"

"就是呀。晚上人去楼空，黑漆漆的看着让人害怕。白天呢，又是小孩子乱叫又是上课铃下课铃的，吵死了。"

馅蜜老师咬住嘴唇，强忍着不露出生气的样子，听那个阿姨讲话。

"这附近的老破集体公寓很多的，因为少子化和高龄化嘛。但我们家是独门独院呢。那种连电梯都没有的公寓怎么住哇？而且这阵子东京市中心的地价不也跌了吗？公寓都供大于求了。所以啊，我老公最近总发牢骚，说我们当初妥协了在多摩丘买房，真失策……"

看来，这个人对多摩丘也毫无感情。

等那阿姨离开后，馅蜜老师努着嘴嘀咕了一句："怎么这样，净说些没礼貌的话！"随后，她抬头凝望第三小学的校园。

虽然校园墙面反复粉刷过很多次，但是建筑本身和过去并没有变化。体育馆的屋檐是鱼糕形状的，还有填土建造的游泳池，操场两端摆着的足球球门……这些都和记忆里完全一致。

在她初登讲台时，还有建校二十周年纪念时，谁都没有提过"随着儿童数量减少，说不定有一天这所学校会关闭"一类的话。

她知道出现了少子化，可是，即便这已经是广布全日本的问题，但和多摩丘本该无缘才对——新兴城市应该是面向未来飞速成长的城市呀。馅蜜老师做梦都没想到，这个城市竟然早早地就与成长说再见了。

公交车站就设立在学校正门的旁边。因为是星期日的白天，公交车间隔时间比较长。馅蜜老师确认了一下时间表，距离下一辆车到站还有十二三分钟，她再度叹息着将头扭向学校大门。翔也正站在关闭的围栏外，仰头望着第三小学的校园。

"对不起，中途下车了。"馅蜜老师和翔也这样说着，语气里仍掺杂着叹息。

"还要等一阵子，要不要在椅子上坐一会儿？"

翔也仍旧望着校园，摇了摇头回答："不要紧。"

他看上去并不是在忍耐等待的无聊才眺望校园的，他死死地盯着这所和自己毫无关系的第三小学。

馅蜜老师走到翔也身边道："这里是奶奶刚开始做老师的时候教书的学校。"随后她立即补充说，"我本来是想让翔也看看这里，所以才请你陪我一起来的，结果变成现在这个样子了。"

"想让我……看看？"

"因为我们接下来要一起生活呀，所以希望翔也能想象一下奶奶年轻时是什么样子的。因为奶奶也不是一开始就是奶奶的嘛。是吧？"

馅蜜老师笑了。翔也也露出一个腼腆的微笑。

"而且，带翔也来这儿，还有一个目的。"——实话说，其实这个目的更加重要。

"我想告诉翔也，学校是多种多样的。既有翔也之前念书的上毛市的学校，也有翔也接下来要去念书的新学校，多摩丘也有很多学校。不是说哪个学校好，哪个学校差，而是学校本身就不止一个；在很多城市里，建着很多个学校。这一点，我希望翔也能体会得到。"

或许是有些难懂吧，翔也露出略带困惑的微笑，勉强点了点头。其实馅蜜老师想表达的还有很多很多——"虽然不知道你为什么不愿意去学校，但是转去新的学校，说不定心情也会改变，从四月开始就能每天都去上学了呢！"不过，要说出这句话，眼下为时尚早，他们两个人的关系还太浅，也太疏远。

看馅蜜老师话说到一半便不再言语，翔也便接下了话头："奶奶，这个学校也有从巴西来的日裔学生吗？"

馅蜜老师沉吟着："就算有，应该也挺少的吧。"

的确，从平成元年起，有关出入境的法则得到了修改，大量外国籍和日裔的孩子转入公立小学。不过，其中大部分和翔也就读的上毛市小学一样，学区内有工业公寓及商业区。多摩丘属于典型的东京都中心附属城郊住宅区，这里没有什么大型工厂，由于居住条件比较好，所以房租和物价都不低。对日语并不拿手的外国人和日裔来讲，这儿并不算是适宜他们居住的地区。

"这儿和上毛市的小学不一样呢。"

"和之前的学校也不一样吗？"

"之前的？"

"就是爸爸妈妈结婚之前，我一年级的时候只读了一年的学校。"

就是那个位于多摩川河口附近，密密麻麻开满小工厂的地方——那儿的确住着不少外国人和日裔家庭。

"翔也的同级里有日裔的同学吗？"

"有两个巴西的日裔，还有一个同学的爷爷奶奶是从中国回来的，还有一个越南的女同学。"

那个中国小孩，是中国遗孤的孙辈？那个越南孩子的双亲，有可能是当年的越南难民吧。

"翔也和他们很要好吗？"

"嗯，我和他们四个都特别要好。"翔也毫不犹豫地回答。而且，他这句话没有和馅蜜老师用敬语，这令她十分高兴。

"那，我们下次去找他们玩吧？奶奶带你一起去。大家可以久违地聚在一起好好玩玩。"

可翔也十分简短地回答说不行，随后，他低落地摇摇头："已经都不在了。大家，都不在了。"

"是搬家了吗？翔也知道他们的新住址吗？"

"不知道，完全不知道。"

翔也快速回答了她的问题，然后从她身子一侧溜到公交车站旁的长椅上坐了下来。

"可是，翔也能和巴西的孩子，还有从别的外国来这边念书的孩子玩到一起，真的很厉害！奶奶特别喜欢这样的小孩！"

听馅蜜老师这样讲，翔也的反应倒是很迟钝。他从背包里掏出了便携游戏机，然后打开了电源。馅蜜老师也不知道再说些什么好，只能默默咽下一个叹息，挨着他一道坐在了长椅上。

这孩子的好朋友都没了啊。馅蜜老师再次咽下一个叹息。不光是朋友，就连爸爸、妈妈，也都没了。她第三次忍下的叹息，转而化作一阵无力感。

2

公交车总算来了，和上一辆一样空空荡荡的。这次他们坐在了车子前面的单人座上，翔也坐前面，馅蜜老师坐后面。馅蜜老师从后面看着翔也的游戏机屏幕，那是一个和敌人对战的游戏。翔也手指操作的速度飞快，敌人也飞速被打倒。

馅蜜老师本想提醒他，乘坐交通工具时玩游戏对眼睛不好，还是别玩了。可是话到嘴边又憋了回去，她转而将视线投向窗外。

公交车沿着老旧的集体公寓行驶。这一片叫做西多摩丘团地，本地人都喊它西团地。总共有三十栋楼，被划分成好多个区。西团地是这附近规模最大的一片团地，读第三小学的孩子一大半都住这儿。

在当时——1973年——这儿还没有全部住满。部分区域仍在建造中，有些区一到星期日就停着一排排搬家的货车；然后转头那个星期一，就会有几个转校生跟着父母，一脸紧张地站在第三小学的门口。馅蜜老师在五年4班做班主任，后来升入六年级，两年间总共收了八个转校生。每个学年开始时，各个班级都是一样的人数。4班就是升到五年级时新开的班，如果到毕业时学生的人数再多两个，就要再新开一个班。因为事先已经考虑到了学生人数会增加的情况，所以准备了多余的教室，但是老师却不够，所以刚刚参加工作的馅蜜老师就直接做了班主任。

不论过去还是现在，班主任最担心转校生的就是他们的适应问题。而刚刚走出大学校园的馅蜜老师岂止是"担心"，简直是"恐慌"了。

当时，正是秀吉那活跃又自来熟的个性拯救了她。

每当有转校生来，不论男女，秀吉都会第一个跑去搭话，还会带着转校生熟悉学校和团地的环境。虽然他偶尔有点霸道粗暴，但总的来讲是个很爱照顾人、亲切温柔的小孩。

如果是秀吉的话，哪怕转校生不会说日语，他应该也能很快和转校生成为朋友吧。一想到这里，馅蜜老师的脸颊也不自觉地放松下来，紧接着，一声叹息溜出口中。

第三小学关门了，那孩子会怎么想呢？

秀吉的家离最近的车站只需步行几分钟。

整齐建起的独门独户基本都比较新，估计刚建好没多长时间。旁边有很多还没有建房的空地——不，或许不该用"还没有"这个说法。从这里到市中心需要乘两小时电车，估计现在还空着的地皮应该不会再建房子了。

馅蜜老师一边看地图，一边看实景导航，终于找到了秀吉家。转过街角，右手边的第六户。"那边的那栋，屋檐上有太阳能板的房子。"她对翔也道。正在此时，从那一家的玄关走出来三个中学生模样的男孩，还有一个中年女性，四个人向汽车棚走去。那正是秀吉寄来那张照片上的人——他的太太和三个儿子。他们似乎要开车去哪儿，一家四口——秀吉呢？

馅蜜老师走上前问道："请问，是羽柴先生的家人吗？"

正准备用车钥匙开车门的羽柴太太有些诧异地转过头。三个男孩都站在妈妈身后，表情警惕地望着馅蜜老师。

于是，馅蜜老师认认真真地介绍了自己。她语气友好，讲到自己寄了信，很快收到了回信，回信说希望自己能来看看……该说的话，她都十分详尽地传达到了，可是羽柴太太和孩子们的表情并没有变得轻松。虽然讶异和戒备的神色淡了下去，可取而代之的是迟疑——说得更明确些，是困扰。

"突然登门打扰，实在抱歉。"馅蜜老师耿直地道歉，"我和孙子正好有事一起来多摩丘，想着羽柴先生既然在信中邀请了，那就不客气地顺道来看看，我也很想见见羽柴先生活力满满的模样。"

馅蜜老师在这里小小地撒了个谎。"是吧？"她还回头对翔也笑了笑，拉他陪自己圆谎。

可是，羽柴太太和孩子们的表情依旧很沉重。怎么办？该怎么办呢？不知道啊，总得想想办法……一家人困惑地交流着，虽然没发出声音，但是馅蜜老师感觉得到。

馅蜜老师也逐渐尴尬起来。"那个……"她有些犹犹豫豫地说，"抱歉，我打扰您一家出门了，实在很失礼。真是抱歉。所以我马上，真的，就，不进屋，站门外就好，我就只打一声招呼，行吗？"

她有些夸张地摆出向玄关张望的样子，问道："羽柴先生是还在家里没出来吗？"

于是，个子最高的那个儿子——估计是长子——向前迈了一步，仿佛是在保护妈妈一般回答："他不在。"

"是出门了？"

"说是出门……反正，老爸一直不在……嗯，不过不是分居了或者独自一人调职去了……就是说，那个……"

长子支支吾吾起来，这时另一个看上去是次子的小孩声音带着些怒气盖过他："他在医院。"

"欸？"

"他在住院。"

那声音仿佛咔吧咔吧折断的树枝一般，与其说是带着怒意，不如说是蕴含着深深的不甘。而站在次子旁边，正凝望着馅蜜老师的小儿子眼中，则切实沉淀着悲伤。

见儿子们已经坦白，羽柴太太似乎也下定了决心，她邀请道："就别站在门口了，咱们回屋聊吧。"

长子跟着妈妈向门口走去，但他制止住两个弟弟："你们俩就别跟来了。"两个弟弟有点不情愿，但还是留在了原地。

翔也怎么办呢？馅蜜老师露出迟疑的神色，但是翔也主动说要在外面等。说实话，被看穿的感觉并不太好，但眼下她还是松了口气。

几个人走进客厅，这里的布置和贺年卡的照片里一模一样。馅蜜老师被让到沙发上落座——她记得在照片里，秀吉就架势十足地坐在自己这个位置的旁边。

羽柴太太面对着她，在L形沙发拐弯的另一侧落座。她看上去比在外面的时候更憔悴。并不是光线的问题，馅蜜老师感觉到了，这个家中萦绕着一股沉重而疲惫的气息。

"老师寄来的信，我们是带去医院给他看的。我先生高兴极了，一直念叨着，好怀念，得赶快写回信。"羽柴太太喃喃道，"我问他，用多余的贺年卡写回信是不是太失礼了，但是他坚持要这样。"

羽柴太太的表情和缓下来。可表情一旦柔和，双目周围的阴郁感反而更重了。明明比馅蜜老师年轻了不止十多岁，可看上去却仿佛是她的同龄人。

"……住院，已经很长时间了吗？"

"住一阵子，出院一阵子，再住一阵子吧。第一次住院是在去年夏天之前。"

馅蜜老师还未询问病名和病状，羽柴太太又说："拍摄贺年卡上那张照片的时候，正好赶上他出院。那会儿刚入秋，他的体重和健康的时候变化还不大。"

老师听罢点了点头，从包里取出那张贺年卡，低头看着照片。看上去体格很不错，真的不错，还有着小时候那股孩子王的劲头。太太和儿子们围在他身边，看上去既幸福，又健康——不，仔细看来，他的脸色好像有点差……

长子从厨房端着大麦茶走进客厅。他将玻璃杯放在茶几上，探头去看那张贺年卡，随即接过了母亲的话：

"当时虽然体重变化不大，但是头发已经掉光了，所以包了个头巾。"

"这是……"

"是因为抗癌药。"

去年的这个时候，秀吉的食道检查出了异常。先是公司体检查出些问题，又找了专门的医生做检查，照了CT，最后确诊为癌症。那时候，癌细胞已经转移到了肺部和淋巴，他立即开始接受治疗。抗癌药物、放射治疗，还有内窥镜手术，三管齐下，一点点除掉患癌组织。

"可是，除掉了一处，又会有新的冒出来……癌细胞转移的速度太快了，就像打地鼠，砸了这头，那头又冒出来……"羽柴的太太理香叹息着说道，"他现在已经比照片上瘦了很多。"

坐在理香太太身边的长子补充道："其实不是瘦了，是变薄了。"

长子乍看上去很内向，没想到还挺可靠——或者说，因为是长子，不得不变得可靠。

长子名字叫和良，今年四月就读高三了。次子智良已经升学上了高中，小儿子昭良在读初二。

"去年家里老二升学和我先生生病两件事撞在一起，真的很苦。"理香声音低沉地说，随后她抬起脸微笑道，"可是，那孩子是遭遇逆境反而更拼的性格，所以顺利进了第一志愿的学校。"

可她看上去与其说是为孩子感到自豪，不如说是拼命寻找些能让自己高兴起来的事情。

秀吉等到了智良的升学喜讯，出席了他的初中毕业典礼，在上一周又开始住院，开始了第三次抗癌治疗。

"刚开始那两三天他的确很消沉。就是在那个时候，他收到了老师寄来的信。他真的特别高兴，从收到信那天开始，就一直在说过去的事。"

"这样呀。"馅蜜老师的表情也柔和下来，应声道。她此刻的心情复杂万分。

"可是……"理香又说，她的声音终于爽朗起来，"从前他就常跟我讲小学的事情，秀吉这个绰号好像也是那时候大家给他起的，是吧？"

"是呀，是他读五年级的时候。"

"现在他还是叫秀吉，公司和合作方的年轻人也都这么喊他，就连我们儿子的名字也是……"

和良、智良、昭良。这名字应该不只是因为秀吉的本名叫作"良二"，还因为"秀吉（hideyoshi）"，所以叫"kazuyoshi""tomoyoshi""akiyoshi"。

去年春天，刚刚得知自己患上食道癌的时候，秀吉唉声叹气悲伤不已，陷入极度的消沉之中。他还没到五十岁，正值壮年，如此年轻就患上了癌症，他身上的重担多得无以复加。

"自从得了癌症，我先生就一直在算花销。"理香语气里带着一丝寂寞。

孩子们的学费、房子的贷款、人寿保险的住院给付金，还有治疗费……

"我们还把地产公司的人请来家里，让他们给房子估了价。"

"其实大家都说还没到这个地步呢。"一边的和良道，"地产公司的人说，就算现在立即卖掉，价钱也只有刚购入时的六成而已，再把贷款还掉，基本就不剩什么了。再说，还不知道有没有人买呀……"

"结果老爸大受打击，癌症指数又高了起来。"和良似乎有意想让语气轻松些，可声音里还是掩不住的悲伤和难过。

"那，现在工作那边……"

听馅蜜老师这么一说，理香和和良不约而同地摇了摇头。

秀吉在外食产业这一行跳过几次槽。五年前，他被一家新兴的外食连锁企业挖过去，做了营业部长。可是，经济危机之后市场低迷，随后又受到东日本大地震的打击，公司的经营情况迅速恶化，已经等不起秀吉屡次住院出院直到康复了。而且公司经营团队的平均年龄就只有三十五岁，这次秀吉住院前，公司直接下了解雇书。

"离职那天，他还提到了小学的事呢。"

"什么事呀？"

"我先生念小学那阵子不是很流行《假面骑士》嘛。他特别喜欢。我先生说，裁掉他的时候，他就在脑海里把会议室的所有高层都用骑士飞踢击倒了。"

秀吉讲到这儿，还给妻子和孩子摆了个变身的姿势，模仿假面骑士发出"我踢！我踢！"的口号声。他笑着说："今天我将秘密组织打倒了！"随后又说，"小时候，我们一帮小孩经常玩假面骑士的游戏，爸爸我一直都是扮演骑士的那一个哦！"说罢，他瘦削的双颊线条柔和下来。

"我当时很强呢。"秀吉挺起他已变得虚弱无力的胸膛，咳嗽着，哭出了声。

秀吉在多摩丘中央站附近的文京医大附属医院住院治疗，理香把他住的楼栋和房间号都告诉了馅蜜老师，两个人也交换了手机号。但是馅蜜老师决定今天暂时先回去。说实话，她是害怕了。她不知道自己该用什么样的态度造访，也不知道该对卧病在床的秀吉说什么。似乎不论说什么，都像是在骗人，而且她也没有能骗过对方的信心。

馅蜜老师又问理香："第三小学关闭的事，羽柴先生知道吗？"

理香的脸上瞬间浮起十分复杂的表情，她与和良对视了一眼，又面向馅蜜老师道："他当然是知道的。"

和良接过了母亲的话："三年前计划关闭的时候他就知道了。"

接下来，两个人便你一言我一语地讲述起来。

"我先生当时非常震惊，还和西团地的自治会聊过，也举行过撤销计划的署名活动。"

"我爷爷奶奶他们都还留在团地那边生活。"

"可是，如今的西团地住的都是老年人，小学生的人数已经减少到了过去的四分之一，甚至五分之一了。所以第三小学只能关闭。署名嘛，也凑不上多少。"

"每周日，老爸都去站前的大街上呼吁大家署名，结果路人都无动于衷，他可生气了。"

"我先生以前的同学也都不在了，大家都搬走了。"

"所以，老爸一直是独自努力。"

"自治会一开始倒是挺热情的，但是热情也逐渐冷下去了。"

"对老年人来说，医院和护理设施肯定要比学校更重要吧。"

结果，反对运动就这样虎头蛇尾，不了了之了。第三小学关闭的决定正式通过，秀吉也在母校彻底消失的倒计时中病倒了。

说到这儿，和良低头看了看表。

馅蜜老师急忙站起身："真是抱歉，占用了你们这么长时间。"

理香他们一行人接下来就要去医院了，要给秀吉送换洗衣物，还要把借阅的书本和DVD带过去。但光是这些还不行，如果不是每天都去看望，秀吉就会不高兴、闹脾气。

"他总想把这种情绪怪到药物的头上，但其实他一去住院就会变得很黏人……"

听到理香这样讲，和良也笑着插话道："老爸其实挺孩子气的，特别爱撒娇。"

原来如此。馅蜜老师也笑着点了点头。秀吉从小就是这样，明明是个调皮捣蛋的小孩，但是非常怕寂寞，而且出乎意料地很会撒娇。

"如果他知道老师来了，一定会很惊讶，也会非常高兴的。"

如果是这样就太好了，真的。

"这次住院预计住两个星期，今天正好过半。"

"他还说一出院就马上去找工作……可他那身体，而且今年也五十岁了，肯定没法找到称心的工作啊。"

老师不知该作何表情，只好淡淡地苦笑了一下。就算是常被批评是不谙世事的老师，也清楚这样的现实有多残酷。

"那，我们就一起出门吧。"理香率先站起身走出客厅。随后她又想起了什么，扭过头："对了对了。老师在信上提到青鳉的故事了吧，还说，希望大家成为遨游太平洋的青鳉。"

"是呀……"

"我先生之前似乎已经忘了这个故事了。但是，读到老师的信，他一下就想起来了，一直在嘀咕着好怀念哪。"

秀吉从那枚信纸上抬起脸，双眼似乎眺望着很远很远的地方，他喃喃道："我呀，一直都在小河里活着，等死了，是不是就能被水流冲进太平洋呢……"

从被宣判患癌起，那是秀吉第一次主动说出"死"这个字。

3

乘坐公交车回到车站，在车站大楼最高层的餐厅休息了一会儿，馅蜜老师就带着翔也回家了。

她并没有主动选位，但是侍应生引着馅蜜老师和翔也坐下的位置，正好面向文京医大附属医院的大楼。

泡沫经济时期建起的车站大楼一共七层，高的楼层能看到富士山。但是，医院的大楼更高，而且建了好几幢。秀吉住的是 1617 号房间，应该是位于十六楼的某个房间吧。

这家医院有着这一片区域内首屈一指的先进设备，在癌症治疗方面应该也颇有成绩。只能信任医院，全权托付给医院处理了——馅蜜老师虽然这样告诉自己，可是胸中仍旧像吞了铅块一样沉重、苦闷。那感觉比眼前这杯红茶里的柠檬片还要苦和酸，在口腔里久久无法消散。

小学毕业时，她讲了这样一个故事为秀吉赠别——当时还是新老师的自己，心里究竟是怎么想的呢？她如此自问。虽然这故事寄托了某种梦想，但她绝没有以此强迫孩子们的意思，而且她也知道，有时期待很容易变成太大的负担。她想，无法成为鲸鱼也没关系，就做一条青鳉，也没关系。她只是希望大家都能在大海中遨游，都能向着海的无尽之处遨游——她相信未来。

不谈胜负、不论优劣，那丰饶又幸福的未来，会无条件地在刚刚走出小学校门的所有孩子面前展开——她当时就是这样坚信的，她从未怀疑过自己的想法。

而如今，想到这些，她突然觉得好羞愧，好煎熬。

她将视线放回到桌对面的翔也身上。他点了松饼和橙汁套餐，这会儿松饼已经基本吃完了，橙汁只剩下一口。

翔也好像误会了她眼神的意思，立即说："我马上吃完！"随后便慌慌张张地用叉子戳起剩下的松饼。

"没事，没事！你慢慢吃呀。"馅蜜老师苦笑道，但感觉胸口没有刚才那么沉重了。

"翔也啊，你有没有和学校的朋友一起去小河边捞过青鳉呢？"

"青鳉？"

"嗯，你认识青鳉吗？就是那种很小的鱼。"

翔也用力点点头："我没见过，但是爸爸特别喜欢这种鱼，是吧？"

健夫曾经非常详细地向翔也讲解过青鳉游动的方式。

"它们会逆流游动，但是因为体型太小，所以再怎么努力都前进不了。但是倘若它们放弃努力，就会立即被水冲走，和家人朋友分离……"

馅蜜老师并没有立即肯定翔也，她甚至没有余力去点点头，只是沉默着，等待翔也继续说下去。

"他在家里也说过，爸爸、妈妈和我，我们三个都是青鳉，所以，我们三个人要在一起，一起努力。"

"我没见过青鳉游起来的样子，所以不太清楚。不过……"翔也歪了歪头，又补充道，"不过，妈妈一边和他道谢，一边就哭了。"

"道谢？"

"嗯，说了谢谢。不过，那时候还不是爸爸，是杉田叔叔。"

说不定，这句话是健夫向小薰求婚时说的。

"关于青鳉……就只有这些了。"翔也的语气突然变得低沉，脸上也笼上一层阴影。或许是因为提到双亲，唤起了悲伤的回忆吧。

翔也将剩下的松饼塞进嘴里，腮帮子被撑得鼓鼓的。馅蜜老师等他顺着橙汁咽下那口松饼后说："水族馆里应该能看到青鳉。翔也去过水族馆吗？"

翔也摇了摇头。

"那我们下次去看看吧。去水族馆，或者去临近乡下的地方，有小溪和水田的那种，也能看到青鳉呢。"

可是，翔也又摇了摇头，比之前更加强硬、坚定。

"不看看吗？"

"不用了。我可以翻动物图鉴，而且上网也能看到青鳉的视频。"他说这句话的时候又用了敬语。

又失败了……馅蜜老师这样想着，她充满了疑惑——要去哪儿看？怎么看呢？

突然，包里的手机响了起来。

手机屏幕上显示出"公共电话"四个字。看到这几个字的瞬间，馅蜜老师的心猛地颤了一下。

该不会是……一种预感冒出来。馅蜜老师按下通话保留键，站起身，对翔也说："你在这里等等奶奶，奶奶马上回来。"随后向店外走去。走着走着，变成了一溜小跑。

这预感在期待和不安之间剧烈地摇摆。

电话接起，馅蜜老师刚说了一声"喂"，就听到对方开口了。

"老师……"

成年人、男性，光凭这两点就可以认定自己的判断是正确的了。虽然有将近四十年的空白，但他的声音却意外地残留着一些儿时的影子。

"老师，馅蜜老师……我是秀吉呀，我是羽柴，是秀吉……"

那声音听上去略微有些沙哑，但是比想象中要更有力。

"我老婆告诉我了，真是吓了我一跳哇……您直接来医院找我就好嘛……"

他没事，他很好，不用担心。馅蜜老师这样告诉自己，回道："我才被你吓了一跳哇。"

她做到了，她在电话里笑得很自然。

秀吉也笑了："我今年都五十岁了嘛，身体总归会有些毛病的。"

"反正秀吉你呀，肯定是一直以来太拼了，所以老天爷想要你歇一阵子呢。"

对，对，肯定是这样。馅蜜老师一边说着，一边在心里对自己猛点头。她等不及秀吉回答，又急忙道："真对不起呀，今天实在有别的事脱不开身，所以没法去看你了。"她自顾自地说下去，"我下次一定会去看你的。庆祝出院的礼物，你有没有什么想要的？"

不是去看望他，而是去庆祝他出院——馅蜜老师这样执拗地祈愿着。

然而，秀吉仍旧沉默着。

"没事，你慢慢想。"馅蜜老师拼命想要从这死寂的沉默之中脱身，于是又微笑着说。

终于，秀吉回复道："有一件事，我想拜托老师。"

秀吉的声音变得更加喑哑，刚才的精神头也没了，明显听得出是个病人。

"我收到的这封信，老师寄给了您教过的所有学生，对吧？"

"没错，我作为班主任带过的毕业生，所有人我都寄了。"

"您信上写了，有二百多人呢，是吧？"

"二百七十七人呢。人还真挺多，对不？"

"那……有多少人回复您了？"

"目前只有秀吉君一个人。"

"是吗？"秀吉的语气里透着意外，也显露出不解。或许是因为感到扫兴，他连喘息声都是满满的疲惫不堪。

"没办法呀。"馅蜜老师安慰道，"很多人都搬家了，信件被退回来了。"

就算真的寄到了，如今他们应该也很忙碌，小学时候的事估计早都忘记了吧。突然收到这么一封信，想必有些人还会觉得困扰呢。

"所以，能收到秀吉的回信，老师真的很高兴。"馅蜜老师感谢道。她担心秀吉的身体无法支撑他讲太久电话，于是催促道："你需要我做什么呢？"

"老师，我……我想见见谁。"

"想见谁？"

"得了这种病，总会陷进要做最后道别的情绪里嘛。就是……想和很多事、很多人道别，想做最后的总结，想画上个完美的句号，这一类的。"

馅蜜老师说不出"别这样想了"这种话，也不敢问秀吉病情发展到了什么程度。不过，她从秀吉那有些超脱释然的语气里感觉得到，他的病情估计已经不容乐观。

"我也想从现在开始做点什么。不过兴趣呀，学习啥的，肯定是没力气做了。可是我想认识一些新的朋友，这我还能做到，还来得及。"

所以，秀吉想见见那些也给馅蜜老师回了信的同学。

和纯粹的陌生人从零开始相处应该会很吃力，和曾经熟悉的人重新开始一段关系也会有些拘谨。馅蜜老师能理解这种感受。

"如果是馅蜜老师的学生，我就觉得……应该刚刚好可以成为朋友……"

既不是会令人太过纠结的亲密关系，又不是完全没有交集的陌生人。

"用老师您喜欢的青鳉举例的话，就是'青鳉的学校'第一期前辈，想和后辈们交个朋友。感觉是段佳话，不是吗？"

说到"佳话"这个词的时候，秀吉的语气就仿佛在揶揄一般。

正因为语气带着揶揄，所以这可能才是他发自内心的期望，馅蜜老师想。一处于这种情况，就会为了掩饰害羞，有意说些招人讨厌的话——秀吉就是这样的孩子呀。

4

步入四月，盖着邮局印章被退回来的信件差不多都回来了，有一百多封。而回信给馅蜜老师的，仍旧只有秀吉一个人。比起信件未能寄到的遗憾，那些寄到了却没有回的信带来了更多的寂寞感。虽然她早有心理准备，但还是觉得很难过。而这种寂寞难过的感受，在她将目光投向翔也的时候，又转变为心绪不宁。

到当地小学的转学手续已经办好了。新学校的校长和馅蜜老师是旧识，还告诉她春假的时候可以随时来学校参观。

可是，翔也仍旧坚持不去学校，一点也不让步——"逼我去学校的话，我就离家出走。"

他这么说只是在闹脾气——虽然馅蜜老师明白，但是也无法强求他。她有她的担忧和顾虑，她怜悯这个一夜之间失去双亲、从此孑然一身的孩子。最重要的是，她之前没有发自内心地祝福过自己的儿子和翔也的妈妈结婚，这令她心中满是后悔与歉疚。所以，在面对翔也时，馅蜜老师总是无法强硬起来。

话虽如此，可也不能一直这样。倒计时已经快结束了，从这个星期五——四月六日起，新学期就开始了。

馅蜜老师一边做着早饭的火腿蛋，一边告诉自己：只剩三天了。加上今天，春假就只剩三天了。在这三天内，无论如何要让翔也想去上学才行。

此时，二楼传来闹钟的铃声，不过很快就被按掉了。早上七点。火腿蛋也快做好了。

馅蜜老师做煎蛋的时候喜欢盖上锅盖焖一会儿，但是翔也不爱那种蛋黄表面略熟、罩上一层凝固的白色蛋清的口感，因为小薰做的煎蛋蛋黄会比较生。

所以，餐桌上会摆出两种火腿蛋。馅蜜老师并不想把自己的喜好强加给翔也，而且她都这把年纪了，也不准备改变自己的口味。虽然馅蜜老师偶尔会觉得这样子有些生疏。

"今天我们去商场买衣服吧。"吃早饭的时候馅蜜老师这样对翔也说。

翔也十分客气地回答："我还有很多衣服呢。有一些是从那边家里拿过来的，我都还没穿过。"

"嗯，不过机会难得，咱们就买件新衣服吧。还有……对了，还要买新鞋子。"

"运动鞋我都有两双了……"

"不再准备一双的话，遇到一直下雨的天气就麻烦了。四月份雨水特别多。"

这个理由是不是有点牵强啊……馅蜜老师自己也这么想，于是她终于还是说了实话："其实，这是咱们家的传统。"

"传统？"

"对。要穿着新衣服迎接新学期，这是咱们家的传统。奶奶，还有已经去世的爷爷都是学校老师，我们都非常重视新学期。所以呢，翔也的爸爸，还有你住在加拿大的麻美姑姑，在新学期的开学典礼那天都会从头到脚穿一身新衣服。"

馅蜜老师一边讲，一边小心观察翔也的表情，她想知道翔也在听到"新学期""开学典礼"等词的时候会有什么反应。然而翔也只是默默地点了点头，并没有显露出拒绝或厌恶的神色。

"翔也也是咱们家的孩子，所以也要按咱们家的传统来哦。"馅蜜老师用诙谐的语气说着，随后又表情严肃了一些问道，"可以的吧？"

翔也并没有说不去买衣服，但他坚定地说："就算穿了新衣服，我也不会去学校的。"

这个话题再次回到了起点。

"翔也……"老师在餐桌那一头欠起身，"开学典礼前，咱们去学校看看，好吗？去看一看那是个什么样的学校，然后，还能走进教学楼参观，咱们就慢慢逛逛，都看一遍，再做决定，好吗？"

"可是，新学校没有日语班，对吧？"

"嗯……因为这附近没什么大工厂，也没有从巴西来的住户。"

"外国孩子一个都没有，对吧？"

"好像是的……"

"那我就不去。"翔也果断地扭过头，不看馅蜜老师。

"我不会去新学校的。"他情绪冷淡地再次强调。

每次推进到这个阶段，馅蜜老师就不得不放弃了，她会把想说的、想问的都吞回肚子里。"不能逼他太紧了。"馅蜜老师总是这样告诉自己，然后换另一个话题。

可是，如今已经没时间了。开学典礼那天不去的话，接下来再想让翔也去学校只会越来越困难。一直不去学校，慢慢就会害怕人群或是懒得外出，很容易陷入家里蹲的状态。

馅蜜老师本身没带过这样的学生，但是她常去参加探讨家里蹲、拒绝上学等行为的研修会，学习过很多相关的知识。

开学典礼之前的这三天，是非常关键的分水岭。带着如此觉悟，馅蜜老师隔着餐桌，欠着身，声音强硬道："翔也，你看着奶奶。"

翔也有些难为情，他把头转了回来，面向着馅蜜老师。

"奶奶知道翔也和外国的孩子们玩得很好，也特别开心翔也能和他们做朋友。那些孩子在日本这里肯定会遇到很多困难，而且有不少孩子基本一点日语都不懂，对吗？能和这些孩子做朋友，说明翔也真的很温柔，也很帅气！"

听到馅蜜老师这样讲，翔也羞涩地低下了头。

"可是呢……"馅蜜老师继续说，"日本并不是所有小学都有外国孩子的。没有外国孩子的学校比较多，反倒是设有日语班的学校很少，很特别。所以呢，如果说没有日语班的小学你就不想去的话，奶奶觉得这个想法不太对呢。"

翔也仍旧低垂着头，但不再是因为羞涩。馅蜜老师看出了他的心理变化，于是急急忙忙继续道："除了学校，能和外国孩子交朋友的地方还有很多呢。比如参加英语角，或者和外国孩子一起做一些志愿者活动。然后，奶奶也调查了一下，有些室内足球队呀篮球队什么的，也有很多外国孩子呢。翔也可以参加这些活动啊。"

翔也此时抬起了头。馅蜜老师准备趁势推他一把，急忙追问："怎么样啊？"

然而，她发现翔也的脸上并未露出微笑，他的双眼笼罩着一层深沉的悲伤，凝望着老师。

"奶奶……"翔也的语气变了。不再是平时那种利落干脆的乖孩子口气，当然也不是撒娇耍赖的语气，他的声音充满了困惑和犹豫。

"奶奶在小泉小学，和吉村老师见过了，对吧？"

小泉小学——翔也在上毛市就读的那所小学。

"吉村老师……是怎么说的？"

"怎么说的？"

"她没有表现出对我很生气吗？"

馅蜜老师立即摇了摇头："当然没有，绝对没有。她反而夸了翔也，夸你在日语班和大家相处得非常和谐。"

但是，在馅蜜老师马上要说出这些话之前，翔也用更加迷茫的表情又问道："就是……呃……"他寻找着合适的词语，"比如，说我很怪，之类的？"

"很怪？说翔也吗？"

"嗯……很怪，或者，说我很奇特，很异常。"

馅蜜老师眉头紧皱，她快速地在记忆中搜索。吉村老师也不知道翔也不去上学的原因，她很困惑，但同时她也非常明确地表达了班里不存在霸凌的情况。

"吉村老师说过觉得翔也很怪这种话吗？"

"偶尔会说。"

"不过，应该也不是指不好的层面吧？你想想看，她的意思应该是你很有个性，很特别，我行我素，很有艺术家气质……"馅蜜老师这样解释着，可是翔也的表情依然没有缓和下来。

说着说着，馅蜜老师也开始感到不安，于是她又问："说翔也奇怪的时候……吉村老师看上去很生气吗？"

"倒是没有……"

"对吧，那就没问题呀。"

"但很困扰。"

"……为什么？"

"因为我很怪。一个班里如果有一个同学很怪，整个班就会变得不好管理，对吧，所以她很困扰。"

馅蜜老师顿时哽住了。她感觉自己的脸也瞬间没了血色。

"那个，翔也……翔也觉得自己在什么方面很怪呢？什么都可以，说说看？"

翔也很不适应集体活动，要是遇到不得不参加的情况，就只好奋力打起精神。可是每次活动结束后，他都会感到精疲力竭，还会发烧、胃肠感冒。

这种情况不是搬到上毛市才开始出现的。在东京的北京浜小学入学的时候就已经——不，再往前追溯的话，其实他从上幼儿园起就是这样了。

小朋友们一起在幼儿园的院子里玩球或者藏猫猫的时候，翔也会独自蹲在角落里收集落叶。他并不是被同伴排挤，而是自己主动想去玩落叶。他觉得在夏季绿得那般浓艳的树叶，到了秋天竟然会变成斑驳的茶色，真的很不可思议；而且落叶那种干燥粗糙的手感也很有趣。可是，幼儿园的老师只要发现翔也在独自玩耍，就一定会喊他过去和大家一起玩。有些老师还会专门跑到翔也身边，告诉他："大家一起玩更开心哪！"并且把他从地上强拉起来。甚至还会对聚在一起玩的小朋友们说："让翔也也加入你们的队伍吧！"并同时催促翔也："你也要好好请求大家，对大家说：'让我加入好不好哇？'快说呀。"可是翔也很讨厌这样，真的很讨厌。

在北京浜小学开早会的时候，所有班都要在体育馆里排列整齐，做"向前跟进"的活动。就是双手举到与肩同高的位置，然后向前伸直，用手比量前一个同学的肩膀位置，最后全班站成齐齐的一列。翔也特别做不来这个，往往自己觉得已经站得很齐了，但却没有信心。他担心班主任老师从自己身边走过的时候会训斥自己站歪了，所以始终战战兢兢的。哪怕校长从台上向自己这边看一眼，翔也都会觉得呼吸困难。

在上毛市的小泉小学，会举办午餐交流的活动。大家会在一个很大的午餐房间里，和其他年级的同学们自由组队，选择喜欢的位置吃午饭。在这里，翔也始终是独自一人。午餐的房间位于教学楼最高层，有大大的窗，能够将整个城镇一览无余。比起和朋友谈天说地，翔也更喜欢一边眺望风景一边吃午饭，所以他会坐在远离人群的位置。虽只是出于这样的理由，但老师们果然还是不能接受，会叫他："快来和大家一起吃呀，自己吃饭一点也不香啊。"

翔也在念小学前，就被邻居家的阿姨说过："你这孩子真有点怪。"他已经忘了那个阿姨是在什么样的前提下这样说他的了。但是，这句话，和阿姨那副吃惊的表情，都深深印刻在了翔也的记忆里，时至今日也未淡去。

同样的话，他的小伙伴们也说过。"你真怪！""你太奇怪了！""很多人都说小翔很怪，对吧？""你就是很怪，绝对是！""你不觉得自己怪怪的吗？"……这些话，有时带着嗔怪，有时带着讥讽。

后来，翔也入学北京浜小学没多久的时候，学校安排高年级同学带领低年级同学上下学。当时负责他们班的一个六年级男生因为某些情况对翔也很是火大，于是狠狠地放话："你这家伙，明明是个日本人，怎么像老外一样。"

把这些话讲给馅蜜老师听的时候，翔也的语气非常平淡。不只是因为事情已经过去四年了，还因为翔也似乎已经接受了前辈说出的这句过分的话。

反倒是馅蜜老师听了之后义愤填膺："会有这种过分想法的小孩子，一般都是听大人这样讲，有样学样的。还是大人的教育有问题！"

可是，翔也仍旧很平静。

"但是，那所学校里就有很多老外呀。"他说道。

的确，据翔也说，光是一个班，就有好几个外国小孩。放眼整个学校，外国孩子的人数就更多了。相应地，他们和日本社会之间的摩擦应该也不少。

"他说的也有道理……我在幼儿园的时候，也是和老外玩得多些；进了小学之后交的第一个朋友，就是巴西人。那我想我可能也是老外呗。"

"翔也呀……"

"老外"这个说法不太好哦，要用"外国人"这样的说法，会比较规范——馅蜜老师想要这样纠正翔也，可是刚开口又犹犹豫豫地停下了。她没有说下去。

老外——

这或许不仅仅是对"外国人"的一个简称，它背后还藏着更加庞大、深沉的隔阂。

翔也继续说道："奶奶是不是也这么觉得？看到老外的脸，会搞不清楚他们脑子里在想些什么？"

"嗯……"馅蜜老师有些困惑地斟酌着该如何回答。

"嗯……是吧，常听到这种说法。就是……外国人嘛，好像他们有些人表情没什么变化。"

"可是，大家都会笑，会生气，也会哭哇。没有哪个国家的人绝对不笑，绝对不生气，对吧？也绝对没有哪个国家的人从来不哭，对吧？根本不可能的吧？"

翔也说得没错。馅蜜老师感到内疚极了，她说不出话来，只能默默地点头。

背后说外国人坏话的家伙，馅蜜老师其实也见过。他们只会说来自亚非拉和阿拉伯地区的外国人；如果是来自欧美的外国人，情况就会反过来——当他们没有表情、表现得很酷时，那些人会一脸憧憬地钦佩道："人家就是和无缘无故就满脸堆笑的日本人不一样呢。"

　　馅蜜老师也一直觉得非常奇怪，所以她从来不会这样说，而且当身边有人这样讲的时候，她会打哈哈而不表示赞同。可是，要说她会不会直接制止对方说"这是偏见，不要这么说"，这对成年人来讲又的确有点难度。虽然心有不甘，但馅蜜老师也不得不承认，她做不到。

　　"巴西或者秘鲁的同学在想什么，我基本能懂。虽然语言不太通，但是看着眼睛有时候就能明白他们的意思，还可以参考身体动作，或者心理感受。"

　　"是呀，嗯，奶奶觉得翔也做得很对！"

　　"可是，之所以能理解，可能是因为我们都是老外吧。"翔也指了指自己的脸，然后用手指比了一个脸庞大小的圆，又说，"我也一样啊。"

　　"你也一样？"

　　"大家都说，搞不清我在想什么。说我笑的时候也像在骗人，根本不是发自真心。"

　　他的同学这样说过他，包括班主任吉村老师也这样说过他。不过吉村老师毕竟是班主任，不会像同学们说话那么过分；或者说，其实吉村老师是在担心翔也。

"她说，不用这么勉强。"

"勉强？比如什么呢？勉强做个'好孩子'吗？"

"我也不太清楚，但她说，不用那么在意。"

"……在意谁？"

"在意老师、朋友，还有很多人……"

"其实我没有那么在意呀。"翔也说到这儿，歪了歪头。

可是，馅蜜老师的表情却变得复杂起来，她没有马上点头回应。说实在的，她的感觉和吉村老师的感觉非常相似。

"翔也和朋友吵过架吗？争执起来，忍不住互相拳打脚踢什么的？"

翔也苦笑着摇了摇头。

"那……翔也是生气了也能忍耐得住的性格呢。"

"也不是吧。就是……没有和朋友生过气呀。"

"可是，比起和朋友们一起玩，翔也更喜欢独自玩耍，对吗？"

面对这个问题，翔也很干脆地点了点头。

"那你遇到过自己也觉得有点勉强自己的事吗？"

翔也没有动作，也没有回答。

"那，有没有强忍着不哭的时候？"馅蜜老师没有停顿，又继续问道，"爸爸妈妈都走了，虽然很难过，很想哭，但是却忍着不哭，有吗？"

翔也的表情看上去有些窒息，脸几乎都扭曲了，他用力挤出一句近乎呻吟的回答："我没有忍……我不知道，不知道怎么做，我什么都不知道……我好难过，但是，又什么都不知道……"

喉咙深处发出憋气的声，翔也的肩膀剧烈地上下起伏着，似乎马上就要不能呼吸了。

馅蜜老师急忙站起身，跑到翔也身后用力摩挲他的后背。

"对不起，对不起。不用再说了。对不起，是奶奶一口气问了太多问题，搞得像在面试一样。奶奶不该这样的，对不起，咱们不聊这些啦，忘了吧……"

翔也后背的颤抖如实地传到她的手心。那后背所传递的触感，要比双眼所见更加瘦而薄，纤弱极了。

第三章

1

此刻，田中校长正坐在校长室的沙发对面。和二十几年前还是馅蜜老师同事时相比，现在的田中校长胖得完全变成另一个人了。他的领带搭在凸起的肚子上，斜斜地歪在一边；双下巴上的肉把衬衫领子都盖住了，根本看不到脖子。

田中在做副校长的五年之间胖了二十斤，后来升至校长，到这所杉木小学工作三年之后，他又胖了二十斤。

"馅蜜老师肯定明白的，做老师这行，又是我这个位置，压力大得很啊。"

他的头发变得稀少，脸也老得厉害。离退休应该还有五六年，可他的状态看上去比实际年龄要老得多。

"啊，馅蜜老师别误会啦，我可不是说我们学校本身有什么问题……"田中正解释着，突然一惊，似乎是发觉自己说错了话，用手捂住了嘴。

"对不起！一不留神就好像回到当年了，张口就喊您馅蜜老师……"

"没关系啦，你这样喊我，我还挺高兴的。"馅蜜老师笑着回答。

"您才刚刚退休，来了学校应该也还没什么怀念的感情，对吧。"

"嗯……"

学校的样子，还有田中老师（毕竟他过去很瘦）的样子都有了变化，当下的模样和往昔根本联系不起来。

他们在西山小学共事的三年，昭和时代即将结束，团块世代的孩子们正从小学考入初中。那些孩子应该就是"婴儿潮"的最后一批了。

当时学生的数量很多，老师的数量自然也多。世间一派泡沫经济沸腾之相，整个学校的氛围都热闹极了。那时候田中老师还不到三十岁，既年轻又活泼，当然，也非常稚嫩。和前辈老师、学生的监护人有了矛盾，他从不轻易低头服软。馅蜜老师当时在下班后无数次陪他去居酒屋喝酒，听他发牢骚。

然而，如今的田中老师身上几乎找不到任何当时的影子了。他不只身体圆润，连性情也圆润了，不再是个"刺儿头"。看到田中现在的样子，说实话，馅蜜老师感觉有些失落。

"那个……馅蜜老师您，今天是一个人来的？"田中校长有些吃惊，"我以为您会带着孙子一起来呢。"

他显得有些沮丧，似乎是在说："我好不容易抽出的时间。"

"是啊。"馅蜜老师略略低头致歉道，"对不起，一开始在电话里和你说清楚就好了。"

"哎呀，没关系，反正到了后天就能见面了嘛。"

后天——四月六日，那一天要举办开学典礼和入学仪式。馅蜜老师知道明天校长一定会忙于准备开学典礼，所以特意提早了一天来拜访，没想到学校里已经是一派忙碌的景象了。田中校长和馅蜜老师见过面之后，就要马上回去处理学校事务。

实在没办法，馅蜜老师只好直切主题："后天……我想给孙子请个假……"

"是身体不舒服吗？"

馅蜜老师一时语塞。略去一切前史去解释，实在太难了。她本来希望对话节奏更加缓慢些——比如，一边怀念过去，一边聊以前教过的一些不太好相处的学生，趁着回忆，自然而然地引出翔也的事。

田中校长十分干脆地说："反正后天只是开学典礼，然后又要休息一个周末，所以下周一再来也行啊。"他还十分自信地说，"我们学校没有霸凌的，别担心！"

田中这种结束谈话的方式令馅蜜老师感到有些火大，她有意用前辈的语气回道："田中老师，你已经彻底是个校长的样子了呢。"

也不知田中有没有听出她话中带刺，他苦笑了一下回答："什么样子不样子，我本身就已经是个校长了嘛。"

说罢，他转过了身。在他身后的那面墙上，挂着历任校长的照片。墙面还没有挂满，大概有二十幅，聚拢着挂在一起。

"一天到晚被这帮老前辈们盯着在工作呢。"田中校长说罢，费了点劲才将自己肥硕的身体从扶手椅上晃晃悠悠拔出来。

"馅蜜老师，接下来就在校内转转吧？我也希望您能看看学校的模样呢。然后，您孙子后天缺席开学典礼的事，我去转告给班主任就好了吧？"

还想再聊聊——这句话，馅蜜老师说不出口了。

他们穿过校长室门外的走廊，向着另一栋教学楼走去。走到大门口，眼前出现一幅巨大的壁画。田中校长在这幅画前站定，说："长宽是两米乘五米。虽然用的是薄板材，但是加上画框之后还挺像样子的，是不是？"他一脸得意地扭头看向馅蜜老师。

这是一张孩子们画的画。执笔的共有三百一十个孩子，每个孩子都画了一个自己。

"这是学校每年的惯例。一年级学生入学之后,稍微过一阵,到了五月,就会一起完成这幅作品。到时候这一大块板材会被运到体育馆去,所有一年级的孩子用午休的时间,把自己的模样画上去。"

"因为学校很小,所以才能这么做。"田中校长苦笑着补充。的确,一个年级平均只有五十个学生——想要维持住一个年级开两个班,这已经是最低限度的人数了。

"不过,能重新分班,对小孩来说已经算环境不错了。很多学校一个年级就只有一个班,再差点的,好几个年级都在一个班里。那种'只有一个人的毕业典礼'已经不是在乡下人口少的村子里才会发生的事了。"

"是啊……"

听到校长这样讲,馅蜜老师点了点头。她突然想起了多摩丘第三小学。

"所以,我们想活用学校小的这个特点,将大家更好地聚拢起来。我来这儿当校长的那一年,就开始让大家一起画这幅画了。我觉得全校的同学一起加油,在同一张画纸上描绘,这想法还真挺棒的,对吧?"

画上所有的孩子都面向前方笑着,紧挨在一起的孩子互相牵着手。在这幅画的正中间写着这样一行字:

你和我 心连心 杉木的孩子 都是好伙伴

"这个口号……这个标语,也是田中老师想出来的吗？"

校长点了点头："但是语感很差，是吧？"

"没有啦！"馅蜜老师微笑着回道，但是心里却叹了口气。她在意的，其实根本不是语感。

"你和我，心连心。"她小声念了一遍前半句，想要比较谨慎地表达自己的不适，但是这感受并未传达给田中校长。

岂止是没传达到，田中校长反而像是在等着对方夸赞一般，圆滚滚的脸上洋溢起一阵兴奋："这句很不错吧！东日本大地震之后，我们学校就开始使用这句口号了，孩子们、老师们、工作人员们，包括家长和整个地区……大家都要心连心！"

田中挥动着他圆乎乎像肉包子一样的拳头，语气十分有力。

馅蜜老师将视线从他的拳头上移开："就是所有人必须团结在一起，对吧？"

"对对，是这个意思。就是和 ALL JAPAN 一样，我们是 ALL 杉木小学，一起加油！"

馅蜜老师刚才的那句话已经加重了语气，不是在表达不适，而是在表达讽刺了。可是她话里的这层意思，田中依然没有觉察到。

"听说当时'牵绊'这个词也挺流行的……"馅蜜老

师又说。

"不不，馅蜜老师。我这么说虽然有点班门弄斧，但是流行词可不能用呢，毕竟太常见了。不使用烂大街的词，这属于基本操作吧？"

馅蜜老师刚才的话已经不是在讽刺，而是很强烈地表达不满了。没想到田中依然没有意识到。

"没有哪个孩子表达过不想画这幅画的意思吗？"

"啊？"校长反问了一句，看上去根本就没想过会有这种情况出现。

"就是——"馅蜜老师刚想解释，校长却摆摆手打断了她："这又不是写作文，而是画画呀！"

田中笑着回答："哪有讨厌画画的小孩子呢！画的还是自己的脸，而且也不会打分，所以大家都画得可高兴了！"

据说，在新学期刚刚开始的五月来画这幅画，是校长的秘诀。

"刚刚分过班，同学们互相之间还不熟悉。这时候让大家聚在一起画画，就会有'你画得真像呀''你觉得我的脸有什么特征吗'这一类的对话。很多友谊就是从这些对话开始的。"

这一点，馅蜜老师很清楚，田中校长所做的这件事是正确的。馅蜜老师也认同他。可是，正是因为这件事是正确的，那么想让翔也来这儿念书，就更困难了……馅蜜老师如此想到。

体育馆内正在准备开学仪式，看台上装了一块巨大的显示屏。

"仪式中途会用到投影仪，给大家介绍校园生活。"田中校长又露出了一副得意的表情。

"欸？"这次馅蜜老师是真的吃了一惊，她直率地表达了这种惊讶之情，"能做到这一步的学校可不多呢。"

"虽然会额外花费不少工夫，但是新学生一定很想看看学校平时的模样吧？"

"是啊。"

"学校每年会举办两三天的校园开放日活动。届时不单是学生家长，这一区域的其他住户只要提前申请都可以来学校看看。一些特殊的日子我们会比较注意，但我希望平时学校不要像个密室一样封闭。"

没错，校长的话很有道理。可是，就算他说得很对，但这种想法在实际执行的时候，又必然会出现很多矛盾——这些，馅蜜老师也很容易想象得到。

"你真努力呀！田中老师。"说完这句话，馅蜜老师露出了发自内心的微笑。于是田中校长咯咯笑着回道："一被馅蜜老师夸奖，我就有种想起过往的感觉呢。"

然后，他又仿佛自言自语般继续道："该不会……她是馅蜜老师的学生吧？"

"她？"

"是呀，我们的老师队伍里有一个人是从西山小学毕业的。因为我当时不是班主任，所以不记得了。但她说是1988年毕业的，当时馅蜜老师不是也还在西山小学嘛。"

佐野典子——田中校长刚刚说出这个名字，馅蜜老师就在脑海中搜到了她的信息。佐野典子，外号点子；与此同时，那个五官分明、梳着麻花辫的形象也在眼前浮现出来。

"您还记得吗？"

"怎么可能不记得，我当时就是她们班的班主任啊！"

"是吗？太厉害了！这可真是，说是偶然，却像命中注定一样。"

田中校长的喜悦表现得十分直白，可是馅蜜老师回报给他的微笑却有些微妙的低沉。

点子的确是自己以前教过的学生，她带领着她们那个班级读完小学、参加毕业典礼，也给她讲过青鳉的故事。那……三月份寄出的信，她是不是没收到呢？

2

点子在新学期会担任六年级的班主任，所以不会直接教五年级的翔也。

"不过，我们这个学校本来就不大，就算不是班主任，交集也依然很多的。她今天也来学校了，这么难得的机会，馅蜜老师等我一下，我这就去喊她过来哦。"

田中校长连婉拒的时间都没给馅蜜老师留，就摇晃着胖墩墩的身子一路向着出口小跑而去，但他很快又掉头跑了回来。

"接下来要检查一下在开学典礼上播放的视频。在等待佐野老师过来的这一会儿，您就当是消磨时间，看看视频吧。"

嘴上虽然说是为了"消磨时间"，但这个视频应该是校长的满意之作，因为他一边用手帕擦着汗，一边露出了得意的表情。"里面也有佐野老师当主角的段落呢！我这就让负责播放的老师把这一段放在最开始播哦。"

"啊……嗯……"

"那我就去找她了。"校长说罢，便啪嗒啪嗒地踩着鞋一溜烟跑了。很快，看台的灯光暗下来，大屏幕上出现了画面——

身穿体操服的孩子们站在体育馆中。孩子们看上去年纪蛮大的，应该已经读五六年级了。大家站成一排，肩搭着肩，身体微微前屈，做出准备冲刺的姿势。每个孩子的脸上都是紧张的表情，还有几个孩子头上缠着写了"必胜"的头巾。

一个女声在耳边响起："我们杉木小学有一项将全校同学凝聚起来的运动，那就是二十人二十一脚。"

摄像机对准了孩子们的脚，给了个特写。左右挨着的孩子脚腕都绑在了一起。

"二十人二十一脚，正如这名字一样，二十个参赛选手肩搭着肩，彼此的脚腕绑在一起，用二十一只脚奔跑。大家应该都玩过二人三脚吧，但当人数升至二十人，这项竞技的难度会提高很多。要在不跌倒的情况下，以最快的速度抵达终点，所有参与者必须齐心协力。让我们，心连心——只有实践了我们学校的这句口号，才能很好地完成。"

镜头切换——这次是一位全身穿运动装的女老师，她右手拿着秒表，嘴里含着哨子。是点子。

"将二十人二十一脚的有趣之处传授给我们的，正是到今年三月为止负责五年2班的班主任——佐野老师。老师！请您看看镜头！"

伴随着旁白的节奏，点子转头看向镜头。她略有些羞赧地微微点了点头，抬起右手将哨子摘下，随后对着镜头问了声好。

从调度上来看，这一连串表演非常业余。不过，正因为摄像机是从正面拍摄了点子，也让馅蜜老师能很清楚地看到她如今的样子。

圆溜溜的大眼睛——和小时候一模一样。虽然头发已经不再编麻花辫了，但是将长发束到后脑扎成马尾的模样也非常适合她。本就十分规整有型的眉毛被修得更加整齐，平添一分威严感。

1988年小学毕业，算来点子现在已有三十五六岁了，作为老师可以说是正当年。馅蜜老师望着大屏幕上的点子，感觉那影像有些耀眼。

"佐野老师在七年前来到我们学校，立即开展了二十人二十一脚的比赛。佐野老师说，她之前在的学校为了提高班级凝聚力，也会举办二十人二十一脚的比赛，效果十分显著，所以希望杉木小学也能进行这项活动。"

这视频的解说稿是谁写的呢？馅蜜老师突然想。是学生写的还是老师写的？"效果"这个词，总感觉有些刺耳呢。

"刚开始真的非常辛苦，别说速度了，大家甚至都很难跑到终点。有的同学摔倒哭泣；有的干脆放弃，说不想比赛了；还有的同学会对失误的同学发火。可是，一天天过去，午休时、放学后，大家坚持练习，聚在一起商讨如何能让团队做得更好，还反复调整了身高的排列，一点点掌握了技巧。"

屏幕上开始一张张滚动展示孩子们练习的照片。

"一开始，跑五十米都得花费三十多秒。之后时间越来越短，第三学期结束的时候，大家已经跑进了十秒。"

照片里，跑到终点的孩子们和点子老师脸上洋溢着欢笑，大家开心地抱在了一起。

二十人二十一脚这个比赛，馅蜜老师当然是知道的。不论二十人还是十人，或者更多，五十人、一百人，都无所谓；重点在于，它是一项需要所有人齐心协力去完成的竞技。不需要特殊的道具，只要场所开阔，在哪儿都能跑起来。最重要的是，这不是一项以个人跑步速度决定成绩的运动——这一点正适合学校和班级。十几年前，电视台甚至还策划过三十人三十一脚的运动节目，大约三年前才终止这个节目。

"二十人二十一脚在举办的第二年也扩展到了其他年级，成为了风靡全校的体育运动。不单单学校内部会办比赛，还会和其他学校一起比赛，加深交流。去年我们举办了总计十所学校参加的运动会。"

随后，伴着旁白的一声"于是"，屏幕上出现了一座奖杯，虽然奖杯很小，但是上面刻着的"优胜"两个字却非常夸张。

"没错！我们杉木小学出色地荣获综合优胜奖！"

欢呼声和鼓掌喝彩的声音盖过了旁白的声音。哎呀，真棒呀！馅蜜老师也佩服地点了点头。

"今年将要举办第二次运动会，参会的小学比去年更多了。对手增加了，但是，我们杉木小学仍会向着蝉联优胜的目标努力！本次运动会由四年级以上的同学参加，今天入学的新朋友们，希望你能为他们加油鼓劲！"

屏幕上的画面再次回到了视频一开始时出现的那群孩子身上。

"那么，在此请大家欣赏去年还在读五年级的五年2班同学们所做的示范，去年还在读五年级的他们创造了超越六年级同学的记录。今年他们升上了六年级，会向着更高的目标努力。他们的教练，当然就是班主任佐野老师了！"

镜头切到了佐野老师身上。

"那么，有请佐野老师！"

旁白短暂一顿，便听到点子吹出的哨音响彻了会场，五年2班的全体同学一起飞奔出去——

摄像机放置在终点位置，以广角镜头拍摄飞奔而来的学生们。

很快，的确非常快。即便是馅蜜老师这样的外行也能看出来，佐野老师率领的五年2班跑得非常非常快。

"右！左！右！左！"

每隔几个人就有一人在大声喊着口号。那些喊口号的孩子发出的号令声，宛如合唱一般整齐。

摄像机不只一台，看来真是投入了整个学校的力量在拍摄。除了设置在终点的那一台，还有一台摄像机是从体育馆的二层观众席向下拍摄的。

从二层的角度看，五年2班训练的效果更是一目了然。明明一群孩子里一定有跑得快的和跑得慢的，可是速度的差别几乎对整体毫无影响。这支队伍非常整齐划一，二十人跑成一横排，就像是一条笔直的线。

太厉害了！点子真有本事啊！馅蜜老师正连连点头，下一瞬间，她的视线却被什么吸引了。

这一横列的孩子们，并不是所有人都把脚绑在一起、肩搭着肩在跑的。二十人二十一脚队伍的边上还有几个孩子分散着在跟跑。

两个男孩，一个女孩。那个女孩和其中一个男孩看上去比较胖，身体沉重，跑得也很慢，比那些绑着脚搭着肩的孩子们跑得还慢。还有一个男孩跑起来速度并不比大队慢，但是个子很矮。这个男孩和队伍差不多同时跑到了终点，但是他没有向着同学们冲过去，而是独自蹲下身，一个人慢慢调整着紊乱的呼吸。

"这是……怎么回事？"馅蜜老师喃喃道，声音却似低吼。那两个胖孩子这时终于抵达终点。队伍里的成员们解开脚上的绳子后，全都冲过去围住了点子老师，估计是想看看跑了多长时间。可是，那两个胖孩子和那个矮个子却没加入这个圈，而是从稍远些的地方望着围住点子老师的同学们的后背。

馅蜜老师呆呆地看着这一幕。这时，旁白的女声激动地响起："这一次的记录是九秒八九！比运动会的记录快了零秒二七！"

"虽然五年级以下的同学无法参加这次运动会，但是作为学校的传统项目，这项运动从一年级就会开始练习。大家一开始可能会觉得单是跑到终点都很困难，但是，请大家一定不要气馁！一定要好好加油！只要大家同心协力，耗费的时间就会越来越短。真的哦！而且，随着一点点的进步，整个班级的凝聚力也会越来越强。我们这些高年级前辈可以作证！以上，就是二十人二十一脚的介绍啦。"

此时，整个五年2班的同学们都面向镜头，摆出胜利的手势，用集体的齐声呼喊作为整段影像的结束。点子也在其中，刚才那三个没和大家一起跑的同学现在被安排在了画面的正中间，被老师亲昵地拥着肩。

学校的介绍进入了下一个环节，旁白也换成了男声。

"接下来将要为大家讲解图书馆的使用方法和图书委

员会的活动内容。"

正在这时，田中校长用手绢擦着脸上的汗水向她走来。校长身后跟着的正是点子，她这次穿的不是运动套装，而是抓绒卫衣和牛仔裤，发型倒是和视频里一样，扎着马尾。

一和馅蜜老师对上视线，点子立即鞠躬道："老师，久疏问候了。"

这是自点子毕业二十多年之后的再会，但是馅蜜老师并没有多年未见的陌生感。这不仅仅是因为刚刚看过视频，还因为点子在小学的时候，就是这样一个礼仪端正得连成年人都会汗颜的小孩。

"前几日还收到了您特意寄来的信件，实在感谢。馅蜜老师竟然已经退休了，知道这件事我吃了一惊，也勾起了很多过去的回忆，真的很怀念哪。"

可是，你却没有回信哪。我明明在信里写了"希望了解大家的近况"，可是，你却没有回应我的这份期待——当然，馅蜜老师并不准备将这些想法说出来。她最清楚年末时老师有多忙碌。

"老师，您已经看过那个了吗？二十人二十一脚？"田中校长一脸得意地问。

"是不是很厉害呀！"他说完，厚厚的胸膛骄傲地挺了起来。一边的点子老师也露出一个略显羞涩的微笑。

田中校长把"二十人二十一脚"称为"必杀技"。

"每一年的这阵子都要迎接新生，还要分班，紧张得很呢。但是，我们这儿有二十人二十一脚这个必杀技，所以就算一个班在刚开学时候状况让人有些担心，但是一旦开始练习，大家就能肉眼可见地凝聚起来了。"

"是吧？佐野老师？"校长的语气和看向点子的表情，都显露出对她的极大信任。

"也没有也没有……"点子将手挡在脸前连连挥着，但看上去却是一副骄傲的模样。

对于她的成绩，馅蜜老师也很赞同。不论是哪个小学老师，看了那段视频后肯定都会感到震惊、钦佩与羡慕的，而且越是年轻的老师越想让自己带的学生试试。

"点子……"馅蜜老师不假思索地喊出了佐野的绰号，她急忙想要改口，可是点子听到了却喜笑颜开道："哇！好开心！老师您竟然还记得我小时候的绰号！"

于是，馅蜜老师也回给点子一个微笑。可与此同时，她的心底里却泛起一阵苦涩。收到来信的事，还有没回复的事，就算不再有感谢或歉意，也至少应该再提一句啊……

整理了一下心情之后，馅蜜老师问道："关于二十人二十一脚，能不能再详细跟我讲讲呢？"

点子老师之所以提倡这项运动，源自于同辈老师们聚在一起的研讨会，大家讨论如何才能让班级更团结。在运动这方面大家提了很多意见——不需要特殊的工具和设备，午休和放学之后的较短时间内也可以玩，男生女生都能乐在其中，尽量别有太大的个体差距……

"我们觉得最重要的，就是付出的努力能切实得到回报这一点。只要好好练习就能有好成绩；只要认真磨炼技能，就能让团队协作能力更进一步。我们都在想，有没有符合这些标准的运动。后来，大家一致认为，可以把二人三足这个运动改成一个参与人数更多的版本。十几年前那个很有名的电视节目玩的是三十人三十一脚，但是随着少子化，如今这个时代一个班级不满三十人的情况已经越来越多了，所以我们按二十人以上去算，这样人数比较少的班级也能乐在其中。"

"欸，等一下。"馅蜜老师抬手请求对方暂停了讲解。她虽并非有意，但因为感到困惑，于是音量显得大了一些。

"刚刚你说，一组二十人以上？对吗？"

"是呀……"

"就是说，不必刚好二十人，是吗？"

"是的。"

"人数多一些也没关系，是吗？比如二十二人、二十三人什么的？"为了确认，馅蜜老师指向屏幕，"可是……刚刚……"

她想起了没能参与进去的那三个孩子的模样，胖胖的男生和女生，还有一个矮个子男生。

点子老师似乎也明白了她的意思，点了点头："哦哦，是呀，五年2班有二十三个人。所以，就安排成二十名正式选手，三名候补了。"

"大家一起跑不行吗？"

"嗯，从规则上来讲没问题。完全可以这么做。"点子老师完全没有流露出一丝一毫胆怯，一副自信满满的大方态度。"可是，将选手控制在二十人，剩下的当候补，也算是按规则来的呀。"

馅蜜老师顿时哑然。不是因为太生气了，又必须控制情绪，而是因为点子这句话说得太过突然了，太出人意料了，她甚至忘了要指责点子。

反倒是点子十分冷静地解释道："抱歉，按我刚才的说法，感觉我是个很差劲的老师，是吧？"

她笑了笑，开始进一步讲解规则。

二十人二十一脚，是按照队伍中跑得最慢的那一个人冲线的时间来计算最终成绩的。也就是说，光是让跑得快的孩子冲在前面是不行的。

"或者说，真的有跑得太快的孩子在里面的话，大家会一起摔倒的，所以得以跑得慢的孩子为基准，大家步调一致地向终点前进才行。为了能将时间缩短，就不能缺少跑得慢的孩子们的努力；而速度快的孩子也会站在别人的立场上去努力思考怎样跑才会使整体进步，这样能够拓宽学生们的视角，还能培养他们为人着想、性格温和的品质。"

点子说的这些，馅蜜老师其实都明白。可是，她这些话却都是站在跑得快的孩子们的角度——馅蜜老师心里涌动着这种微妙的感受。

"为了能缩短时间，最重要的并不是速度。如果大家的步伐不一致，就一定会摔倒。可是，想要所有人都步伐一致，从现实角度来说也不可能做到。"

点子说得流畅极了。她滔滔不绝、条理清晰地讲解着，那副模样真的非常有老师的风采。过去曾经教过的小朋友，如今已经长大成人，成为老师，还对着自己讲道理，说着"老师，您明白了吗？"——馅蜜老师感觉又开心、又踏实，但是又有点不甘，甚至还有点烦躁。

"基本上每三人划为一小组。测量好大家的步幅后，按大、中、小三档去分组。再从一队的开头位置依次按序排列。这样整体的步幅差距就基本消失了。"

原来如此。馅蜜老师点了点头。随后点子老师又继续道："我们还有个最基本的标准。二十人二十一脚是一个自由参与的比赛。我们老师之间都已经严肃确认过了，绝对不能强迫孩子去参加这项运动。"

刚才那三个学生——两个胖孩子和一个矮个子，他们是主动要求去做候补的。

3

从杉木小学回家的路上，馅蜜老师的步伐很沉重，她觉得好累。明明是点子老师一直在讲，馅蜜老师只是听而已，但她却有一种历经漫长的论战，最终败北的疲劳感。

"或许馅蜜老师有不同意见，但是在我心中'大家一起'这个说法实在是太理想主义了。"

点子老师如是说。听她这样讲，一边的田中校长并未露出十分惊讶的样子，看来这个说法她应该已经提到过很多次了，所以校长也已经习惯了吧。

"全班同学一起跑，这当然是最好的。选择这么做，也和'大家一起'的想法比较吻合。但是这么一来，那三个同学就不得不始终背负着歉意了。比如，因为自己，大家才摔倒的，因为自己拖了大家的后腿，所以大家的速度才提不起来的……等等。"

对吧？

说罢，点子老师望向馅蜜老师。馅蜜老师沉默地点了点头。的确，对有些孩子来说，"大家一起"做事其实是负担。这一点，馅蜜老师很明白。

"所以，二十人二十一脚并没有一定要'大家一起'。与其强迫不擅长跑步的孩子参加比赛，让他们觉得丢人，还不如帮他们突出别的长项更好哇。"

对吧？

点子老师又望向馅蜜老师。这一次，馅蜜老师依然沉默地点了点头。道理的确是这个道理。

"只要有'一切为了集体'的这种心情，那么既可以努力应援大家，也可以去帮大家整理比赛需要的毛巾，当然，还可以像刚才您在视频中看到的那样，在旁边和大家一同奔跑，鼓励大家。倘若非要在一件事情上强调'大家一起'，就一定会出现给班级添麻烦的小孩。可是，如果让大家在力所能及的范围内为班级做出贡献，各种可能性就会在大家眼前飞速展开了，不是吗？这正是'你和我，心连心'的精神呢！"

点子老师的话音一落，校长便露出深得我心的表情，报以掌声。

那一瞬间，馅蜜老师用一种难以名状的声音嗫嚅道："不是的。"

大家。一起。心。连心。擅长。不擅长。添麻烦。做贡献。这些词语像是混进汤中的沙粒，嚼不碎、化不掉，那沙沙的粗糙质感沉积在馅蜜老师身体里，无法消散。

从学校走回家，按成年人的步速十分钟就能走到，可是馅蜜老师却绕远向车站走去。她虽然很想早点回家休息，但是又不想就这么直接回去。

还在一线教学的时候，工作方面一遇到难题，她就会这样，在回家的电车上提前一站下车，走路回家。她还曾坐着山手线环线绕了一整圈，或是不看院线排片就走进电影院，花将近两小时去看一部很深奥的外国电影。花时间去做这些事，并不能帮她立即想出解决难题的法子，但是从"老师"到"妈妈"和"妻子"的身份转换，她需要一些冷却时间才能完成。

这次也是一样。她不知道直接回家的话，自己该用什么表情面对翔也。

在杉木小学时，她虽然客气地对点子老师和田中校长笑着说了再见，可是走后又感到很不甘心。

她不甘的点并不是想要回敬他们几句，就算反驳，点子老师坚持的正确性也不会动摇。正是因为知道这一点，所以她才感到不甘。

点子从小学开始就是个严谨可靠的孩子。当时正值泡沫经济时期，班上有几十个女孩子参加私立中学的考试，点子考上了其中水平最高的一所初高中一体的女子学校。想必之后也考上了一所一流的大学吧。虽然没想过她会成为老师，但是仔细想想，这个工作的确适合她。

自己教过的学生选择成为一名老师，从馅蜜老师的角度来讲，当然是高兴的。

如果点子所憧憬的老师形象，能有哪怕一点点自己的影子，那馅蜜老师就更加骄傲了，甚至可以说是身为老师最值得的一件事。而且点子并不是那种心不在焉、得过且过的老师，她会为了学生们非常努力地拼搏。

可是，不知为何，馅蜜老师却对这一切高兴不起来。她很佩服点子，但是却无法赞同点子。就算一直用"原来如此，这样哦……"等等句式回应着点子的讲解，可是她心里却全是无法赞同的情绪。点子滔滔不绝的那些道理，明明逻辑很漂亮，可是馅蜜老师却越听越觉得心口憋闷，这种奇怪的感受很难用语言表达，这也让她很不甘心。

馅蜜老师走到了站前广场。因为是私营铁路的快速停车站，所以购物中心和商店街的店铺一应俱全。大部分东西在这儿都能买到，并不需要去市中心。

馅蜜老师走进了和站台相连的购物中心。她没有在一楼卖食品的区域停留，而是直接走上电梯，跳过卖服装和日用杂货的二楼，在百元店和卖家电的商铺所在的三楼走下电梯。她的目的地是位于楼层一角的自行车店。

三轮车、幼儿用的自行车、独轮车、迷你自行车、山地车、观光自行车、城市自行车、折叠自行车、电动辅助自行车……狭窄的空间内摆着各式各样的自行车。看上去十分高级的观光自行车和山地车不仅摆在了地板上，还挂到了墙上。

馅蜜老师一直知道三楼有一家自行车店，但这还是她第一次走进店里。因为走到站前广场的时候，馅蜜老师突然想起了翔也还没有自己的自行车。

馅蜜老师家有一辆自行车，是妈妈带孩子用的那种装着一个大车筐的迷你自行车。这辆车她已经骑了快十年，破旧不堪，不过光是骑着去附近买点东西还是够用的。

翔也有时候也会骑一骑这辆自行车。今天吃完早饭，他就骑着这辆车去了图书馆。不过，这车把手上还套着蕾丝质地的防晒套，一直骑着这么一辆车，翔也应该会觉得有点丢人吧。

馅蜜老师退休之前的那所学校里，四五年级的男孩子大部分都喜欢骑小型的山地车。翔也在上毛市骑的就是一辆六段变速的山地车，但是这辆车现在正和其他还未来得及整理的杂物一起堆在上毛市那边的公寓里。

把那辆旧自行车运来东京当然可以，不过她转念一想，在东京给他买辆新车也可以，不是吗？馅蜜老师查看着山地车上挂着的价格标签。确实不算便宜，但如果作为愿意上学的奖励的话——

还是算了，这样做总感觉有些狡猾。馅蜜老师耸耸肩，对正向自己走过来的年轻店员挥了挥手道："今天只是想看看样子，抱歉啊。"道过歉后，她正准备离开，却被三楼最靠里的宠物商店吸引了目光。

馅蜜老师早就知道那里有家宠物商店，但是因为自家并不养宠物，所以没进去过，甚至都没有从店前走过。

商店里陈列着宠物食品、玩具、猫砂盆和犬笼，看得出是以售卖"物品"为主。不过也摆着几列笼子，里面是幼猫幼犬，它们看上去像是住在公寓里一样。

馅蜜老师第一次知道宠物商店还会卖兔子和仓鼠，此外，还有热带鱼——位于看不到的死角位置。

热带鱼的鱼缸也和小猫小狗一样，按种类区分开来。其中尤为吸引馅蜜老师的，是身体中央长着蓝色线条，同红色尾鳍对比鲜明的红绿灯[1]。

她知道这种鱼的名字，好多年前常去的一家牙科诊所就在候诊室的鱼缸里养了几十条这样的鱼。它们会聚

---

[1] 学名霓虹脂鲤。鲤形目淡水鱼，全长约四厘米。背灰褐色，体侧中央有闪光蓝色细纵带，腹部的后半为鲜红色。

起来，在缸中成群游动，这种鱼颜色鲜艳美丽，的确符合它们的名字。而且，在光线的照射下，它们身上的鱼鳞会变化出更为复杂的颜色，那种颜色几乎接近金属的色泽，光彩夺目。

然而，眼下吸引馅蜜老师目光的并不是它们的美，而是鱼缸一边贴着的广告——

超实惠！S〰M大小每条30日元，M〰L大小每条60日元。

特别酬宾！每买十条送一条，如单次购买五十条以上，再赠送水草套餐！

这鱼要比预想得便宜多了，售卖方法看上去也很草率。在亚克力质地鱼缸的一角，也贴着"买就送十条红绿灯！"的广告标语。

的确，红绿灯这种鱼身长只有四厘米左右，比青鳉还要小一圈。想一条一条地区分它们应该很难做到。既然能在商超里的宠物商店买到这种鱼，说明它的养殖条件并不复杂，也很容易饲养，所以才卖得那么便宜，并且十条十条地售卖。这些她都懂，可是——

望着那些闪烁着美丽光辉，一群一群游动的小鱼，她再次回忆起杉木小学的二十人二十一脚。

"您是在找热带鱼吗？"刚刚在打扫兔笼的年轻女店员同她搭话，"现在买红绿灯很划算的。"

"好像是呀。"馅蜜老师没有回头看她，只随意回应了她一声。

"抗病性很强的，适合新手，很好养。"

"所以人气很高，是吧？"

"是呀，长得很漂亮，又很便宜。"

"啊，不过……"店员继续道，"要说人气高，那边缸里的红莲灯[1]卖得更好。"

隔壁鱼缸里养的是红莲灯。它的身体中央有着和红绿灯相同的蓝色线条，不过它身上的红色不仅出现在身体后半段，就连肚子都是红色的，的确很像"红莲灯"——那种红已经接近深红了。

红莲灯的体长与红绿灯的体长差不多，不过色泽的鲜艳程度比红绿灯更胜一筹。

可能就是因为这个原因，两者价格也有差别。红莲灯的 M 大小一条要 160 日元，L 大小一条 280 日元，价格比红绿灯贵了好几倍，但是，它也和红绿灯一样买十条送一条。所以说，它只是略高级了一点，本质上和红绿灯并无区别，是这样吗？

见馅蜜老师沉默地凝望着鱼缸，店员有些读不懂她的意思，于是慌忙找话，听上去仿佛在解释着什么："单

---

[1] 学名阿氏霓虹脂鲤。和霓虹脂鲤十分相似，过去曾是其亚种，1956 年正式同其区分开来。

买红莲灯可能太贵了，所以很多客人是混着红绿灯一起买的。买一大群回去，也可以说是个小技巧吧！那么多鱼一起游，就区别不太出红绿灯和红莲灯了，营造出那个氛围感来就好……"

"嗯……是吗？氛围感哦……"馅蜜老师应和着。她话里带着些微的讽刺，不过她也知道店员不理解她的想法。于是便转过头问道："宠物店的店员，能把这些小鱼一条条区分开吗？"

听她这样问，店员露出吃惊的表情，双颊不自然地动了动。"呃……这个，不太清楚哇。"她歪了歪头，"我只是打临时工，而且我负责的是兔子宝宝。"

"哦，所以鱼宝宝的事情你不清楚哇。"

"就是就是。"店员露出一个放松的微笑。看来这一次的讽刺也没能传达到位。

据店员说，负责热带鱼的同事正在休息。"不过很快就会回来的。"负责照顾兔子的店员这样说着，一副不准备在馅蜜老师身上再花费时间的样子。

负责热带鱼的店员应该能区分出红莲灯和红绿灯这类小鱼之间的不同吧。可是，倘若真的能分出来，却又想出了"买十送一"的促销法，这就更令人感到凄凉，甚至有些毛骨悚然了。

"多谢您讲解，接下来我就随便看看了。"

把店员请回她原本的阵地之后，馅蜜老师又去看了看其他鱼缸。这里还卖孔雀鱼[1]、神仙鱼[2]，这些种类是她这样的外行也认识的，等到了唐鱼、鼠鱼、花斑剑尾鱼这个区域，她基本就叫不出名字了。而且她也是今天才知道，热带鱼区域还会卖小虾和水草。

还有金鱼区。狮头、兰寿、镏金、彗星等等华美的名品金鱼十分吸睛，不过馅蜜老师最熟悉的还是那种和带了点花色的鲫鱼差不多的和金[3]——恐怕大部分小学老师和馅蜜老师一样。她负责低年纪的班级时，经常会带着孩子们在教室饲养金鱼。虽然小孩子们都喜欢华丽的出目金[4]或者镏金[5]，但是体格最壮，也最适合小朋友照料的，就是那种常在捞金鱼的小摊上出现的和金。

金鱼区的隔壁，也有青鳉区。可是，这些在略小的鱼缸中畅游的青鳉们，却和老师心中的"青鳉"不太一样。

---

[1] 学名花鳉。鳉形目热带淡水鱼，雌鱼淡褐色，雄鱼经饲喂，色彩、斑纹、鳍富于变化，可培育出各种各样的品种。卵胎生。

[2] 一种体形较大的热带鱼，原产于南美洲亚马孙河，体形侧扁，高可达十五厘米，适合在河中水流平稳的树根缝隙中生活，以动物性水虫为食料。

[3] 日本金鱼。形似鲫鱼的最普通的金鱼。一般有红色或红白色斑点。

[4] 金鱼的一种。眼大而突出，体色有黑色、红色和三色。

[5] 金鱼的一种。体型短而圆，体色有红、红白、紫、蓝、黄五种颜色。

有的是通体呈鲜艳朱红色的"杨贵妃"，有的是浑身雪白的"白化青鳉"，还有和出目金类似的"出目青鳉"，以及和红绿灯一样身上闪耀着金属光泽的"干支青鳉"，甚至还有身体圆胖的"达摩（球体）青鳉"。唯独没有那种普普通通在小河沟里生活的青鳉。

她又跑去问了刚才的店员——抱着姑且一试的心态——对方倒是非常干脆地说："哦！是说过往青鳉吗？现在不卖那种呢。抱歉。"说罢她便折回了兔笼那边。

过往青鳉——已经成为过去的青鳉吗？

原来如此。这说法还挺妙的，馅蜜老师不由得有些佩服。随后，一阵寂寞的情绪又一点点涌上心头。又过了一会儿，她开始生气了。

4

回到家后，她在信箱里找到一封信。大号的西式信封，收信人的名字写的不是"杉田美津子女士"而是"安藤美津子老师"。信是由三名女性和两名男性联名寄出的，上面还写了一句——"本町小学六年2班·2001年三月毕业"。就算没有写这一句，馅蜜老师看到这几个名字也马上就想起了他们儿童时代的脸。

本町小学的学区内有一条商业街名叫银天街，意为闪耀银色光辉的天顶。这条街道有数百米长，一家家个体小商店连在一起。二十世纪七十年代早期，这条商业街刚落成时还颇为时髦，可等到馅蜜老师千禧年前后去工作时，这条街已经成为极具昭和风情的怀旧老街了。

写在最前面的名字——松岗勇人，家里是开运动用品商店的。写在最后的名字——加藤朋美，她家从曾祖父那一代就一直经营荞麦面店。剩下的三个人，家里都不是在商店街开店的，或许联名寄信只是因为他们至今还有联系吧。

不知道大家都还好吗？馅蜜老师将信封放在了客厅的茶几上，故意慢吞吞地换了衣服，又哼着歌倒了杯茶。

难得收到学生的回信，随意拆开看可就太浪费了。所以越是想马上读到，越是应该不慌不忙，慢慢品味。

不……坦率说，她是有点害怕读这封信。

望着信封上的那排寄信人的名字，首先浮现在自己脑海中的是秀吉的脸；紧接着，刚刚才见过面的点子的脸也闯进了脑海。

大家都还幸福吗？过去了许多年，眉眼尚留下了儿时的痕迹，但他们又成为了什么样的大人呢？

此刻，在馅蜜老师心里，不安的情绪比期待更多。或许是因为，她突然觉得不知道反而比较好。

她尝试去探寻自己那不安情绪的来源，不知为何，出现在脑子里的并不是和癌症做斗争的秀吉，而是大谈教育理念的点子那威风凛凛的模样。

馅蜜老师坐在茶座边，啜饮了一口热茶，随后仔仔细细拆开了信封。

信封里放着一张手工贺卡，展开后露出一张用美工刀刻出来的立体画，一支郁金香立在卡片中间。

　　馅蜜老师！您辛苦啦！

好几种荧光色马克笔写下的文字五彩缤纷，字体浑圆可爱，仿佛要跳出纸片一般活泼。

　　HAPPY RETIREMENT!

这句应该是退休快乐的意思吧？虽然不知道这是不是值得庆贺的事，不过在眼下这个时代，自己能一辈子工作到退休，而且还接受返聘又教了一年书，或许这本身就是件很幸福的事了。

这行字下面，是彩色铅笔画的一幅肖像画——馅蜜老师正站在讲台前上课。她右手拿着数学书，左手拿着教鞭，指向黑板上的坐标图，面带微笑。不论是从发型还是整体气质都很像她本人。她注意到五个人中井上莉奈的名字，马上心领神会。那孩子画画很拿手，她还在毕业纪念册里写了，自己将来的梦想是成为漫画家或动画人。

2001年三月毕业的学生，现在应该是二十三或二十四岁[1]。

井上莉奈的梦想实现了吗？现在下结论还为时尚早，她还非常年轻，这年轻让馅蜜老师感到一丝慰藉。

肖像画上的那个她也比现在要年轻。虽然那时候已经走入老师生涯的最后一个阶段了，但也才五十岁出头。当时宏史还在，麻美也住在家里，最重要的是，健夫……

馅蜜老师重新振作精神，读起了五个人写在卡片上的留言。

久疏问候！我现在是松冈运动商店的年轻见习社长啦！——松冈勇人

虽然已经步入社会，但还是最爱本地的生活！买东西和聚餐99%都要去银天街！——近藤优香

虽然大学毕业了，但是目前仍在求职和探

[1] 本书创作于2012年左右。

寻自我的道路上（泪），眼下暂时靠松岗的人脉，在银天街的便当屋炸猪排。——千叶彻

受朋美委托，我现在正在为银天街设计官方页面和吉祥物！——井上莉奈

最后的加藤朋美代表大家，写了稍长的一段话：

餡蜜老师，这么多年的老师生活，您真的辛苦了。竟然能收到您的来信，我们都非常感激。因为太高兴了，反而觉得压力很大，于是回信晚了些，请您原谅。

加藤朋美的笔迹十分圆润，右上部分的笔画有些不自然地向下歪，看上去十分幼稚。已经二十来岁了，是不是应该再把字写得像样点呀……不过真这么说倒也太没情商了。

我们五个人从本町小学毕业之后关系一直很好。松岗君和我自不必说，其他三位同学也是银天街不可或缺的年轻成员，大家在一起做了许多开心事。银天街的活动在官方网站页面上也看到，我们五个人都在主页的照片上哦（其

中松岗君扮演了吉祥物银天酱）。如果可以的话，也请馅蜜老师去官方网站看看。

"也看到"……哎呀。馅蜜老师苦笑。不管写作文还是别的什么，一旦孩子们忘记加上"可以"二字，她都会细致地提醒，结果，朋美到现在还会把"也可以看到"写成"也看到"。看来没有好好听老师讲嘛。

不过，看到他们五个人都这么有精神，馅蜜老师很高兴。而且他们还和小时候一样关系亲密，这也令馅蜜老师感到十分欣慰。

读了馅蜜老师的信，想起了久违的青鳉的故事。我们这五条青鳉，正在充满活力地游着！（以上！）

刚刚二十岁出头的这五个人，已经顺着河川游到大海之中了吗？他们正被世间的惊涛骇浪所磨砺，向着大海努力前行吗？还是说，他们尚在波涛暂缓的入海口？又或者，他们甚至还未游出河口呢？

慢慢来就好，不必那样慌张地冲进海中，不必那样急切地游入大洋。

迄今为止，对于这些自己教过的孩子们，她第一次有了这样的想法。在此之前，她总是忍不住想让时间快些走，想知道这些孩子长成了什么样的大人、度过了什么样的人生。

是自己变胆小了吗？还是因为自己已经同秀吉和点子再会了。对一名老师来说，得知自己教过的学生的近况，明明应该是非常高兴的事呀。

井上莉奈设计的银天街主页，看上去内容非常丰富。其中有一张记录了全部店名的商店街示意图；点击店名就会弹出这家店的详细介绍，有些店还有展示的视频。

主页有领取打折券的地方，有讲述商店街历史的部分；电商版块里，还贩卖着印有商店街的吉祥物"银天酱"的 T 恤和明信片。

莉奈设计的"银天酱"长着一张鱼糕形状的脸，可能原型是商店街拱廊的横截面吧。它的脸庞正中有一双大大的眼睛，还是一双对眼……馅蜜老师忍不住扑哧一声笑了。说实话，有点像怪物 Q 太郎或者 Gachapin[1] 的劣质仿造版。

加藤朋美家的"加藤屋生荞麦"是家老店了，可能是她父亲说女儿有个朋友很擅长画画，强行请莉奈去画

[1] 富士电台的吉祥物。

的；松岗运动商店的年轻见习社长松岗勇人可能也推波助澜了那么一下。

看着造型设计颇为业余的"银天酱"，馅蜜老师感觉整个人都自然而然地放松下来了。

主页上也详细记录着银天街举办的各种活动，最新的一场是女儿节[1]活动。

和眼下全国各地的商店街纷纷关门的情况相同，银天街的生意绝对称不上兴隆。主页示意图里，也有好几个店铺是空的，上面打了 × 号。不过这些空店面并没有浪费，店门上都装饰了雏人偶。

雏人偶既有摆了七层的正式版本，也有附近幼儿园帮忙制作的玩具版本，还有模仿运动员和搞笑艺人的纸糊版本……各种各样的雏人偶装饰在银天街的各个角落。馅蜜老师想，单是在这条街的天顶之下散个步，应该都会很开心吧。

活动场上还有招待游客品尝白酒和零食的区域。加藤朋美和井上莉奈就站在那儿，近藤优香也在。大家的脸上还有儿时的模样，这让馅蜜老师高兴极了。一边的千叶彻正在用喇叭招徕顾客，他背后那个往袋子里分装女儿节米花糖的"银天酱"，里面应该是松岗勇人吧。

---

[1] 每年 3 月 3 日是日本的女儿节，有女孩子的人家会搭设坛架，摆上人偶及其用具，供奉菱形年糕、白酒、桃花等。

从女儿节到情人节、节分、成人式、正月初的大会、年末大促销、圣诞节……馅蜜老师一点点回溯着时间线，一张张翻看着页面上的照片。

　　每次活动的照片上都有他们五个人，他们会身披整齐划一的防风外套。有时活动中出现的都是年轻人，有时会有一些上了岁数的成员和他们一起炒气氛。

　　看着这些照片，馅蜜老师不知不觉露出微笑，最后眼中竟盈满泪水。明明好开心，但是胸口却揪得紧紧的；明明不应该有什么悲伤的情绪，可是却又感到难以言喻的惆怅。

　　加油哇！加油哇！加油哇……

　　她无声地为五个人声援着。已经许久没有这种感觉了，这种像是在作业本上用红笔画了一朵大红花的感觉。花朵表示的不是优异、好评，和鼓励、奖赏也略有不同，它仿佛是在说："真棒！就这样坚持下去吧！""你真的很努力呀！"

　　秋天时，银天街举办了亲慕旅行，运动会，支援3·11大地震灾区的东北特卖会，还有赏月活动……五个人的身影仍旧活跃。

　　仔细看这些照片，馅蜜老师发现即便是在举办活动的时候，商店街的客流量也不算大。一些关系较近的店主也出现在了照片之中，不过在他们身后的街景，就算是加一层滤镜来看，也依然离"热闹"差得远。该不会他们每次举办活动的时候都在亏本吧，说不定还要顶着被老人们强烈反对的压力。

可即便如此，这五个人看上去却都很开心，他们一直面露微笑地努力着。

盂兰盆舞会场的高台下面，三个女孩身穿和服浴衣，脸贴着脸比着"耶"。她们已经完全是大人模样了。馅蜜老师看着照片，心里默默念叨："妆化得是不是也太重啦。"她又看到另两个主持抽奖的男生，又想："头发不能染成茶色啦！""下巴上的胡碴最好剃掉啊！""牛仔裤的腰带再提高点，不然该踩裤脚了！"她想说的简直太多了。

不过，她将这些话统统埋在心里，露出了微笑。你们要好好加油啊！她笑中含泪。想起来了，那朵在作业本和试卷上画下的大红花，有时也是"谢谢"的意思，它饱含一名老师的感谢之情。

她恢复精神了。

虽然馅蜜老师自己也觉得不可思议，但是银天街那五个人精神饱满的模样，的确驱散了一些连续数日盘踞在她心中的憋闷情绪。

想想看，那五个孩子，是自己进入二十一世纪后送走的第一批毕业生。在他们很小的时候，泡沫经济就已经崩溃，童年又几乎和"失去的十年[1]"完全重叠；小学毕业之后，还经历了金融危机和3·11大地震……倘若以得失来为他们这一代定性的话，那怎么看都是丧失的一代。

正因如此，馅蜜老师才更想要夸奖他们。她为这几个齐心协力的学生喝彩，也为他们感到自豪。她想对着什么人挺起胸膛，大声说："怎么样？这些孩子都是我的学生！"不过，这个"什么人"的面孔，她现在还想不到是什么模样。

当然，倘若深入地想想，她也知道那五个人不可能永远在笑着，他们也会哭，会生气，会失落，也会沮丧。这些馅蜜老师都懂。即便如此，这五个人仍是活跃积极的。青鳉们在水中活泼地游动着，还有什么比这更让她开心，让她感动的呢？

翔也傍晚从区立图书馆回到家时，馅蜜老师仍旧很高兴。

"今天读了什么书哇？"她询问翔也的声音听上去简直像在唱歌一般。

翔也面露尴尬。"读了星座的书。"他回答道，"就是讲了哪些希腊神话故事对应了哪些星座的一本书。"

---

[1] 指日本泡沫经济崩溃后进入经济大萧条的十年。

翔也很爱读书，不过，他不爱读小说和历史类的，整天读的都是图鉴和自然科学的书。

"星座呀。这附近到了晚上街灯也很亮，所以很难看到星星呢。上毛市的夜空应该很美吧？"

"嗯。猎户座，还有寻找北极星的方法，妈妈都教过我。"在把"妈妈"这两个字说出口前，翔也停顿了片刻。而听罢他的话，微笑着点头的馅蜜老师，表情也微妙地有些尴尬。

正在思索要不要换个话题时，电话响了起来。是点子打来的，她说自己从田中校长那里问来了馅蜜老师的号码。

"您儿子遭遇交通事故的事，以及您孙子的情况，我也都知道了。"此时，点子的语气已经没有在学校的时候那般精神饱满了。

"虽然有些晚，但请您节哀。"点子的声音非常严肃。

听她这样讲，馅蜜老师也不由得端正了身姿回答："多谢挂念。"

不过，点子老师并不单单是为了说一句"节哀"才打来这通电话的。"刚才听校长稍微透露了一下……您的孙子翔也同学后天要请假，是吗？是感冒了吗？"

馅蜜老师有些犹豫，她不知道该不该说实话。

短暂地一顿，没有到沉默的程度，点子便十分敏锐地开口道："如果我的想法有错，我先向您道歉。其实，只是身体不舒服，那等到下周一再来学校完全没问题。但如果……我是说如果哦，如果是有其他原因的话，我们事先交流一下，从我们学校这边来看，应该也能帮上忙，发挥些作用的。"

不用你管这么多——馅蜜老师当然不会这样说。

作为一名老师，点子的做法非常正确。馅蜜老师自己身在一线的时候，也会这么做。

"而且，如果是因为双亲突然去世而不想上学的话，我们学校也必须在这方面多加关注才对。"

说得没错。从老师的角度来看，这又是极为正确的一句话。

点子简短地为馅蜜老师介绍了一下翔也的班主任森中老师。森中老师刚刚三十岁，是一位十分优秀的男老师，他也非常热心地组织大家进行二十人二十一脚的活动，在提高班级凝聚力这方面，有着连老老师都赞誉有加的手腕。

"刚才我和森中老师聊了聊翔也的情况，森中老师也非常担忧翔也的状态，他说希望明天能允许他来您家做个家访，您看可以吗？"

虽然非常客气，但是语气却让人难以拒绝。就连这个语气，都用得十分正确。但是，实在是太过正确了，正确到馅蜜老师下意识就拒绝了："真对不起，明天有事。"

她感觉点子在电话那头屏住了呼吸。但那种屏息并不是因为被拒绝，而是带着一种"看看，我就知道是这样"的情绪。这一点，馅蜜老师心知肚明。

不该撒谎，更不该用更多的谎去圆谎；如果抱着想蒙混过去的心态，只会被逼得越来越无处可逃。——馅蜜老师将自己在一线教书时告诉给学生们的话重复给自己听，随后她承认道："翔也不是感冒。"

"我想也是……"

"不过，这孩子目前自己还不太平静。他还不是很清楚自己应该怎么做，所以……"

"所以，学校的帮助就很有必要了。"点子抢着说，她的话盖过了馅蜜老师的话。

不，并不是这样——馅蜜老师刚回了这么一句，点子就立即抢着继续道："森中老师三年前曾经教过一个不上学的六年级学生，后来他在最后的三个学期都拿了全勤毕业的。森中老师虽然年轻，但是经验很丰富。"

不，这我虽然知道，但是……馅蜜老师想解释，可是点子根本不给她插嘴的机会，连珠炮一样继续说："当然了，我也会做森中老师的后援。不止我，全杉木小学的老师们都会跟进这个问题。就不上学行为的对策来说，单凭班主任的力量是有限的。"

很正确。可是，在老师们的研修和学习会上用得非常顺手的"问题""对策"等词语，现在听来却有些刺耳。可能是因为，自己第一次成了不上学孩子的监护人。

"还有，翔也同学在上毛市读书的时候是什么情况呢？如果在之前的学校就出现不愿意上学的倾向，那应该和之前负责他学业的班主任老师聊聊。如果您方便把这位老师的姓名告诉我的话，森中老师之后也会和对方取得联系的。"

小泉小学吉村老师的脸在馅蜜老师脑海中浮现出来；同时，说着"吉村老师说班级里如果有一个同学很怪的话，她会很困扰"的翔也的脸，也出现在脑海之中。

馅蜜老师拿电话听筒的手握得更紧了，她摇了摇头。"抱歉，但是能别那样做吗？"她的声音略有些颤抖，拒绝得非常果断。

将听筒放回电话上的馅蜜老师愤怒地叹了口气。

听到馅蜜老师拒绝他们联系吉村老师，点子语气颇为不服气地回道："哦，是吗？"听上去她不但有些受挫，而且还很质疑。

"没有我们的帮助，真的能行吗？"

虽然她没有这样说出口，但是她这发自内心的声音已经传达出来了，也可能是点子有意选择了能够传达这种情绪的语气。挂了电话之后，馅蜜老师觉得很不甘心，如果给她点时间，她有很多反驳的话能回敬点子——

"不必担心，点子，你是不是有点太自大了？我从你还在念小学的时候就在教书了哦。就算我现在退休了，倒也没老到要被你指点教育方法的程度吧？"

关于翔也的事，点子没有再提。她直接换了个话题："还有一件事要转达给您。"

下周一，会举行一个一年级新生和在校老同学的面对面仪式。到时候，六年2班会代表所有老同学，为新生们表演二十人二十一脚。这个班就是在影片里大展风采的班级。

"一开始是准备按照破纪录的那次比赛的原班阵容，二十个人一起跑的。但是，今天在体育馆不是得到了馅蜜老师的指导嘛，所以我们紧急决定让替补的同学也参加进来。"

"指导什么的……这么说未免太夸张了。"

"不不，您的指导对我们很有帮助。的确，要把替补同学也加进来，全班一起跑，一起冲到终点，一起更新最快记录，这才符合我们学校的理想。"

"我们会加油的！"点子如此宣布道。这周五还有周六周日都要加油特训，她已经将这件事通知给全班同学了。

"馅蜜老师，您就看着吧，我会不负众望的！"

挂掉电话过了一会儿，馅蜜老师心中又涌起一股和刚才不大一样的情绪。点子看上去似乎是在和她争高低。馅蜜老师突然担心起来，想跟她说一声："稍微放松放松怎么样？"

以前教过的学生，就算做了老师，也还是自己的学生——不过，如果是点子的话，听到自己这么说，一定会说别多管闲事吧。想到这儿，馅蜜老师耸了耸肩。她感到有些难堪，又有些寂寞，还有些沉重……最终只能露出一个表情复杂的苦笑。

翔也在馅蜜老师讲电话中途就上了二楼，明明还没吃过晚饭。他可能意识到了这通电话在聊他的事。是自己讲电话的声音太大了吗？也可能自己不经意间提到了翔也的名字？独居太久，她忘了注意这些细节。

馅蜜老师整理了一下情绪，一边准备晚餐，一边思考之后的事。

杉木小学的确是一所凝聚力很强的好学校。如果没有翔也，馅蜜老师会非常认可这所学校，甚至也会想在这所学校工作，会为田中校长和点子鼓掌喝彩。

可是那样一所学校，在面对一个被叫作"老外"的小孩时，会给他一个容身之处吗？

如果是田中校长和点子，他们一定会微笑着招呼那孩子："快过来和我们一起。"可是，对翔也这种"古怪"的小孩来说，这样他真的会觉得舒服吗？

再观察观察吧。如果硬逼着不情愿的翔也去上学，这孩子的身心一定会遭受极度的重压。他才刚刚失去双亲，不可操之过急，要用足够的耐心去陪伴他。学业方面在家也可以学，只要他有兴趣，去念个家附近的自由学校也不错呀。

刚刚点子的那一声"哦，是吗？"又在她脑中响起。这一次回荡在耳畔的语气，似乎比在电话里听到的更加刺耳。仿佛是想要驱散它一般，馅蜜老师故意把胡萝卜切得很大声。这时，玄关突然传来一声门铃响。

是一个冷链快递。保冷的泡沫箱外面印着五颜六色的图案，像是大渔旗，上面还写着一行笔力遒劲的大字：

三陆·海之美味 祈祷复兴

馅蜜老师疑惑地确认着寄件信息。寄件人是菊池信一郎。这个名字总感觉有些印象。

菊池、菊池、菊池……信一郎、信一郎、信一郎……

馅蜜老师在心里反反复复地叨念着这个名字，突然，她想起来了。

"阿踢[1]！"

往昔的昵称脱口而出。

保冷箱里有乌贼、鲽鱼、干货、涮火锅用的章鱼片、裙带菜，瓶装的腌海鞘和咸辣鲑鱼子，还有海带、酱煮海苔等等。满满一箱子三陆的海鲜。

菊池信一郎——阿踢把想说的话写在了货品列表小册子的背后，字写得很小，不戴老花镜根本看不清楚。

馅蜜老师想起来了，阿踢以前就是这个样子。他在班上很内向，但是手很巧，喜欢图画手工，还喜欢做家政课里那些特别细致的内容。

他应该是在阪神大地震之后毕业的，1995年，也是地铁沙林事件[2]前略早一些的时候。

> 非常感谢您的来信。上个月我一直在东北，这封信是从我过去的住处转送到了横滨的，所以读到时有些晚了，很抱歉。

1995年的毕业生，基本都是生于1982年或1983年，现在刚刚三十岁。

---

[1] 日语中菊池的菊读作"kiku"，和英文"kick"的发音接近。

[2] 1995年3月20日早上，日本东京地铁发生的恐怖袭击事件。

我父母都在 3·11 大地震时受灾了。我们
家原本住在北三陆市，老爸退休后，就卖掉了
房子，和老妈两个人回老家住了。

馅蜜老师是在武藏西小学遇见阿踢的。这所学校的
学区内有消防局、警察局，还有自卫队的宿舍，所以这
里有不少看上去非常可靠的学生爸爸，"爸爸会"也很盛
行。正月过后会举办风筝大会，到了暑假，大家还会在
校园里搭帐篷。运动会最有名的项目是爸爸们和老师们
的拔河比赛。馅蜜老师在这所学校任教的五年间，爸爸
队一次都没有输过。

　　　阿踢的爸爸好像不是消防员就是警察，再不然就是
在自卫队工作，馅蜜老师记不太清了。她还想起，在开
家长会的时候，发现有不少学生的爸爸都有东北口音。

　　　幸运的是，爸妈和祖母没有生命危险。
但是家被海啸冲走了。他们三人一直在避难
所住到了夏天，眼下已经搬到了市内的临时
住宅中。

北三陆市是受海啸损害最大的城市之一。里亚斯型

海岸[1]本是天然的优良港湾，大地震前，那里的渔业和水产加工业都十分繁荣。可海啸来时，这种地形却让这里遭了殃。远超十米高的巨大海啸瞬间夺去了数百人的生命，整座城市街道也毁于一旦。

阿踢现在仍单身，而且没有固定工作。他通过外包公司辗转于各个工作上，如果外包合同结束，就打短期工赚钱，属于比较有代表性的非正规劳动者。

> 年近三十还这个样子，我觉得很丢人，也很无奈……可是，或许这种时候，做个比较灵活的自由人反而是种幸运吧。

如果用比较轻巧的表达去形容这种不稳定的感觉，那阿踢的说法倒也没错。

实际上，地震后阿踢一直十分频繁地在工作地和北三陆市之间往返，努力支持着祖母和双亲，毕竟他们所经受的打击太过残酷了。

> 比较意外的是，往往是那些没有直接面对过海啸的人，更方便成为受灾者的倾诉对象。

---

[1] 呈现出曲折复杂的海岸线，多小海湾或海湾多变的海岸。在日本可见于三陆海岸南半部、若狭湾等处。

170

——馅蜜老师多少也能理解这一点。

一开始脑子里想的全是家人，不过很快，我就参与到了志愿者的工作当中。

去年一整年，我主要的工作就是收拾残砖碎瓦。不过现在，比起残砖，我想得更多的是那些在临时住所里生活得十分拘束的受灾群众们的精神问题。其实我家也是一样，大家都是两手空空逃出来的，家被大水冲走了，很多值得纪念的东西都没了。所以，聆听这些人的回忆，像做报道一样把这些回忆的故事总结起来，是我现在的主要工作。不是语部[1]，是"听部"。上了年纪的人方言很重，听他们讲话特别费劲，但是和我们倾诉过之后，他们就能找回一部分重要回忆。所以接下来，我仍旧要尽力在北三陆这边坚持做志愿者。

在剩下的一点点余白部分，阿踢的字写得更小了：

读到老师的信，我时隔多年又想起了青鳞

---

[1] 语部是仕于大和朝廷，以在仪式上讲述世代相传的旧辞、传说等为职务的部族。

的故事。能在太平洋遨游的青鳞……真好啊。变成大人之后，我越发这么觉得了。

读到这儿，馅蜜老师也很开心，她知道自己的心情切实地传达到了，整个人的精神也为之一振。

今天的海非常平静，就好像去年三月十一那天是一场梦。太平洋平静极了。我想，如果海水能永远这样波澜不惊，那青鳞或许也能在其中自在遨游了吧。

老师，有机会请您一定来北三陆看看吧，北三陆的鱼可是一级鲜美的！

阿踢在信的最后，写下了一串手机号码。

第
四
章

1

星期日晚上，馅蜜老师接到了秀吉的电话。持续半
个月的抗癌治疗已经结束，他今天出院。治疗结果并不
理想。"扣除副作用的伤害，等于弄出赤字了。"秀吉在
电话里有些尴尬地笑笑。

不过，他的声音还挺精神的。或许是因为终于能回
家了，心情很好吧，他的声音比一周之前讲电话时要有
力很多。此刻他正一边挨着妻子理香的抱怨，一边小口
小口地品着红酒。

"说起来，有人给老师回信了吗？"

——这通电话的正题，就是这件事。而馅蜜老师的
"青鳉学校"第一期学生里，仍然只有秀吉回复了她。

"那群家伙怎么回事啦！真的是……老师，真对不起，
难得您给我们都写了信……"

"秀吉没必要道歉的呀。"馅蜜老师反而有点受宠若

惊地回答。不过，从秀吉的话中依然能窥见一丝往昔孩子王的风范，这令馅蜜老师不由得笑了起来。其实毕业册上的地址大多已经失效了，其中八成到九成的信件都因此退回了她手里。

"同学们如今住在哪儿，这个我会想办法查查。"

"嗯……不过，我已经挺满足了。"

"是吗?"

"突然收到一封小学班主任写的信，还讲了一件好久以前的事，大家肯定会觉得挺困扰吧。"

之所以这么说，既是不想给生着病的秀吉太大负担，但也是她的真心话。算了……她想，她并不会埋怨没回信的学生，反而还想和他们一个个道歉。

"才没觉得困扰呢，我开心还来不及呢!"

"……谢谢啊。"

"那，后辈们呢? 都回复了什么呀?"

于是，馅蜜老师把银天街那五个人的事讲给了秀吉。"欸! 商店街啊，真好!"秀吉十分高兴，"我下次也想去他们那儿买点东西!"

"那么远的路，身体吃得消吗?"馅蜜老师下意识地脱口而出，接着马上住了口。秀吉像是感觉到了她的担忧，连着咳了好几声，随后说道:"老师呀，我真的觉得很有趣呢，听您讲后辈的这些事。"

"是吗？"

"是呀，想想看，这其实蛮理所当然的。我们毕业之后，馅蜜老师还一直留在小学做老师呢，而且还在很多我们不知道的学校，教了很多的学生，对吧？怎么说呢，感觉真厉害呀，对我来说，小学生涯一辈子就只有一次，但那只是我自己而已，其实历史的车轮一直都与我无关，自顾自地前进……"

秀吉停下了，他又咳了起来，然后笑了："我在说些什么呀，我自己都搞不清楚。"

馅蜜老师也微微放心下来道："这不是和秀吉的作文一样嘛。你写读后感的时候总是会在最后加上一句'总之就是挺有趣的'。"

是吗？秀吉笑了。这个笑声要比刚才自然很多。

"其他呢？还有什么后辈呀？"

"有个女生，已经是小学老师了。"

关于点子，馅蜜老师说得非常粗略。她不想说点子的坏话，但是也没信心能在讲述时不带一点讽刺。最重要的是，说到点子不免会提起翔也，这在电话里很难说清楚。

听说点子也是老师，秀吉很开心地回了一句："看来馅蜜老师的工作后继有人啦！"

后继……馅蜜老师听到这个词，努力把叹息憋了回去，有些生硬地岔开话："啊，还有个学生……"馅蜜老师开始讲阿踢的事。秀吉的态度顿时变了，不再是单纯的高兴，他的声音变得低沉。

等到馅蜜老师全部讲完，秀吉语气严肃地说："老师，我想见见这个人。"秀吉的严肃并不止停留在话语上，"我想见见菊池先生。或者不如说，我想去那边看看。"

"那边……是说灾区吗？"

"没错，我现在这副样子已经做不了什么体力活了，说不定还会给人拖后腿。但是，就算只去一次也好，我真的很想去看看。我想，即便是像我这样的病人，应该也能做些什么。"

他已经找到了能做的事——正是阿踢的故事点醒了他。

"以前只知道'语部'，头一回听说聆听回忆的'听部'。我觉得这个听部真棒！我超级支持他们，我也想加入他们！"秀吉的声音变得更加有力，但下一秒，呼吸就紊乱起来。他的身体确实太弱了。

"因为啊……"说到这儿，他突然停下了，声音戛然而止。"我今年五十岁了。"秀吉说，"说到听人说话这种事，比起那些年轻人，肯定是我这样的更合适吧。人生阅历更丰富嘛。"

"可是，你现在生着病……"

"所以才更要做这种事不是吗？我和那些精神百倍的人有着不同的觉悟。我觉得自己一定能成为一个很好的聆听者！"

"你的心情，我理解……"

"您不理解。"秀吉斩钉截铁地堵住了馅蜜老师的推辞，"请您把菊池先生的联系方式告诉我吧，我绝对不会给您添麻烦的！"

"我是无所谓啦。"馅蜜老师立即回答。她简直想训秀吉，不理解的是你呀！"秀吉，你现在要把身体放在首位！"她用了老师的语气，"不能让你太太和儿子担心。"——理香和和良的脸出现在馅蜜老师眼前。

"就是因为不想让他们担心，所以要趁身体还行的时候去嘛！"

真是强词夺理，就像小朋友闹别扭发脾气一样。可是，面对秀吉的执拗，馅蜜老师一时语塞。她能感觉到，秀吉言语之中隐含着某种超越了倔强的执念。

"那我就先去问问他们现在还招不招志愿者吧！"馅蜜老师用这种话哄住秀吉，挂断了电话。

她虽想假装问过阿踢，然后告诉秀吉"已经招满啦"，让他就此放弃，但毕竟是自己教过的学生，她不能对他撒谎。

阿踢立即接了电话。

"我是你们小学五年级和六年级的班主任安藤。"她这句话的话音刚落，阿踢立即喊出了她的昵称。

馅蜜老师高兴了起来，声音顿时活泼了很多："你竟然还记得这么清楚呀！"

如果是秀吉，听到老师这样讲，一定会非常得意地回答"那当然了"，可是阿踢却只回了"您好"二字，听上去似乎对馅蜜老师突然来电这件事感到有些困惑。阿踢不是秀吉那样活泼开朗的小孩，他是个默默地一点点努力的孩子。他这性格如今似乎仍然未变。

或许没有找到正式工作，也是被他这种内向的性格拖累了吧。

"谢谢你寄来的干货和海产品呀。"

"对不起，牡蛎的季节已经过去了，没给您寄什么太好的海产。"

"说什么呢！都很好吃！尤其是那个涮火锅的章鱼片，那个最好吃了。"

"那太好啦……"

"我给你寄了一张感谢的明信片，寄去你横滨的住处了。我是星期五傍晚投进邮筒的，所以明天应该就能收到了。"听馅蜜老师这样讲，阿踢在电话里那头很低地"啊"了一声，用非常抱歉的语气说："对不起呀，我现在人在北三陆。寄到横滨的明信片，我暂时还收不到呢。

实在太抱歉了。"

他其实完全没必要道歉，但他的性格就是如此。馅蜜老师在电话这头苦笑，看来这孩子一点没变；在眼下这样的社会里，这种性格会很吃亏。

"你真的很努力呢。"

"没有啦……也是因为我父母都在这边嘛。"

"不过，即便如此，你也真的很努力了，真的。"馅蜜老师不是出于客套才去夸奖他的。自己以前的学生，能够为了大家做贡献，从老师的角度——至少从馅蜜老师的角度来看，这比成名了、有钱了更让她开心和自豪。

但是，阿踢却回了一句有些出乎馅蜜老师意料的话："可是，告诉我们做了大人一定要有志愿者意识的人，就是馅蜜老师呀。"

1995 年三月，阿踢小学毕业，正是阪神大地震那一年。

一月十七日早晨，人们还沉浸在新年的氛围里，以明石海峡为震源的 7.3 级地震席卷了近畿地区。

"那是星期二早上。"阿踢说，"星期二的第一堂课是体育，因为那个学期有一场马拉松。所以那时候身体蛮疲惫的，爬起床打开电视，就看到大事不好了……"

馅蜜老师记得也很清楚。她和平时一样，早上六点半起床，打开日本广播协会的新闻节目，结果电视里全是倒塌的高速路和大桥。

"当时正好是连休之后第一天。"

"没错没错。"

一月十五日是法定休假的"成人日"，那一年的一月十五日是星期日，于是就把星期一串做休息日了。

"那么重大的自然灾害，我当时还是第一次经历。"

"老师也是第一次啊……"

伊势湾台风的时候，馅蜜老师还在念小学，那时候家里还没有电视机。所以，即便知道在阪神大地震前，伊势湾台风是日本战后经历的最大一场自然灾害，但她心里其实没什么实感。

然而，阪神大地震就不一样了。她曾经去神户旅游了很多次，那些曾走过的街道在瞬间化作废墟。当时网络和手机都还不普及，只能通过电视和报纸去了解灾区的具体情况。馅蜜老师很想去做志愿者，但是身为毕业班的班主任，实在脱不开身，她只能捐款捐物资，以此来寄托自己的一点感情。那种坐立不安却爱莫能助的感觉，她至今难以忘怀。

"老师告诉了我们好多关于志愿者的事，还把相关的剪报贴在教室后面的布告板上。社会课上，您还专门调查了红十字的历史，讲给我们……"

"嗯……的确是这样。"

"老师常对我们说，虽然我们现在是小学生，去了神户或淡路岛也只会扯后腿，但是等我们再大些，成了大人，到时候倘若再发生重大的灾害，灾区的居民们需要帮助的时候，大家一定要齐心协力地去帮助他们。所以，我现在成了志愿者。"阿踢说，"都是因为馅蜜老师呀。"

馅蜜老师其实并不觉得自己说了多么特别的话。那个时期，全国一定有很多班主任都和学生讲述了志愿活动的意义。

但是，从阿踢的角度来看，成为志愿者，既有馅蜜老师当年的影响，也有父母的教育。

"我老爸是消防员嘛，本来就对灾害急救、搜索救援一类的活动很敏感。"

"嗯……是啊。"

"当时不少同学的爸爸在自卫队工作呢。在神户展开救援活动的是哪一方面的哪支部队什么的，大家都特别了解。"

的确如此。武藏西小学的学区内有自卫队、消防以及警察宿舍，灾害的救援活动对他们来说是非常现实的一件事。老师们在教职工办公室和同事讲话的时候，话题总会超出知识和教育理念，反而围绕着自卫队派遣国际维和组织的做法，分成支持派和反对派，展开激烈的讨论。

"你爸爸妈妈都还好吧？"

"嗯，老本行都没忘，所以在避难所的时候组织了自发警卫团，负责巡逻和行政，做了很多努力。"

地震前，阿踢的爸爸是本地消防队的顾问，从消防训练到夏季祭典的山车[1]表演，他都会帮忙协助。听说他喝醉了还会兴奋地大谈江户时代救火队的风采。

"可是……"阿踢的声音突然低沉下去。

在海啸中，北三陆市有数百人牺牲了，其中有好几名是消防员。而且，这些消防员并不是因为运气不好被海啸吞没的，其中一位是在确认附近是否还有住户未能逃离的时候，被海浪卷走的。

"队里最年轻的，和我同龄的阿部……他其实已经带着妻子和宝宝爬到高层避难了。可是因为消防员的职责，他又离开了……"

阿部长达半年下落不明，在去年秋天总算回到了家人身边。能够显示他身份的，是身上那件消防队的灭火短上衣。

"找到阿部的遗体后，我老爸一夜之间头发就白了。"

---

[1] 一种彩车。神社举行祭礼时可拉动的、经彩饰的临时舞台。

馅蜜老师也打听了一下听部的事。于是阿踢问："老师，您对这个工作感兴趣吗？"他的声音听上去很高兴，"我们人手不足，正愁着呢，要是能有您这样的老师来帮忙的话，简直是以一顶百呀。"

　　阿踢误会了，但是馅蜜老师并没有否认。听了阿踢的话，她也觉得这项工作对自己来说是可行的。

　　"有没有什么要求？"

　　"嗯，并不会要求拿到什么执照一类的，但是……毕竟这些受灾群众的经历都很痛苦……"

　　绝对不能出于兴趣去参加，也禁止肤浅的同情和怜悯。话不能说得太急，就算对方缄口不言，也绝不能催。

　　"干我们这项工作的，本就多是寡言的人。有时候遇到极端情况，大半天都得和倾诉者待在同一个房间，但也只聊了两三句电视的事。可是，那两三句话可能就会拯救那个人。因为，如果是独自生活的话，就算是两三句话都找不到人说呀。"

　　"嗯……这我挺能理解的。"

　　自从丈夫宏史去世，馅蜜老师也独自过了许多年，没个说话的人这种孤独感她深有体会。

　　"年轻人很难抓住那种感觉，所以他们总有人说，做这项工作要比体力活累多了。"

　　"倾听别人讲话也需要年岁的啊，或者说，是需要人生的阅历吧。"

"对对，的确是这样没错。"

"所以啊，"阿踢继续道，"虽然这么说可能有点不太好，但是那些自身也经历过悲伤和痛苦的人，他们单是应和一声，都是有重量的。"

的确如此。馅蜜老师点了点头。

秀吉的脸浮现在脑海中。少年时代的笑容，还有贺年卡照片里戴着头巾、与病魔做斗争时还挂在脸上的微笑——这两张笑脸同时出现在她眼前。

然后出其不意地，翔也的脸也出来了。一开始她还有些疑惑，不明白自己为什么会想起翔也，但是很快就意识到，没错，翔也也背负着巨大的悲伤和痛苦。失去双亲，从自己家中被赶出去的孩子，如今他的生活不也像避难一样吗？

转达了阿踢的回复之后，秀吉激动极了，甚至想明天就要去。这倒不只是因为他现在干劲十足，还因为现在他的身体状况难得较为平稳。

秀吉生病的事，馅蜜老师没有告诉阿踢；是秀吉不让她说的，因为不想让对方太过迁就自己。所以阿踢听说后十分爽朗地笑了："那不就是我的大前辈吗！很期待见到他！是什么样的前辈呀？"馅蜜老师回答说是非常活泼又积极向上的孩子。但说出这句话的时候，她感觉自己胸口扎进了一根小小的刺。

把灾区的事情讲给翔也后，令馅蜜老师有些意外的是，翔也竟说也想去看看。

那里有五年级的学生能帮上忙的工作吗？说不定会给大家添麻烦呢……馅蜜老师这样迟疑着，可阿踢却说："我们非常欢迎！"

光是看到小孩子的身影，大人们的情绪都会平稳下来。地震刚刚结束，在避难所生活时，是小孩子天真无邪的微笑支撑了大人们的精神，鼓励着他们振作起来。"在小孩子面前可不能丢人啊。"——这样的想法支撑着大家从颓废中重新站起来。

"转移到临时住所之后也是一样，如果某个住宅前停着儿童自行车，或者有小孩子在路上跑跑闹闹，那片住宅区就会很有活力。"

阿踢说到这儿，突然想到了什么，问道："可是……您孙子是要和学校请假吗？东京的小学现在还在休春假吗？我们这边的学校前一周就开学了。"

"嗯……是啊，就是，发生了很多事啦……"馅蜜老师苦笑着搪塞，胸口再次感受到了那根扎进去的小刺。

同样的话，秀吉也问了馅蜜老师。不过秀吉脾气太急了，在馅蜜老师支支吾吾找理由的时候，他就抢着说：

"哦！对对！反正学校那边还没有正式开始授课，既然如此，先去灾区不是更有意义吗？您是这么想的，对吧？"

"原来如此啊！真不愧是馅蜜老师啊！"秀吉不但误会了，而且还表扬起了馅蜜老师。但馅蜜老师也没有纠正他，只不过那根刺在胸口扎得更深了。

2

星期三的早上，馅蜜老师带着翔也向北三陆出发。她们错开学校上学的时间，一大早就出了家门，但正好碰到在门外邮箱取晨报的小池太太。

"啊呀，这么早就去学校了呀？"说罢，她注意到翔也背的并不是书包，而是小背囊，于是有些疑惑地问，"去远足？可是新学期不是才刚开始吗？"

她的目光又停在了馅蜜老师拖着的行李箱上："你们是要去哪儿吗？"

"嗯……有点事。"

"啊，又是您儿子的事？要去那边市里？"

"对，是，是那个意思……"馅蜜老师逃也似地避开了对方的视线。于是小池又对翔也搭话道："好不容易才开始上学了，这就又要请假，真辛苦。"

别多管闲事——馅蜜老师这么想着，又听见小池太太对自己说："不然，您出门的时候，就让翔也在我们家待着吧？这样就不用跟学校请假了，不是很好吗？”

上周五是开学典礼，周末之后的星期一、星期二，翔也都没去学校。白天他就在家里读书、做题，傍晚出门去图书馆或便利店散步。附近的邻居们还没注意到他不去上学的事；但是，不可能一直瞒下去的，而且一直瞒着也不是办法。

“下次吧，再有这种情况，我就找您谈谈。不好意思，我们先走了。”

馅蜜老师慌里慌张地拽着行李箱迈开了步子。翔也对小池太太行礼道别后，一路小跑追在馅蜜老师身后。他真的是个很有礼貌的孩子，清爽有朝气，而且蛮招人喜欢的，这些勉强拯救了馅蜜老师的困难处境。但反过来讲，正因为他是这种小孩，所以才更麻烦。

离开家一直走过第一个拐弯处，才总算从小池太太的视线中解放出来了。

“奶奶，我是不是让你很为难啊。”

“……没有的事。”

“对不起。”

“都说了，别在意这些。”

馅蜜老师的步速加快了些，拉杆箱在地面上滑动的声音也变得更尖锐了。

馅蜜老师和秀吉约好在东京站内的广场碰头。她到达广场的时候，秀吉已经在理香的陪伴下坐在广场一隅的椅子上了。

和周围路人身上的春装不同，秀吉还是一身冬装。尼龙帽子、厚羽绒夹克、灯芯绒裤子，还戴着口罩，脖子上围着护颈保暖的围巾。

馅蜜老师松了口气。北三陆地区四月初还很冷，阿踢也提醒过要多穿点；因为抗癌治疗，秀吉身体的抵抗力很差，一旦得了感冒引发肺炎就糟糕了。不过，比起秀吉自己，可能还是理香留意到了这些。

馅蜜老师虽然看到了他们两人，却没敢立即打招呼。秀吉看上去比贺年卡照片里瘦很多，但不只是瘦，是身体变单薄了，这种消瘦的方式和宏史当时一模一样。随着癌症治疗，身体会越来越单薄。因为他穿的是厚羽绒夹克，看起来还不是很明显，倘若单穿一件西装，就能明显看出整个人在衣服里空空荡荡的。

是理香先发现了馅蜜老师，她用胳膊肘碰了碰秀吉，站起身来对着老师点头迎接。她的表情和动作明显比四月一日那时疲惫很多。虽然秀吉出院了，但并没有痊愈，在家中休养反而会给家人带来更多辛苦和负担。这些，馅蜜老师也经历过。

秀吉转向了她这边，虽然有口罩挡着嘴巴，但看得出他笑了。他轻松地朝馅蜜老师挥挥手，又眨了眨眼。

这是秀吉毕业之后，暌违三十七年的重逢。

当年那个调皮的孩子已经长大成人，组建了家庭，努力地工作。他本应如童年时一样，每天精神百倍、开朗活泼地过着日子，可现在，他还这么年轻，就走向了人生的归途。

馅蜜老师挥手制止秀吉起身，不急不慌地走了过来。她感觉自己整个心口都热热的。那边的秀吉接过理香递上来的手帕，擦着眼睛。

"老师，好久不见了……"他的声音带着哭腔，"我现在身体搞成这样子了……"

他勉强笑了笑。

理香本来准备陪着秀吉一起去北三陆的，但秀吉却坚持拒绝，昨晚两个人还因此吵了一架。

"您看，我们这样吵架，只会让那边的人担心我们。而且我明明也做不了什么事，结果还要人照顾着，一副了不起的样子去当志愿者，这不是太失礼了吗？"

听到秀吉这样对馅蜜老师讲，理香也抱怨道："可是，你要是身体突然不舒服了，不是也给人家添麻烦嘛……"

从道理上讲，理香是对的。馅蜜老师思索着。可是，秀吉的心情，她也理解。他那副和小时候一模一样的固执脾气让馅蜜老师怀念极了；高兴和惆怅的感觉揉到了一起，在心里翻腾。

"可是老师，我真的没问题的。我带了镇痛药，还拿了医生给开的介绍信。要是真有什么万一，最差我也还是有体力回东京的。"

"……身体会疼吗？"

"嗯……只有一点啦。后背和侧腹。"

只是偶尔啦，真的非常少见的，而且也不怎么疼的——秀吉不停地强调，但下一瞬，他的脸便皱了一下。

他们原本预定在北三陆住三个晚上，但还不知道秀吉的身体能否挺得住。

秀吉的病，还是告诉阿踢比较好吧？秀吉的身体比馅蜜老师原以为的还要差，这令她更加不安。但是秀吉却一副"我的事就这样吧，不必再多说了"的模样，转向理香。

"你去买点点心和喝的东西吧，还要买拿去那边的伴手礼。"随后，他又对翔也说："你和阿姨一起去买好吧？"说着，他对馅蜜老师使了个眼色，似乎是有话要单独和馅蜜老师说。

老师也会意地对翔也道："你帮奶奶也买些点心吧？"并给了他零钱。

见翔也和理香一起向商店走去，秀吉看着他们的背影说:"翔也看上去是个很认真的好孩子呢。"

"嗯,是呀。"

"不过,如果我搞错就算了,但是,我总觉得他……是不是遇到了什么伤心事?"

从小时候起,秀吉就对这种事非常敏感。他真是个温柔的孩子王啊。

三人乘坐列车准时从东京站出发。这是一趟长途旅行,早上八点前出东京,到达北三陆却要下午了。

翔也靠窗,中间是馅蜜老师,秀吉靠过道。三人并排坐在一起。出于身体考虑,本来馅蜜老师和理香都劝他选择更舒适的车厢,但是秀吉却说去做志愿者搞得这么奢侈实在说不过去;或许他也是考虑到了失业之后家里的经济问题才这样的。

最后的最后,理香还在担心秀吉的身体,她说着"拜托老师了",目送着列车离开车站,眼泪当即流了下来。秀吉坐在车里咕哝着:"怎么这么丢人啦……"然后将脸别到一边,半晌都没有转回来。

翔也本来不知道秀吉生病的,但他或许是感觉到几个大人之间气氛沉重,所以既没有在车里玩游戏,也没有吃买回来的点心和果汁,而是一直盯着车窗外。

车开了二十来分钟之后,秀吉见翔也一言不发,便主动和他搭起了话。当时车子刚刚开出大宫站，车速一下子提了上来。

他绕过坐在中间位置的馅蜜老师，一副老熟人的语气说："喂，喂，翔也。"见翔也转过头来看自己，秀吉伸出右手更亲昵地说，"咱们好好相处哦！"

从小时候起他就是这样子。一有转校生过来，秀吉就会跑去和人家搭话，十分自然地拉对方一起玩耍。

"翔也，快和秀吉叔叔握个手吧。"馅蜜老师催促着翔也。于是翔也有点迷茫地伸出了手，和秀吉握了握。

关于翔也的一切，馅蜜老师都和秀吉说了。包括父母因为交通事故去世，还有他不去上学。一开始馅蜜老师并没准备和盘托出，可是看着瘦得只剩一把骨头的秀吉，她总觉得自己再不说实话就太过分了。

秀吉听着馅蜜老师的讲述，不时震惊地睁大眼，但是全程都很冷静。他一直温和地回应着，轻声说着，"老师的儿子去世了呀……"馅蜜老师看着他，感觉他脸上带着十分通透的神色。她明白，留给秀吉的时间不多了。

远赴灾区，对馅蜜老师和秀吉来说都是第一次。

"我其实一直都在关注受灾的情况，但地震那时候我已经开始住院了……除了捐钱捐物再也做不了什么。"

"我真没用啊。"秀吉自责道。馅蜜老师微笑着摇摇头："自己遇到这么大的困难，还想着受灾的事情，秀吉真是一点没变呢。"

"是吗……"

"是呀，你还记得吗？那时候……"

馅蜜老师想起一件往事。六年级的秋天，多摩丘新城的几所小学联合起来开展了一次马拉松大会。六年4班分别选出了五名男生和五名女生参加。

"哦哦！是有这回事！"秀吉听着馅蜜老师的讲述，频频点头。

秀吉当时要参加男子个人长跑比赛，但他却让妈妈给班里每个参加比赛的同学都做了统一的发带，还报名当选了班级长跑的小队长。

"我好奇怪啊……那明明是个人竞技比赛……"秀吉不好意思地歪了歪脖子，"我当时可真傻呀。"

"可是，秀吉的小队长可不是徒有虚名的哦，当时4班的孩子有的因为筋疲力尽被甩在后面，还有的想退出比赛，秀吉还会专门跑到那个同学身边，一边喊加油鼓励他们，一边陪他们一起跑。"

坐在一边听着两个人说话的翔也此时一脸惊讶，睁圆了眼睛。

"当时比赛全程是五千米，但秀吉跑了七八千米呢，对吧？"

"结果我拿了倒数第一。"

"也没办法啦，你比其他同学多跑了那么多呢。"

"啊……我当时真的，太傻了！"秀吉把身子扭到一边，用力扯下毛线帽，把自己的眼睛都盖住了，看上去羞耻得不得了。可是，馅蜜老师却一脸认真地说："你真的是最棒的队长！"

"多亏了秀吉，六年4班的所有选手都跑完了全程。第三小学里只有咱们班做到了，我真的特别高兴，特别为你骄傲。"

秀吉将双眼藏在帽檐下，嘿嘿嘿地抖着肩笑了。他的害羞里多了些沉郁。

"对了，还有那一次……"馅蜜老师又想起他们五年级时远足的事，十分怀念地说，"咱们班去了奥多摩，还记得不？"

秀吉愣了一秒，很快反应过来："啊！记得……哎呀，我那次又搞砸了……"他苦恼地笑了笑，"我当时跑进河里了，把馅蜜老师气得够呛……"

馅蜜老师苦笑着点点头。

同学们一起去奥多摩的溪谷郊游，在河滩边吃了盒饭。当时是秋天。女孩子们眺望着被红叶染透的溪谷，嚷着"真漂亮"，开心地散着步。男孩子们则调皮捣蛋一些，大部分都没在看景色，他们一会儿闹着猜拳，让输了的同学背上五个人的书包走几步，一会儿又有人边说

"这么走不会累"边倒退着走了起来，还有人看到河底有巨大的鱼影闪过，于是大家都骚动起来要去抓鱼。最后，秀吉竟然在吃饭时间跑到河里去了，结果被馅蜜老师好一顿训斥。

"他把帽子当渔网，想跑到水里去捞鱼呢。"馅蜜老师对翔也讲解，"怎么能捞得到嘛，是吧。"老师笑了。翔也瞧了瞧秀吉，也忍不住不好意思地笑了。一开始馅蜜老师还担心翔也会被秀吉这些淘气故事吓到，没想他这么喜欢听。

"你要是滑了一跤，跌进水里，就有可能被冲走、溺水，还有可能心脏骤停什么的，真的很危险啊！"

当时女生们一起大喊："老师！羽柴同学跑到河里去啦！"馅蜜老师闻声一回头，发现秀吉膝盖以下都已经浸到了水中。当时的那种震惊，老师至今都没有忘记。

"可是，老师……我当时跑去河里，是因为……"

"是有正当理由的，是吧？"

老师又转头告诉翔也："秀吉当时想抓一条鱼，在河滩边烤好，给忘记带盒饭的朋友吃。"

"欸！好厉害啊！"翔也听罢十分惊讶，仰望英雄一般地看着秀吉。

"秀吉是个好同学，是吧？"馅蜜老师问。翔也笑着点头。

"哎呀，我这个人……就是喜欢看大家其乐融融开开心心一起玩闹啦。"秀吉有些害羞地说。

这一次，听到"大家"这个词时，翔也脸上的笑容并未消失。

一直到过了宇都宫站的时候，秀吉都还聊得很开心，可是随着车窗外的风景逐渐染上乡野气息，秀吉的话便越来越少，问他什么，也要停顿一会儿才回答。

他开始频繁地在意起腰部，不时抻抻背，屁股也不太稳定地动来动去，总是在调整坐姿。有时他的呼吸会突然顿住，有时则会拖出一声长长的叹息。

"秀吉，你是不是腰疼？"馅蜜老师问道。

秀吉原本摇了摇头，但很快又放弃了逞强，苦笑着承认道："对不起，确实……从刚才起就有点不太舒服。"

"我能帮你做点什么吗？"

"嗯……那就……"他歪了一下头，指了指行李架，"能请您帮我拿一下我的包吗？"

看来他连站起身都很费劲了。

馅蜜老师立即将行李取了下来，按照秀吉的指示，将拉链拉开，取出一个腰部靠垫。

"老师，实在不好意思，能不能请您把这个气垫吹鼓？"

甚至，他连吹气的力气也没有了。

"嗯，我明白啦，没事没事。我马上就把靠垫吹好。"

"那我先去趟卫生间。"秀吉站起了身。

"让自己的恩师帮忙做这种事，然后自己还跑去上厕所，我可真是最差劲的毕业生啊。"他嘴上故作轻松地开着这种玩笑，表情却非常僵硬，走起路来都有些踉跄。

老师一时忘记了吹靠垫，她惴惴不安地望着秀吉走向车厢连接处的背影。他的步伐很吃力，看来不强撑着就没法走成直线了——或者说，他可能连站起身都很吃力。

馅蜜老师担心极了，她甚至想陪着秀吉一直走到厕所门口，就算需要帮忙，自己也不会犹豫。可是，一想到秀吉是那么要强的一个人，馅蜜老师又觉得自己不该多管闲事。

"奶奶……"翔也突然说，"我也想去嘘嘘，可以吗？"

馅蜜老师转过脸来，翔也和她对视后，用力点点头，站起了身。

几分钟后，翔也独自回来了。

"秀吉叔叔在做体操呢。"翔也说，"秀吉叔叔还说，腰疼的话，拉伸拉伸就能好。"

听翔也讲，秀吉在车厢连接处拉着把手，支撑身体，

"一二一，一二一"地拧拧腰又伸伸背，努力缓解着腰疼。

馅蜜老师怅然若失地叹了口气。都到这时候了，还在强撑着开玩笑，实在是太符合秀吉的性格了。可是，这让她更难过了，甚至有些生气。

"不过呢……"翔也坐回到座位上，压低了声音继续道，"我看到了……"

"什么呀？"

"我看到秀吉叔叔在洗脸池那吃药呢。"

是片剂，吃了好几片，用手掬着洗脸池水龙头里的水送服。吃过药后他又洗了把脸，为了让脸上的肌肉别那么僵硬，他对着镜子扯出了各种各样的怪表情。

从走道上看到这一幕的翔也有些不知所措。秀吉用余光瞟到了翔也，于是笑着转过脸对他说："抱歉抱歉，让你们担心了。"

翔也问他："是吃了药吗？"

秀吉从洗脸池边走开，从窗子向外眺望着，一边做操一边回答："是维生素啦。"

"秀吉叔叔，我和奶奶上次去看你的时候，听说你在住院。现在是治好了病，所以出院的，对吗？"

"嗯，是……"

"可是，你刚才不舒服了，是吧？"

"因为我还没完全恢复啦，刚刚出院，还有点疲劳，所以才腰疼的。"

"吃了维生素，就能治好吗？"

不对，那药片应该是止疼药。

"秀吉叔叔得的是什么病呀？是腰会痛的那种病吗？"

"嗯，对……就是那种。"

"腰痛不是因为受伤吗？"

老师一时语塞。这时，过道上传来秀吉的声音——"是因为上岁数啦。"老师光顾着和翔也说话，都没注意到秀吉已经回来了。

"大叔们都因为腰疼很苦恼呢。"

秀吉对老师使了个眼色，继续补充道："要是腰疼严重了就会像我一样去住院哦。"

秀吉将靠垫垫在了腰后："早上起得有点早，我睡会儿哦。"说罢，他便合上了眼。一开始还不时调整下睡姿，很快他的双手就在肚子上交叠摆好，打起了呼。看来是止疼药起作用了。

"没事吗？"翔也小声问馅蜜老师。她用食指贴在嘴唇上比了一个"嘘"，笑着回答说没事。

翔也放心地笑了，再次将视线转向了窗外的景色。馅蜜老师也一样放下心来。因为腰疼所以住院——用如此苦涩的解释总算是蒙混过关了。而且翔也已经和秀吉熟络起来了，这令馅蜜老师十分高兴。在车厢连接处那儿，只有他们两个人交谈的时候，翔也和秀吉就像两个成年人一样，据说秀吉还郑重地把自己的名片给了翔也，大摆架子表示：要是零花钱没了尽管给秀吉叔叔打电话。

又过了一会儿，翔也也靠着车窗打起了盹。

列车驶过新白河站，进入东北的陆奥地区了。天气还不错，远处的山巅还残留着白雪，再向北应该会更接近冬季。

馅蜜老师将自己的外套搭在翔也身上，又看了看秀吉的状况。他睡得很沉，止疼药里面一定有助眠的成分。

抗癌药的副作用是使秀吉的毛发变得稀疏，已经不多的毛发里还夹杂着一些白色。或许是因为白发，眼前的秀吉距离馅蜜老师记忆中的那个小学生，突然远去了很多。

他醒着的时候，馅蜜老师没有注意到秀吉身上那些衰老的迹象，但此刻他睡着了，眼窝陷得很深，双颊也干瘪下去。如果拿掉围巾，脖子上应该是布满了皱纹。

郡山、福岛、仙台……列车一路向北。从奔驰在内陆的新干线往外看，几乎看不出什么地震的伤痕。但是，远远从车窗外掠过的道路标志上，出现了越来越多电视上反复报道的灾区地名。虽然并没有人看着自己，但是馅蜜老师还是忍不住端正好坐姿，挺直了腰板。

还有十分钟到站的时候，秀吉醒了过来。

"对不起，我一直在睡……"

"怎么样？感觉还好吗？"

"多亏了老师照顾，非常好！"秀吉笑着比了一个"耶"。

他这样并不是在逞强。老师改变了自己的看法。

这是他的温柔啊。

3

走上站台才发现，这里出乎意料地冷，馅蜜老师忍不住打起哆嗦。在闸机附近迎接他们的阿踢一身深冬打扮，衣服都很厚，他正缩着肩膀用力跺脚。明明在站台里，可呼出的气都成了白雾。

馅蜜老师已经十七年没有见过阿踢了。

"久疏问候……"

阿踢还是儿时那个腼腆的性格，一说话就脸红。这时秀吉插嘴道："你这也不算很久啦，我可是三十七年没见老师了呢。"他才第一次见阿踢，两个人都还没打过招呼呢，就俨然展现出大哥的派头了。

走出闸机后，秀吉又自我介绍道："我是秀吉，是馅蜜老师的初代弟子。"他说完伸出手，"我能和馅蜜老师一样也叫你阿踢吗？"

"嗯……当然可以。"

"我就是这么个大叔，对这儿也不熟悉，或许还会给你们添麻烦，就请多关照了！"

秀吉用力地和阿踢握了握手。

一开始，阿踢像是被秀吉的气势推着走，不过此刻，他也坚定地回握住秀吉的手，低下头行礼道："请您多多关照了！"

阿踢对秀吉的病情一无所知。列车到站前，秀吉又吃了一片止疼药。

面对翔也，阿踢也像对待独当一面的大人一般认真地说："远道而来，非常感谢。请加油哦！"

见阿踢那礼仪端正的样子，秀吉打趣道："小学生也有工作做的吗？"于是阿踢一脸认真地回答："嗯，当然有的。"

"对小孩子们来说，看到灾区本身就很重要。这不只是为了眼前的志愿活动，更是为了未来。眼下无法明确地感知到也没关系，等他们长大成人，当年去过灾区的经历就会给他们带来意义。"

秀吉听罢，笑着说："讲得真棒啊！后辈！"他又拍了拍翔也的肩膀道，"好好加油，你这个独闯天涯的不上学小孩！"

翔也一瞬间表情有些凝固，但马上他就露出了羞赧的神色，笑着点了点头。

面对有些吃惊的阿踢，秀吉又说："顺便向你交代一下情况。"

他用手指了指自己："我还剩半年。"然后侧过脸对一边呆住的馅蜜老师淡然补充，"出院的时候大夫说的。"他的语气仿佛在谈论别人的事一样。"扩散得太快，已经转移到大脑了，所以也有可能两三个月就不行了。"

阿踢懵懵地看看秀吉，又看看馅蜜老师。

"我得了癌症。"秀吉十分直白地说，"已经是晚期了，接下来很难再出远门，所以我是硬求着老师带我来的。"

馅蜜老师半是有意半是无意地抓住了翔也的手。她在无声地向翔也传达：你或许会感到吃惊，不过一定要镇定。——但实际上，她是在提醒自己。

"我不会麻烦你们的，如果我自己照顾不了自己，会立即返回东京……届时请原谅。"他对着阿踢略略低头行了个礼，戴上了口罩，往上提了提肩上的挎包，独自迈步向前走去。眼前的路从闸机开始向左右两个方向延伸开来。

"向右转，是西口方向。"阿踢慌忙说。紧接着他意识到，自己根本没必要那么慌张——秀吉的步速比小孩子还要慢。刚才那个有力的握手简直像是假的——不，一定是因为他把所有的力气都用在了握手上，现在已经没有余力了。

"我来拿包！"阿踢跑上去伸出手，但是秀吉摇了摇头，并未停下脚步。

"没关系吗？"

听阿踢这样问，秀吉沉默地点了点头。他拒绝的态度十分坚定。

正在这时，翔也的手突然从馅蜜老师手心滑走了。他跑到秀吉身边，用手将秀吉背包的底部托住，自下而上地承担着背包的重量。

秀吉先是有些吃惊，但立即露出无可奈何的表情，将肩膀放松下来，接受着翔也的帮助继续向前走去。

"真抱歉，净是让你吃惊的事……"老师向阿踢道歉，"但是呢，秀吉他，好像是想要教给我孙子一些什么。"

阿踢开的是一辆轻型汽车，上的是横滨的车牌。这是他在横滨的二手车行里找到的最便宜的车，他直接把车开回了北三陆市。

"就算我想在本地买，这里也不好买。我前面还排了几十号呢，总不能一直等着吧。"

海啸冲走了无数汽车，灾区的人们想要重建生活，就需要从"脚"开始恢复。没有车就没法找工作，也没法去医院。

"可是，有些不明真相的人看到临时住宅门口都停着车，会觉得灾区已经复兴到有钱买车了，其实不是这样的，情况正相反。因为铁路和公交都还千疮百孔，没有恢复，临时住宅又都建在一些偏僻不方便的地方，所以大家只能主动争取自己的出行能力。"

话题转到灾区的情况后，原本内向的阿踢语气也变得有力起来。"还有一些人看准了灾区的这种窘境，以高得离谱的价格在这里贩卖车况很差的车……"说罢，阿踢忍不住咂了咂舌。令他感到烦闷的事一定还有很多吧。

车子在弯道超多的国道上行驶着。从位于内陆的新干线车站到太平洋边上，需要跨过好多道山坳。

仅仅系着安全带，让坐在副驾驶的馅蜜老师感觉有些不放心，她只好紧抓着头顶上方的把手。并不是因为阿踢开车很乱来，而是这车子实在是太小太旧了。

翔也坐在老师的正后方，始终惦记着一旁的秀吉。车子每次拐弯的时候，他都会侧着支起身子，准备在秀吉体力不支倒下的时候撑住他。

"我要是知道秀吉哥身体不好，就借辆大点的车来接你们了……"阿踢有些懊丧。秀吉则安抚地说："你别在意，是我自己非得要来的嘛。"

"咱们中途歇歇吧？"

"不用，咱们快些赶路吧。"

"没关系吗？"

"没事啦，不用歇，赶快走吧。"

或许是因为戴着口罩，秀吉的声音有些发闷。他闭着眼，抱着胳膊，一直到抵达北三陆市，这一个半小时间秀吉再也没说话。

　　看到被毁灭殆尽的街道，馅蜜老师一时说不出话来。距那场天灾已经一年了，她也曾无数次从电视、报纸、杂志、网络上看过灾区那种只剩下水泥桩子和钢筋的残破景象。可是，实际站在这一片废墟之中，那种被海啸夺去了全部的空白感，有着任凭电视或电脑的尺寸多大也根本无法表达的宽广无垠。废墟的面积大得让人不知该将视线集中在哪一点上。馅蜜老师感到极度压抑，窒息感几乎要将她压垮。

　　"风很大是吧？因为从大海到这里的所有遮挡物都已经毁了。"阿踢说。

　　馅蜜老师点了点头，系上了外套前襟的扣子。风的确很大，地面的尘土都被卷起来了，当风打到面颊上时，有种扎针一样的刺痛感。

　　阿踢和馅蜜老师站在群山和沿岸交界线之间一个略高的小丘上。这里从前是市民活动广场，现在则建着市政厅的临时办公楼，以及临时商店街。秀吉和翔也就坐在广场的桌子边吃着拉面。

　　海啸一直席卷到这个小山丘一半高的地方。有很多人还没等逃到活动广场，就被海水吞没了。

"可是呢……"阿踢用一种告诫般的口吻对老师说，"虽然死亡和下落不明的人是有计数的，但是亲眼看到亲人和邻居被大水冲走的人，他们的数量……还没有任何一个机构统计过，以后估计也不会有人统计。"

可是，亲眼目睹悲剧的人非常多。不仅仅是大人，还有小朋友。印刻在这些孩子心底里的记忆，以后会以什么样的形式卷土重来？没有人知道答案。

"也有孩子虽然没有直接见到，但也体验到了这么多人突然死去的情况，毕竟整座城市都被冲垮了。本地小学的老师们都不知道该如何帮助他们走出阴影，大家非常苦恼。"

"如果是馅蜜老师的话……"阿踢问道，"如果是您，您会和孩子们说些什么呢？"

馅蜜老师思考了片刻后，叹息道："对不起……"

这个问题实在太难了。虽然馅蜜老师学过很多儿童心理学的知识，但常年的教学经验让她明白：面对一个个活生生的孩子，那些理论和学说都是不堪一击的。

"这个问题并不是一两句话就能解答的。我这样不了解情况的外人自以为是地去讲，讲的肯定也不是对的。"

馅蜜老师自觉这样的回答有点逃避，但是阿踢却一脸认同地点着头："嗯，这个回答真的很有馅蜜老师的风格。"

借着这个话题，馅蜜老师也把翔也的情况讲给了阿踢。阿踢听罢一脸吃惊，随后沉吟道："原来，独闯天涯的不上学小孩……是这个意思啊。"

翔也和秀吉还在广场的桌边坐着。翔也已经吃完拉面了，但秀吉吃饭的速度很慢。可能他吃不下油大的食物，或者是吸溜面条对他来说已经有些困难了，可又不想剩饭——固执倔强，或者，是对努力振作的灾区人民表达支持吧……

"秀吉哥没关系吗？其实他不用勉强自己的，吃不完也不要紧呀。"阿踢有些担忧地和老师说，"包括翔也也是，不用勉强自己去帮忙做志愿者，就当是转换心情，来这儿玩玩也好呀。"

让阿踢如此担心，简直是本末倒置了。想到这儿，馅蜜老师有些过意不去地缩了缩肩膀。

阿踢又说："大家都背负了很多悲伤，这可能就是'活着'吧。"

或许生活就是这样。想要没有一丝悲伤地活下去，可真是个天真的想法。

"老师，我还记得呢，您在毕业的时候告诉我们的那些话。在收到老师的来信前，什么时候来着……应该是海啸过后，我站在这里看着大海的时候，突然想起来了。"

关于青鳉的事。

游向太平洋的青鳉的事。

"在海啸中死去的人的灵魂，也在太平洋之中遨游……这么想的话，好像就没有那么伤心。"

"不过，其实没什么用。"阿踢落寞地笑着。

秀吉慢慢地将拉面全吃完了，连一滴汤汁都没剩，吃得非常干净。他一脸得意地把空碗展示给阿踢，满足地称赞道："这个海鲜拉面真好吃啊！"

那份拉面上铺了满满的裙带菜和扇贝，还有大虾和墨鱼，汤汁是用扇贝熬煮出来的，十分鲜美；还放了一调羹份的海胆。它的名字是将"复兴"和"幸福"糅合在一起，祈祷幸福归来的"幸复荞麦面"。这样一份拉面，秀吉怎么可能会剩呢。

"话说在前面哦，阿踢。我可不是因为它是灾区的拉面，出于同情才勉强吃下去的。别看我现在这副德行，其实直到上个月，我还是外食连锁企业的营业部长呢，饭好吃不好吃，我可是了如指掌。这拉面就算在全国 B 级美食大会上拿奖都没问题，替我告诉店里的阿姨哦，这家店够得上三星级别！"

面对秀吉的赞不绝口，阿踢有些不好意思，不知该如何应答。秀吉高兴过头地继续念叨："裙带菜能提高免疫力，说不定吃完我的癌细胞就都被杀光了！"他这样拿自己打趣，搞得馅蜜老师和翔也都不知道该如何接话了。

然而，不论他说话时显得如何精力充沛，一坐到户外椅上，秀吉的右手就抚住了心口。是因为腹胀难忍，还是胃不舒服？又或者，是在忍耐着疼痛呢？

"我稍微去趟洗手间……"秀吉站起身，向着商店街一角的临时厕所走去。翔也立即跟了上去，但是秀吉笑着拒绝了他。

馅蜜老师用眼神告诉翔也不用担心，阿踢也无声地点了点头。他们都注意到秀吉的脸色很差，所以也都明白，应该随秀吉自己的心意，才比较妥当。

过了好一会儿，秀吉才回来："阿踢，馅蜜老师，我真的没关系。快让我去工作吧，花这么长的时间休息实在太浪费了。"

或许是因为秀吉对四天三夜的规划开始没信心了吧。刚才他的脸色还是铁青的，现在却已经面如土色了。

馅蜜老师明白他，她点点头说了声"好的"。阿踢也没有再反驳什么。

4

阿踢也为翔也准备了一份志愿者工作，为市立图书馆的图书做分类。这件事并不需要力气，也不需要专业技术和知识，即便是小学五年级的学生也做得来。

虽说是图书馆，但是他们到了才发现，那只是个摆着一排书架的临时建筑。原本的图书馆已经被海啸冲毁，藏书也全被卷走了。

"从全国各地送来了图书，现在才攒到现在这个程度。"

今年二月，图书馆再度开门，也开始了把面包车当作移动图书馆的流动计划。

"一开始还有很多反对的声音，有些人认为，与其搞什么图书馆，不如先做灾区复兴工作。但是，多亏了她的努力——"阿踢将一位身穿围裙，正在给书本分类的年轻女性介绍给了大家。

据阿踢讲，她姓菅原，地震前是本地幼儿园的老师，眼下是市政厅的临时职员。在人手严重不足的情况下，她几乎是靠一个人的努力重振了图书馆。

"因为馆长和正式员工都在做别的工作，所以要是没有阿菅的话，真不知道图书馆什么时候才能开门了。"

阿踢热情洋溢地讲述了阿菅如何振兴图书馆，虽然他年龄比阿菅大了不少，但能看出他对阿菅充满敬意。又或者，还有些敬意之外的其他情感，正静静深藏在他的心底。

"菅原小姐的名字是什么呀？"秀吉随口问道。

阿菅的表情一瞬僵住了，她稍顿了片刻才回答："是minami。"

"是东南西北那个 minami[1] 吗？"

"不是……不是那个字……"她有些含糊地回答着，看了看阿踢，那眼神似乎是在求助。

阿踢也犹豫了片刻才回答："是美丽的海波，美波（minami）。"

美波——这名字本来非常适合生长在海边城市的女孩。也正因如此，这名字让人格外悲伤。

"请大家叫她阿菅就好啦。"阿踢带着一丝保护的姿态告诉大家。于是阿菅也放下心来，松了口气。

阿踢和秀吉一同去了临时住宅，馅蜜老师和翔也则留在图书馆为阿菅打下手。

老师原本担忧秀吉的身体，想和他一起去临时住宅那边，可秀吉本人却推辞："老师就算在我身边也帮不上我的忙啦。如果我有啥不舒服，就全都拜托本地人阿踢好了。"说罢他还抱了一下阿踢的肩膀。"是吧？阿踢！"他开玩笑着说，"要是你判断失误，结果我挂了，我也不会怨恨你啦。"

---

[1] minami 的读音也可能对应表示方位的"南"字。

老师将他们送到图书馆外，对阿踢叮嘱着："总之就请你多多关照他了，真的很抱歉。"

阿踢对老师的歉意感到有些惶恐，一个劲让老师放心，说别担心秀吉。他又探头看了看图书馆里的情况，确定阿菅没有看向这边后，压低声音道："其实，我有事想拜托馅蜜老师……"

是关于阿菅的事。

"她之前不是幼儿园老师嘛，海啸那天她就在幼儿园，用面包车把孩子们都运到了高台上，所以幼儿园里没有人出事。但是，有一些孩子的家长被海啸卷走了。"

这种事不仅发生在阿菅所在的幼儿园。失去父亲或母亲的小孩，亦或是双亲都死于这场灾难的小孩，在灾区随处可见。

"我们究竟能为这样的孩子们做些什么呢？越想越觉得自己能做的事太少了，而灾难造成的打击又实在太大了。"

"可是……"馅蜜老师有些支吾。

"也是呢……"阿踢苦笑着点点头。

"她自己也是受灾群众的一员啊。虽然家人尚在，可是她的家全都毁了，现在也是住在临时住宅。阿菅昨天听说馅蜜老师要来，特别期待。"

"是吗？"

"嗯。老师给我们讲的那个青鳉的故事，我也讲给她了。"

阿踢说，听过之后，阿菅眼里盈满了泪水，高兴极了。

馅蜜老师和翔也走进图书馆后，阿菅马上把纸箱子打开，将里面的书展示给她们看。札幌的读书同好会送了不少书过来，有数十册儿童读物；这些书的缝隙里塞的不是减震泡沫，而是一些小玩具。

"在这些细节上包含的温柔，真的让人感到很开心。"阿菅这样说着，馅蜜老师也点头。

送礼物的人心中那份关怀令人高兴，而能切实感受到这种温柔，并因此而绽放笑容的阿菅，也令馅蜜老师感到很高兴。

"书要怎么分类呢？按 NDC 来分吗？"馅蜜老师问。

图书馆里的书都是按图书分类法来进行分类的，分好类别后再贴上标签，排列进书架里。日本几乎所有图书馆都是采用日本十进制分类法，简称 NDC 的方法来进行图书分类的。按照这种分法，比如日本文学中的小说，就是 913，其中的 9 是文学，1 是日本，3 是小说。

但是阿菅却说："先大致分一下就好。比如按儿童的和非儿童的这么分。"

因为——她的表情变得严肃了一些，就此抛出正题："希望老师和翔也能把这些书都读一遍。不用读得太仔细，但是都要全都读一遍，内容和插图也得读到。"

"读一遍……是为什么呢？"

"要是读到有海啸或者地震、洪水、暴风雨一类的描写，请您告诉我。还有，故事里出现大海，或者出现家人或朋友死亡，以及生离死别的情况，也请您告诉我。"

这就是说——

"什么样的想法都会有的。"阿菅叹了口气，"有的人会认为，绝对不可以唤起孩子们的悲伤回忆。也有的人认为，刻意隐瞒是不好的。"

眼下能做的，就是先将所有的书本都确认一遍，列出一张"需注意"的图书名单。凡出现在"需注意"列表上的图书，先放在小朋友够不到的位置，然后在出借阅览时向陪同的成年人说明情况，获得同意之后再交给他们。

"这样做究竟好不好，其实我也不知道。"阿菅说到这儿，再次叹了口气。

阿踢拜托了馅蜜老师这样一件事——

"阿菅最近似乎有很多烦恼。她出生成长都是在北三陆，可以说是地地道道的本地人。可也正因为是本地人，

215

她总是遭遇两头为难的情况。"

对本地的朋友，其实很难去诉说心中烦恼。大家什么想法都有，什么情绪都有。比如说关于市里的振兴计划，有的人希望高台转移，有的人则希望能将沿岸部分的土地垫高，再将城市恢复到以前的样子。而且，铁道线路和车站都被毁了，那么是否要扛着赤字的压力去恢复它呢？关于这一点，议会和市民的意见也一分为二，目前还未得出什么具体结论。

"地震刚刚结束时，大家都很拼，拼了命地要活下去。有人死了，只能咬牙接受，去搜索失踪者，找到遗体带回来……光是去做这些，大家就已经到极限了。可是反过来讲，那时候根本无暇去思考其他事，反而让大家都凝聚到了一起。"

但是，如今地震已经过去一年了，大家开始有余力思考接下来的事了。这时，几条路同时出现在了大家眼前。不去选择，就无法前进。可是，越是去选择，原本凝聚成一体的朋友们就越是四分五裂。

"所以我想，我至少可以去做一个聆听者……"

实际上，阿菅也更容易对阿踢这个在横滨和北三陆两头跑的"半本地人"倾诉，有时候还会一边对着他掉泪，一边发牢骚，说些泄气的话。

"可是，我自己在横滨算得上是个能独当一面的社会人吗？也不算吧。我马上就三十岁了，但没有正式工作，未来完全没着落……"阿踢迟疑了，他觉得自己似乎并没有资格做阿菅的聆听者。"阿菅应该也还有很多心里话没有告诉我。可是，如果是老师您，我想她会愿意说的。虽然会给您添麻烦，但如果她和您讲了什么，希望您能尽量听下去。"

说到这儿，阿踢深深地对着馅蜜老师鞠了一躬。

纸箱子里的几十本书中，近一半都是"需注意"。

"天啊，竟然有这么多。"翔也用手比量了一下堆积起来的书本，被这高度惊得叹了一口气。

馅蜜老师也吓了一跳。因为工作需要，她读过很多儿童读物。箱子里的书，想必也是读书同好会的成员们深思熟虑后选择的，其中大部分都是馅蜜老师很熟悉的名著和经典读本。可是，她真的没想到这些书里会有那么多的"需注意"场景。

"毕竟有暴风雨之类的场面出现，会特别有气氛嘛。读到暴风雨来临，读者就会心跳加速。如果有插画，就更震撼了。"阿菅如此解释着。翔也和馅蜜老师觉得她说得很对，不由得点起了头。

"还有，以大海为背景的故事，是不是非常多？"

"嗯，很多很多。"

"所以……净是'需注意'了。"

就变成这样了——阿萱怀里的"需注意"读物，已经堆成一座山了。

"真是没完没了啊。"

"是啊。"

又开了一箱书。寄件人是来自大阪的一个阿姨。纸箱中还附着一封信，上面写道，她存了一整年的 500 日元硬币，买来了整套《儿童文学全集》送给灾区孩子们。

阿萱对着信纸认认真真地说了声"非常感谢"，随后转向馅蜜老师道："但是……这个全集的七成，都属于'需注意'。"

看到阿萱的苦笑，老师不由得问道："如果'需注意'的书更多，那么这分类不就没有意义了吗？"

"可是……有的人就是会很在意'暴风雨''大海'这些词，所以也没办法完全不管。"

是吗……馅蜜老师有些含糊其辞地接了一句。说实话，她有些无法接受。抚慰孩子们受伤的心灵，这当然很重要，但如果敏感到这种程度，会不会起反作用呢？

"究竟怎么做才对呢，真难啊。"阿萱似乎是在宽慰馅蜜老师，也是在宽慰自己。

老师突然想到了点子，如果是她的话，展现出来和藏着不给看，她会觉得哪一种是正确的呢？

傍晚五点的铃声响起。那时她们已经分好了近百本书，完成了第一天的工作。

不久，阿踢便开车来接她们了。他是一个人来的。来图书馆之前，他先去了趟商务酒店，带秀吉办了入住。

"他……不太舒服吗？"

"有点……应该是太累了。我用他从东京带来的体温计量了一下，接近38度了。他说想稍微躺躺……"

秀吉竟然发烧了，这令馅蜜老师有些吃惊，但更令她心里难受的是，秀吉竟然随身带了体温计。

"可是，经过临时住宅的时候，他看上去又精神了不少。我估计是在逞强，不希望我们担心他，所以靠毅力在支撑。"

"秀吉就是那样的小孩，一直都没变啊。"馅蜜老师点了点头，下意识地微微笑起来。但同时，她又重重地叹了口气。

秀吉他们去了两户临时住宅，第一户是一个独居的奶奶家。阿踢负责打扫房间，烧洗澡水等等，这期间，秀吉就陪奶奶说话。

"很多方言秀吉哥可能都不太听得懂，但是他一直微微笑着点头，所以让倾诉的一方感觉很好。"

不过，第一户的这位奶奶虽然是独自居住，但并没有在海啸中失去家人。她的两个儿子和一个女儿都分别住在仙台、盛冈和东京。

"秀吉哥似乎对这件事有些接受不了。离开奶奶家之后，他表情显得很寂寞，一直在咕哝，为什么啊，为什么孩子们不肯把奶奶接去同住呢？"

当然，他们都是外人，没法插嘴别人的家事，这一点秀吉很清楚。也正是因为很清楚，所以才更显落寞。

那种落寞的情绪，到了第二户又进一步加深了。那是个四十来岁的男性，妻子在海啸中去世，他和母亲以及一个读高中的儿子、一个读初中的女儿，一家四口住在临时住宅里。他给阿踢和秀吉开门时，手里正举着一桶纸盒装的烧酒。

"是我预测有误。我以为那一家的男主人会出门。本是想请秀吉哥和他们家的奶奶聊聊的。"

阿踢说到这个"出门"时，语气也颇有些无奈。这家的父亲在水产加工厂上班，因为地震，工厂彻底被毁，他丢了工作，已经过去一年了还没有能够再就业的迹象。他有时候会跑去参与道路和港湾的修复工程，赚点日结的工钱。不过最近大家更常在临市的赌场和居酒屋见到他的身影。

面对这么一个父亲，秀吉脸上的笑容显得比较礼节性，也只能聊些不疼不痒的闲话。而且那个父亲对秀吉的态度明显有些排斥，厌恶之情表现得十分露骨，全程都在呷烧酒。

"但是，秀吉哥真的很能忍了。对方比他要年轻一些，他肯定特别想说'你振作点啊！别总拿酒精来逃避啊！'一类的话。我感觉秀吉哥应该就是那样的性格。虽然我们刚刚认识，直接下结论显得有点武断，但感觉他遇到这种情况应该会非常热烈地说教对方，是吧？"

"你猜对了，他就是这种类型。"馅蜜老师点了点头。

秀吉这性格啊，真的是很好懂。所以，当他在狭窄的临时住宅，面对一个大白天就开始酗酒、一头扎进赌场逃避现实的父亲，他的想法也很容易猜到。

"估计呀，如果是再年轻一点的秀吉，应该就会忍不住说教了。"

"是呀。"听老师这么说，阿踢也苦笑着点了点头。

"要是他小学的时候，遇到个这样的后辈，说不定会直接上手揍他呢。"馅蜜老师说着，摆了个挥拳的姿势。

"可是，这就说明秀吉哥现在也是成熟的大人了呢。"阿踢的视角更为中立一些。

馅蜜老师也明白。如果是小孩，就会坚持并强迫别人接受自己认为的"正确"；但是，如果是大人，就明白了做到"正确"有多难，所以并不会把想法说出口，也无法强迫别人。

"总觉得，这样会让秀吉哥压力很大。"阿踢有些抱歉地说道。

阿踢订好了晚饭的餐厅，但是秀吉的烧还没有退，估计出门会比较吃力。

"那我就去酒店陪秀吉好了，只给翔也准备晚饭就行。拜托啦。"馅蜜老师这样说。阿踢听罢表情有些遗憾，在书本分类时已经和翔也打成一片的阿菅说："那就我们三个人先去吃饭，然后给老师和秀吉先生带盒饭回来吧。"

"阿踢，对不起呀，不过明天和后天我们还在呢，到时候就请你带我们吃好吃的啦。"嘴上这样讲，但是馅蜜老师心里清楚，明天的事很难说了。明天一早，如果秀吉的烧还没退，就必须得回东京了。为了不给阿踢他们添麻烦，秀吉本人也会选择趁早回家的。

馅蜜老师和阿踢他们在酒店门口分开了。她有些担心翔也，不过翔也已经和阿踢、阿菅玩得很好了。不……说实话，馅蜜老师其实更希望翔也能和自己一起陪着秀吉。秀吉、阿踢、阿菅，他们和学校里的"大家"究竟有什么不同呢？或许对翔也来说，现在只能看出年龄的不同，至于其他的方面，他应该还不太明白。

阿踢要带翔也去吃海鲜烧烤。这令馅蜜老师有些惊讶，那惊讶也表现在了脸上。见她这种表情，阿踢十分委婉地告诫道："就算是灾区，也有很多普通的美食啦。"

的确。当然是这样了。

阿踢话里的那个"普通"，正好击中了馅蜜老师自以为是的"外人"观念——先入为主，觉得灾区是"不普通"的地区。她顿时缩起了肩膀。

她对自己过于片面的看法感到难为情。但与此同时，过去曾是她学生的阿踢，现在在教育她如何成熟地做事，这让她又开心，又害羞，又有些不甘。但不管是哪种情绪，都出乎意料地令她心情大好。

5

商务酒店里住满了长住的振兴工程相关人员，阿踢费了番力气，才争取到了两间空房。秀吉的房间是紧邻电梯的经济型单间。在地震前，除非极端的旺季，这个房间一般是没有人住的。馅蜜老师和翔也的房间虽不是经济型单间，但也很狭窄，除了床几乎没有下脚的地方。

走廊里贴着一些地震刚结束时酒店的照片。当时电力水力还全都没有恢复，但这座酒店已经成为全国各地自发救援团队的基地了。照片中，酒店的地上铺满塑料纸，装着救灾物资的纸箱子摆得有一墙高，随处可见泥泞的施工皮靴和头盔。

这些照片让馅蜜老师感觉十分眼熟，好像过去确实见过这些画面。可是转念一想，地震仅仅发生一年而已，她的记忆就已经如此模糊了吗？而且这"记忆"也不是她亲眼看到的，只是在电视报纸或是网络上看到的一些"信息"罢了。

馅蜜老师带着一种难以言喻的愧疚感和歉意办理了入住。她注意到柜台墙壁上贴着的箭头指示，箭头旁写了一句话，"海啸的水位到了这里"。这高度要远高于前台站着的年轻人，有两米多吧——不，应该接近三米了。

馅蜜老师现在站着的这个位置，在海啸时被整个淹没。她突然觉得呼吸困难。这家酒店所在的位置距离港口还有相当远的一段距离，竟然也被如此高的海浪冲击了，那么海岸地区就真的是被巨浪吞没了吧。一想到整个城市的建筑物几乎被夷为平地，那种窒息的感觉愈发强烈。

前台的年轻人将房间钥匙递给老师，他看了一眼手边的记录："和您同行的羽柴先生有话留给您。他说希望您入住后给他打个电话。"

馅蜜老师在大厅给秀吉拨了电话。几声通话音后，秀吉那边接了起来："您辛苦了，还让您打电话过来，十分抱歉。"

秀吉的声音很轻："您能来我房间一趟吗？"

落地灯光照亮了躺在床上的秀吉。光照的明暗分隔非常清晰；眼睛，还有两颊到脖颈的阴影都很深。小学时秀吉还是个小胖子，过了四十年，他竟然瘦成了这样，当年那张圆乎乎的小脸恐怕再也回不去了。

老师坐在兼具梳妆台功能的桌子边，望着闭上眼的秀吉。给老师开门之后，他还靠坐在床上说了会儿话，但很快就道了歉："对不起老师，我想先躺下休息一会儿。"说完便躺了下去，还闭上了眼。馅蜜老师明白的，秀吉真的是个病人啊。

这个屋子紧挨着电梯。电梯一升一降，声音和震动都会传到这间屋子里。眼下正是施工结束后工人们从现场回房的时间，也有一些人正要出去喝酒吃晚饭，所以电梯声会持续很久。如果他觉得很难受，我们互换一下房间吧——馅蜜老师刚想说，就见秀吉那深凹的双目睁开了。

"还是从头再来吧。"他的声音很微弱，也很沙哑，但是语气却很坚定。

"身体确实不太舒服，是吗？"

听到老师这样问，秀吉立即回答："身体没什么关系，只有两三天，说什么也能坚持。"他的语气像是在生闷气。那短短的一瞬间，馅蜜老师又窥见了小时候那个不服输的孩子王。她心里一阵怀念，又一阵难过。

"比起身体，主要是精神方面有些精疲力竭了……"

"阿踢也挺担心你的，他感觉你似乎压力很大。"

秀吉苦笑了一声。但对老师这句话既没有肯定，也没有否定，而是突然变了话题："在我收到老师那封信之前，其实已经忘了。"

"……什么呀?"

"在太平洋遨游的青鳉的故事。"秀吉又苦笑着，声音里还有些许怀念的味道。

"你太太也和我讲了。她说秀吉读了信之后，说好怀念呀——什么的。"

听馅蜜老师这样讲，秀吉皱起了眉："哎呀，她那个人真是……拿她没辙，怎么什么都要讲出来啊。"但秀吉的语气里却没有丝毫不悦。

"阿踢也记得那个故事呢。"

"是嘛。"

"还有银天街的那群孩子，他们比阿踢还要晚几届。他们也说了，青鳉的故事真令人感到怀念……"

"老师，你一直都会和大家讲这个青鳉的故事，对吗?"

"如果是做六年级学生的班主任，就一定会讲。"

"嗯……"秀吉低低地回应了一声，听得出有些失望。或许是因为他意识到了青鳉的故事并不是他们那一个班独有的，所以感觉有些失落吧。秀吉这时候真是和小时候一模一样。

"哎呀呀。"馅蜜老师笑了，"但秀吉是我带的第一届学生，还是很特别的。"她特殊照顾了秀吉的想法。

如果是儿童时期的秀吉，听到老师这样讲一定会很害羞，但又不知道怎么隐藏自己的情绪，于是就会毫无道理地噘着嘴生气。可是，已经成年——甚至已经提早迎来晚年的秀吉，却依然像小时候一样带着寂寞的神色小声咕哝道："能在太平洋神气活现地遨游的青鳕，究竟有多少呢？"

此时正赶上隔壁有电梯在上行，馅蜜老师没有听清秀吉的话，于是她把耳朵凑近些。

于是秀吉稍微改变了一下说法，又问道："老师教过的学生们，大家都很幸福了吗？"

馅蜜老师语塞了。这是显而易见的，就算她不回答，躺在她眼前的秀吉本身就是答案。

"八成是幸福的吧？"秀吉淡然地说，"或者再低一点，七成？六成？总之，一半以上都是幸福的吧。"

老师沉默着点了点头。她希望自己教过的所有孩子都过得很幸福，但她也知道这是一个不可能的梦想。不过，她愿意相信自己教过的孩子里，幸福的人居多，她也必须要如此相信着。要是连这个程度的愿望都没有了，那她作为老师还有什么好开心的呢？

"老师……我就算长大成人了，也想一直做老师的学生，可以吗？"秀吉这样问道。

"当然啊。"馅蜜老师温柔地说。

"那，我想再问老师一个问题。"秀吉继续道，"老师的儿子不是因为交通事故辞世的吗？老师觉得自己的孩子这一生过得幸福还是不幸呢？"

馅蜜老师再次语塞。

秀吉又追问道："翔也的父母就这样突然因事故离开人世，而且他在学校也待不惯，对吧？他孤身一人，被奶奶领回了家，但是他和这个奶奶又没有血缘关系，迄今为止也几乎没见过……翔也他，是不是个不幸的孩子呢？"

这个问题，馅蜜老师多少能回答上来一点。"他还是小孩子，现在就下结论说他幸福还是不幸，还太早了。接下来他要靠自己去过好他的一生啊。"

"可是，他现在就是没法说自己是'幸福的'呀。"

"这个……的确，翔也很可怜。"

听到馅蜜老师的话，秀吉突然闭上了眼。

"老师，'不幸'和'可怜'是一样的吗？有什么不同吗？如果有不同，究竟是哪里不同呢？"

馅蜜老师依然答不上来。

趁着馅蜜老师还未因答不上问题而觉得尴尬，秀吉闭着眼道歉："对不起，老师，我说了一堆奇怪的话。"

"没有，不会的。"她知道秀吉闭着眼看不见，但还是用力摇了摇头。"你说的那些话，我觉得都很重要。"

和傍晚在图书馆同阿菅讨论"需注意"绘本时一样，她又不知不觉想起了点子。脑海中浮现出来的点子，是充满自信、活泼向上、一脸笑容的模样。那个孩子，会如何回答秀吉刚刚提到的问题呢？

"对不起啊，我现在没办法好好回答你。能不能算是作业，给我点时间？"这一次，她依旧在知道秀吉闭着眼的情况下，合掌道歉。她抬眼看了看秀吉的脸，注意到秀吉那轻轻合着的上下眼皮之间，闪着湿润的泪光。

"老师，我白天去了两家临时住宅。"秀吉说，"我能稍微跟您讲讲当时发生的事吗？"

于是，馅蜜老师开始听秀吉讲了起来。一开始她会不时地回应两声，到后来，她便只是静静地听了下去。

"我想说的太多了。"

想说那个老奶奶，她的孩子们都住在城市里，却没人招呼自己妈妈："一起来同住吧。"

想说那个父亲，他无法从因悲伤中站起来，于是逃避到了烧酒和赌博之中。

他想告诉他们，一定不要输给孤独寂寞。他想说，为了孩子们，请一定要振作。不过，在说出这些话前，倘若可以的话，他希望能先静静地握紧他们的手，流一会儿泪，将这种无法用言语表达的情绪彼此传递。

"可是呀，我看到了。他们每一户都摆着一家人的照片呢。奶奶家的照片里，是十几年前孩子尚小、丈夫也未去世时的合影。那个酗酒的兄弟家，摆着因海啸去世的太太的照片，还有儿子和女儿读小学时候的照片。"

两张照片上的人们都面带微笑，看上去十分幸福。

"后来我听阿踢说，能留下照片已经是很幸运的了。很多受灾者关于家人的回忆和家族的历史，全被海啸卷走了。

"看到那些照片，我突然搞不懂"幸福"的意思了。

"我没有那种照片。不只是照片，那种幸福家庭的实感，我完全没有……不，或者说，可能本来就没有吧……"

但是，在馅蜜老师收到的那张贺年卡照片里，秀吉一家人明明看上去非常和睦呀。

"是从我得病了，我们一家人才凝聚起来的。在那之前，我满脑子都是工作工作，家务事全部都扔给了太太，儿子们在我面前也很拘束。一家人聚在一起拍的照片一张也没有，大家一块笑的情况也很少出现……"

该说是讽刺呢？还是应该把它当成是悲伤的黑暗中亮起的一束光呢？秀吉确诊了食道癌，反而将四分五裂的家人凝聚起来。

"大儿子性格原本比较细腻，做什么事情都不太灵，如今已经是家里的顶梁柱了。我太太现在非常依靠大儿子，他两个弟弟也很支持哥哥。"

没错，的确是这样。回忆起拜访秀吉家的情景，馅蜜老师微微笑了："男孩子会在危机关头成长呢。秀吉不也是一样吗？"

听老师这样讲，秀吉的脸上也逐渐泛起一丝微笑。可笑容还未绽放，就被一声叹息打断，秀吉摇了摇头。"可是，已经晚了……"

"是吗？"

"您想啊……老爹只剩半年时间了，这个家才有了一家人的样子。这不是太晚了吗？老爹死了，一家人才凝聚到了一起。那这个老爹……那我的人生，究竟有什么意义啊……"

老师沉默了。有很多安慰和鼓励的话可以说，可是不管说什么，都只是一些漂亮的场面话。

"那个住在临时住宅里的酒鬼，和我正相反啊。他有好多关于家人的幸福回忆。真的，那张照片里，大家都笑得好幸福啊。那家伙绝对是个爱家顾家的人，所以他现在才那么痛苦，痛苦到只能用酒精麻痹自己……"秀吉的肩膀抖动着，用力呼吸着，随后——花了很长时间——他慢慢坐起身。单是这个动作，就让他几乎喘不过气。

"是要去厕所吗？我扶你吧。"老师慌忙从椅子上站起身。

"不是啦。"秀吉微微笑笑，挥挥手，示意老师快坐下。

他终于坐好，靠在了床头的靠枕上，凝望着老师。或许是因为落地灯照射到的位置发生了变化，也可能是因为眼窝过度凹陷，他紧盯着一处的眼神甚至有些可怕，还闪着暗淡的光。

"老师，您告诉我。"

"什么？"

"我的人生，和那个酒鬼的人生摆在您面前，您会夸奖哪一个？"

翔也躺到床上没过几分钟就睡着了。他刚洗过澡，头发还是湿的，馅蜜老师正要给他吹干头发，就发现他已经睡着了。一大早就从东京出发，中间跑了这么远的路，看来真是累坏了。

不过，听说晚上的海鲜烧烤，他自己就吃下了整整一个成人的分量，后面又点了当地特产厚壳蛤，也基本是他一个人吃完的。

他和阿踢、阿菅说了很多。两个大人小心翼翼地关照他的情绪，但他自己倒并没介意，而是主动告诉了他们自己双亲因事故去世，还有不去上学的事。他还讲了在北京浜小学和小泉小学交的外国朋友，说到这些的时候，他的语气既快活又充满怀念。

把翔也送到酒店后，阿踢悄悄对老师说："灾区是经历了巨大创伤的地方，对吧？我猜，翔也是在这里感受到了和自己的悲伤相通的一些东西吧。"

据说翔也还很积极地表示，明天一大早还要去图书馆帮忙。

"我们当然是特别欢迎大家的，但是秀吉哥的身体，还能行吗？"

"虽然眼下不好说明天肯定不行，但就他现在的状态，我觉得尽早回东京比较好。"

"是啊。还是要把身体放在首位。今晚要是有什么情况，随时给我打电话吧，我马上就能赶过来。"

"谢谢你，阿踢。"

"快别这样啦！馅蜜老师向我道谢，我怪不好意思的。遇到困难了大家就要互相帮助嘛。尤其是身在灾区，这种感受更是与日俱增了。"

阿踢和小时候一样温柔，如今，他的温柔之上又增添了一分属于成年人的可靠。

可是，阿踢却找不到正式工作，就这样走到了三十岁。就算经济形势再不好，就业再困难，馅蜜老师还是觉得不能接受。

馅蜜老师将被子盖上翔也的肩膀，关了房间的灯。

此刻躺在自己房间床上的秀吉，睡得好不好呢？那些没能答上来的问题，是否仍在黑暗之中盘旋呢？

一个父亲用自己生命的倒计时，换来四散的一家人团结一心。然而自己却没有留下任何快乐的回忆，就这么两手空空离开人世。

一个父亲失去了相爱的妻子，无法从悲伤之中振作起来，于是孤独地度过余生。

"老师……"秀吉的上半身靠着床头，直勾勾望着老师，"我和临时住宅里的那个人，哪一个都很不幸……但要让老师看的话，您觉得我们哪一个人还算好点？"

老师几乎失语，她很努力地挤出一句："……不要用'还算好点'这种说法了。"

但是，秀吉却摇摇头说："您这不算回答哦。那我换个说法吧……我们哪一个还算有点幸福呢？"

"……哪一个都算啊。"

"那，您会表扬哪一个啊？"

"……哪一个都会啊。"

"老师好狡猾啊。"

秀吉苦笑着，靠着床头的身子一点点下沉，最终滑到了底，躺下去了。他没有再问新的问题，也不算是接受老师的答案，只是喃喃地说了一声晚安，然后闭上了眼。

馅蜜老师沉默着走出了房间。

老师和学生的关系，就算学生毕业，再过几十年都不会改变，永远不会变。她也曾祈祷，千万不要变。可是，学生总会变成大人，她知道。老师并不能懂得所有事，老师的回答也不可能永远正确，老师也会逃避，也常常找不到人生的答案。

馅蜜老师从翔也的床边起身，稍微推开一点窗，让空气流通起来。透过窗子只能看到港口的一角，整座城市几乎没有灯光，只有临时设置的路灯发出微弱的光芒，零星洒在城市各处。

1

第二天一早，秀吉自己喊了一辆计程车，独自返回了东京。

他在办理退房手续的时候联系了阿踢，而馅蜜老师那边，他是已经到了车站才联系的，也只发了一条短信——"趁还能动，我先回去了，会再和您联系的。"仅此而已。

刚收到短信不久，阿踢就开车来酒店接他们，馅蜜老师忍不住埋怨了秀吉几句。

阿踢安慰她道："秀吉哥是不想让老师担心呢。他给我打电话的时候也一句都没提自己身体的事，一个劲拜托我多多关照老师和翔也。而且他要早点回东京，也不让我去接他。他告诉我不要给馅蜜老师打电话，害你早起。他一直强调，你们昨天从东京过来，长途跋涉的，很疲劳。"

馅蜜老师噘起嘴生气。没办法啊,如果不摆出生气的模样,她怕自己的眼泪会掉出来。

一走出酒店,他们就被白色的浓雾包围了。天刚蒙蒙亮,浓雾就笼罩了上来,一直到八点钟都还未消散。而且随着时间推移,还越来越浓重了。

"这是从海上飘来的雾。"

就算是大晴天,近海也可能突降大雾。雾气乘着东风,迅速抵达陆地,严重时就连相距百米的红绿灯都看不见。

"视野会变得很不好,而且气温也会下降。"

眼下就是这种情况了。明明已经是四月中旬,可呼出的气息还是一团团白雾。馅蜜老师和翔也都穿着毛衣加外套,还要再披一件防风大衣。阿踢的车里虽然开着暖风,但是温度也没到可以脱下大衣的程度。

"现在其实还好,之前有几年,梅雨季都过了还会吹冷风呢。"

"是过山风[1]吗?"

"没错,要是风一直刮下去,稻子根本长不起来,会出现冻灾。"

这是一片寒冷而贫瘠的土地,过去曾有过因冻灾而

---

[1] 在日本东北地区的中、北部太平洋一侧(尤其是三陆地区),从梅雨期到盛夏刮的东北冷风。一旦长时间持续就会出现冻灾。

起的饥馑，很多老百姓被饿死。而足以毁灭城市的大海啸，也在反复侵袭着这片近海土地。

"反过来想想，每次灾难过后的幸存者，都会在这片土地上重建家园，真的很坚强。所以我们的身体里，也继承了这种坚强的DNA呀。"阿踢这样说。

但是他又有些无力地歪了歪头，小声咕哝着："不过，这一次，确实太吃力了。"

在一片浓雾之中，阿踢的车子开着前照灯，放慢速度在海港近旁行驶。

"像今天这种天气，本来近海附近会此起彼伏地响起轮船的雾笛声。特别热闹，却又特别寂寥，那种感觉很不可思议。"

如今港口不再有渔船进出，也几乎看不到人影，安静极了。活鱼市场的拍卖活动是从去年年底重启的，但是渔获量却连海啸前的十分之一都没到。

"这港口是用来让渔船出港捕鱼的，并不是只要重启市场交易就能回到从前了。"

制冰的人不在，就没有冷藏用的冰；就算有冰，但是提供泡沫盒子的人不开始制造盒子，鱼就没有地方放。水产加工业也是一样。因为海啸而被冲垮的罐头工厂好不容易建起来，可是没有烹制用的酱油，就没法造出和过去口味相同的罐头。而本地酱油厂的窖藏都被海啸卷走了，所以根本没办法制造酱油。

"还有，且不提建筑物受损的事，有不少技术和经验都很丰富的专业人士，还有年轻人，都在这场海啸中罹难了。接下来，灾难的后续影响会一点一点显现出来。尤其是那些年轻人，他们本来是要在这种乡下留一辈子的……虽然我没什么资格讲这些，但是这次大家受的打击都太大了……"

见馅蜜老师沉默着点点头，阿踢又说："其实……我爸妈的立场也有点尴尬……"

"为什么？"

"我当时是因为人在横滨，所以才没有遭灾。但是，留在本地的那些年轻伙伴们，有不少被海啸卷走了。阿部已经结婚生子，努力工作，还是消防队的一份子，却……我这个在大城市做临时工的半吊子却还浑浑噩噩地活着，如今，还跑回来做什么志愿者。有些人对我的看法其实挺复杂的。"

"可是，你也不是在这里长大的呀，这里只不过是你父亲的出生地而已……"然而，馅蜜老师的话被阿踢打断——

"可是，我把这里当成是自己的故乡呀。"

今天的工作还和昨天一样，继续为阿营打下手。

"请在中午前把这些书分好类，然后我们就要出门了。"

今天是"移动图书馆日"，他们要带着书本去附近零星的临时住宅服务。阿菅说，虽然是为了出借书本，但其实还隐藏着一项很重要的工作。

住在临时住宅里的居民都因为海啸失去了自己熟悉的家，迄今为止的生活也被灾难连根拔起，很多人失去了朋友和家人。这其中有不少人只能离开北三陆市，临时借住在其他城市。

"哪怕是住在市内的临时住宅，都会让人感到害怕。那些住得更远的人一定会更不安，更孤单。"

所以，才必须要定期开展这种活动，巡回拜访那些居住在临时住宅中的人们。"要把'大家没有忘记你们，大家一直陪在你们身边'的心意，传达给他们。"

阿踢在一边补充道："光是见见面，聊聊家常，就大不一样呢。有些人身体不太舒服，还有些人需要进行心理疏导，如果和他们实际见到面，就能多少察觉到这些需求。"

每到"移动图书馆日"，阿踢就会开车载阿菅同去。上个月他发现有个独居的老奶奶情况有些不对劲，所以会不时就去陪她聊天。

"奶奶在读中学的孙子因为海啸去世了，所以她一直非常自责。"阿营说，"她一直反复念叨，我一把老骨头怎么反倒还活着……"她自责极了，甚至还打算自杀。阿踢始终温柔地陪着她，认真聆听她内心的苦闷与悲伤。

阿踢自己有些害羞地说："哎呀，也不知道帮没帮上忙……"阿营则提醒他不必这么谦虚。

那位奶奶致电了图书馆，说多亏有阿踢，自己前一晚难得睡了个好觉。奶奶一边抹着泪，一边反复地道谢，"真是太感谢了，太感谢了。"

阿踢说自己今天白天还会再过来，随后便离开了图书馆。他接下来要去市政厅那边讨论引进驾校的事宜。

"驾校？"馅蜜老师有些惊讶地反问阿营。说实话，她觉得眼下开办驾校似乎并不是很有必要。即便地震已经过去一年了，可是城市里的振兴工作才刚刚进行到将堆积成山的瓦砾挪走的阶段。

"所以才需要的呀。"阿营一边拆开放着书的纸箱，一边解释道，"拿不到大型特殊驾照，就没法开重机嘛。"

啊，对哦！馅蜜老师有些后知后觉了。灾区接下来会花费很多年去施行振兴的工程，只要持有开挖土机和起重机的执照，就很容易找到工作。在当地开办驾校，帮助大家取得驾照，再在原地雇佣这些拿驾照的学员，这也是一种振兴策略。

"目前很多工作都是外来人员在做，但是，眼下也该为本地居民们创造一些就业机会了。"

这不仅关系着未来本地居民们的收入，还关系着整个城市接下来的发展。

"本地的中学生和高中生走出校园后，是没法在这里找到工作的。就算是从大城市的大学毕业，想要回来，但是没有就业机会怎么回来呢？如果留不住年轻人的话，十年后，就没有人能继续支撑这个城市的发展了。"

"嗯……"

"现在在读小学的孩子们的爸爸妈妈就是这样的。他们为了找工作，会去仙台、盛冈、东京，小孩子也会跟着父母一起离开。一旦离开了这里，就不会再回来了。也就是说，现在再怎么加油恢复城市的原貌，到了二三十年之后，这个城市仍旧会变成一座空城。"

"嗯……"馅蜜老师只能低声应和着，轻轻点着头。这是灾区的现实——不，这是从受灾前就重压在这个城市身上的，地方小城市的现实。

"菊池先生也……"阿营说到这儿，又笑着改口道，"阿踢他也决定了的。"

就算把驾校开起来，阿踢也不会去学车的。东京和横滨倒是也有不少能够取得大型特殊驾照的驾校，阿踢也不准备去。他想仅仅作为一名志愿者去支援家乡，而他自己生活所需的费用，还是要通过在横滨做外包工作来赚取。

"阿踢说了，他不想抢椅子。"

抢椅子？就是说——"要是他在本地就业，就会抢走那些留在本地的人们的就业机会。他说他绝不能这样做。"

阿萱说出这句话的时候，显得有些遗憾。看样子，她对阿踢决定好的事情还有些微妙地不能接受。

馅蜜老师其实也是一样的想法。阿踢的决定非常符合他的性格，很温柔很体贴，但是，这其实也是一种不合时宜的笨拙。尤其是在当今这个时代，有着那么多无可奈何的现实。

"外包要在各个工场辗转，绝对会很不安稳的。"

"嗯……说实话，就算现在情况尚可，接下来可能就会愈来愈难做了。"

"是呀……"

光是得一场感冒，在家躺个一星期，生活基础都会产生动荡。有可能因此失去工作，甚至某些情况下，还有可能被赶出住所。

"我实在是不理解，为什么阿踢这样认真诚恳的人，就是无法找到正式工作呢？"

馅蜜老师对此也一直很困惑，但她这时突然意识到，或许就是因为阿踢太过认真诚恳，所以才很难在公司里立足。

"虽然我这么说有点太傲慢了……但是阿踢以后的人生……究竟会变成什么样子啊……"

他很快就三十岁了。看到自己那些已经结婚，甚至已经有了宝宝的同学，不知道阿踢会作何感想呢？而那些年纪轻轻就有了自己的房子，过着富裕生活的同学，又会怎么看待阿踢呢？

两人的对话暂停了。翔也原本啪啦啪啦翻动着绘本，寻找"需注意"内容的手也暂时停下了，他望着远方喃喃道："也不知道阿踢哥有没有女朋友。"

听到翔也这句话，阿菅的脸颊腾地一下红了。

馅蜜老师自然是假装没有注意到阿菅的大红脸；翔也不知道他那句话究竟有多深的意思，不过他说完这一句后，也没有再注意阿菅的反应，而是继续投身到寻找"需注意"的工作之中。

只剩阿菅自己慌里慌张地平复情绪，还刻意地清了好几声嗓子。她掩饰般地问道："阿踢从小学起就很认真吗？"

馅蜜老师扑哧一声笑了。明明那么想隐藏自己，但问的还是关于阿踢的事。她觉得阿菅有些好笑，但又为阿菅有这样的反应感到高兴。

"是呀，真的特别认真，特别温柔。"

"就算委屈自己，但只要能帮到别人就好……是这样的感觉吗？"

"没错没错，就是这样。阿菅真的很了解阿踢。"

听老师这么说，阿菅的脸又红了起来，这让馅蜜老师更高兴了。阿踢，迄今为止你虽然经历了很多不顺，但说不定，你其实是朋友中最幸福的那一个哦——不过问题是，你自己究竟有没有注意到哇？

阿踢的温柔和秀吉的还不太一样。秀吉的温柔，是那种孩子王一样，会很可靠地陪在你身边的温柔；而阿踢则是会为你让座的那一种温柔。秀吉会搂着伙伴的肩膀，说着"我也和你一起去吧"；阿踢则会后退一步，说着"别在意我"，然后笑着挥挥手目送伙伴们远去。

听罢老师的解释，阿菅也颇有同感地用力点点头："我懂您的意思。阿踢的确就是那样，秀吉哥也是……虽然他身体抱恙，但我很能感受到他的性格。"

"不过嘛，秀吉要是在场的话，听到这个评价说不定反倒会呼呼哼哼地发火呢。"

阿菅笑了。正在这时，翔也翻书的手突然暂停了。

"奶奶。"

"嗯？"

"那个……我刚刚想到了……阿踢哥和爸爸好像哦。"

听翔也这么一说，馅蜜老师也反应过来。的确如此。

健夫的那种温柔，和阿踢的温柔，非常相似。

2

书本分类暂告一段落，从下午起就要为移动图书馆做准备了。虽然全国各地都有捐赠书本，但是挑出"需注意"的书之后，剩下的数量并不能将临时建造的本馆和用大型箱车改造的移动图书馆全都填满。

"所以呢，到了移动图书馆之日，就得考虑如何分配书本的问题。"

阿菅制作了一份书目轮流表。从本馆放到小推车上的书，和从小推车上放回本馆的书，都记录在表。她把这张表格递给了馆蜜老师和翔也。"从书架上抽走的书，可以放进购物车里，提着运走，这样做效率最高。一本一本地拿实在太费工夫了，但如果用更大的容器，又会让人腰酸背痛。"

图书馆使用的购物车上还印着购物中心的Logo，但那家购物中心已经被海啸冲走了。购物车是从瓦砾之中掏出来的，仔细看会发现这些购物车表面都破破烂烂的。

"有些人光是看到购物车都会回忆起海啸当天的事，所以会发火呢。但是，能用的必须得用上啊……现在就是物品不足，人手不足，资金也不足嘛……"阿菅耸耸肩苦笑。

其实阿菅是个很开朗的好孩子。馅蜜老师想。而且，那种开朗并不是天真无邪，而是切实地懂得了悲伤之后，仍然选择了微笑的坚强。

馅蜜老师已经彻底被阿菅征服了。她好想告诉阿踢，你真是遇到了一个好人啊！眼看快三十了，你也认真考虑考虑自己的婚姻大事吧。不过她这么说是不是有点惹人讨厌啊？而且，还有就职这道壁垒立在结婚之前。

对阿踢来说，或许就职的壁垒更难跨越吧。

她简直想去那些公司的人事部当面问问筛选求职者的人，请问，你们公司究竟对阿踢的哪里不满意啊？

没关系啦，老师——阿踢那张略显寂寞的脸浮现在她眼前。她甚至能非常具体地想象到阿踢的表情和语气。

这就是阿踢最大的弱点吧。

他们在中午前完成了书本的替换工作，差不多要去吃饭的时候，阿踢给阿菅打来一通电话。

阿菅接起电话，过了一会儿声音愈来愈低沉："是，我知道了……那……你多多小心。"

她挂断电话，摇摇头叹了口气。

阿踢现在正陪着隔壁家的奶奶在邻市的医院里。虽说是"邻市"，也需要将近一个小时的车程，而且没有直达的公交车线路。平时都是她年近六十岁的儿子接送她，可是今天她儿子身体也不太舒服，所以就去找了阿踢。于是阿踢将开到一半的驾校招商会议暂停了，他希望能尽量在上午接送完老人。但是医院的等待室里坐满了从附近村镇过来的老人，光是等待诊察就花了一个小时。

"也没办法，沿海建的医院全被海啸冲毁了，患者们只能去内陆的医院。"

可馅蜜老师真正的想法是：就算是邻居，也不应该让阿踢照顾到这个程度吧？奶奶的家人呢？比如说，不可以拜托儿媳的吗？

或许是她的想法已经赤裸裸地表现在了脸上，阿菅露出一个有些寂寞的苦笑。"奶奶的儿媳被海啸卷走了，至今下落不明。"

老师噎住了。阿菅又说："这个城市的所有人，都遭遇了很大的不幸啊。"

她露出了更加寂寞的笑容。

在如此忙碌的情况下，阿踢还是为馅蜜老师他们准备了一天仅限二十份的炸海鲜便当。

非常美味。翔也被炸虾的形状吓了一跳，馅蜜老师吃着肉质鲜美的帆立贝，既感激又受宠若惊，这时阿菅说："因为馅蜜老师要来，所以阿踢他才这么有干劲的。他说过，特别特别期待老师能来。"

馅蜜老师有些不好意思，吸溜起了热茶。

一边的翔也突然问道："奶奶是什么样的老师呀？很严格那种，很温柔那种，还是特别热血那种呀？"

"就是普通老师啦，普通老师……"

"可是'馅蜜老师'这个名字，听上去好像电视剧里的角色。"

馅蜜老师险些喷茶："因为叫安藤美津子，所以就简称馅蜜了，仅此而已啦！"

翔也知道是自己开的玩笑逗到了奶奶，于是也嘿嘿笑了。但阿菅却突然正色道："馅蜜老师是非常特别的老师。虽然我不是老师的学生，但是馅蜜老师绝对是一位非常特别、非常厉害的老师。"

阿菅说，因为从阿踢那儿听到了在太平洋遨游的青鳉的故事，所以她确信这一点。

阿菅开着用作移动图书馆的箱车，沿着河边的国道驶向邻市矢作市。海啸一直逆流冲击到河川之上，涌入山间，侵袭了山间区域。河两岸的损毁程度大得惊人，一直绵延至上游地区。虽然已过去一年，但废墟还在原地，残砖碎瓦几乎都没有收走。

然而，那一片荒凉的风景，在穿过山间隧道进入矢作市之后，瞬间变了样子。

映入眼帘的是一片春季闲适的田园，油菜花大片盛放。拖拉机在旱田水田上工作，它的动作和收拾残砖碎瓦的挖土机十分相似，悲哀的是它们并不同。

矢作市的地震死亡人数大约有三十人，但这三十人都是去北三陆市出勤时被海啸卷走的。矢作市本身受到地震侵害影响比较小，仅有两座仓库的房顶倒塌，呈半损毁状态，有不足十户人家围墙倒塌了，还有数名轻伤者。

仅隔着一座山，世界就这样被一分为二。一个是被海啸重伤至几乎崩塌的世界，一个是在海啸中幸存的世界。

"用'世界'这种词，或许有些夸张了。但是开着移动图书馆的车子，在周围的城市村庄转一圈，就忍不住会产生这样的感想。"

馅蜜老师非常赞同阿营的说法，她点点头。这种说法其实一点都不夸张。被海啸毁坏、掠夺而去的，可不只是风景，也不只是一个个生命，还有那片土地长久以来所编织的历史，和人们代代相传的记忆。从过去流淌到现在，再奔涌向未来的时间，也都被这场灾难打得粉碎。风景、生命、还有点滴的时间……除了"世界"，还有什么词语能够将它们统一到一起来表达呢？

"我们一直都在给矢作市的大家添麻烦……"

北三陆市的受灾群众居住的临时住宅，就建在矢作市的市民广场上。也就是说，矢作市的市民们因此无法再使用市民广场了。

"他们每年秋天都会举办大型祭典。祭典的主会场本来是设在市民广场上的，结果去年的主会场只能分散安排在了其他地方，费了不少周折。"

这种情况不仅出现在矢作市，其他城市也有。

遇到困难要互相帮助，这道理大家都懂。"互助""体贴""牵绊之情"，它们是何等珍贵、凝重，却也令人寻味领悟。

"可是，'现实'同样珍贵、凝重。我觉得，我们不能否定现实。"

听阿营说，内陆地区的城市村镇早已想到了沿海地区会有移居需求，于是住宅和企业用地的行情迅速暴涨。可租赁的房屋直接被市场抢光，于是有些城镇直接将临时住宅建在学校操场上，这影响到了学生们上体育课，学校也很头疼。还有扔垃圾和道旁停车的问题，有些城市的临时住宅居民和本地住户产生了很多纠纷。

"您知道吗？临时住宅毕竟是'临时'的，那种住宅没办法长期住人。到2013年末，或者至多2014年三月底就必须搬出来了。"

在长条座椅的副驾驶上坐着的馅蜜老师，还有坐在她和阿营中间的翔也，同时惊讶地"欸？"了一声。

"可是振兴计划还不确定，再建新生活这方面，大家也还没有余力。这个时间搬出去，也太……"老师说到一半，阿菅便接过话苦笑道："就算要求大家'赶紧走'也做不到的。所以呀，在临时住宅里居住的时间恐怕还要延长。"

"是呀……"馅蜜老师有些放下心地抚了抚胸口。这时，阿菅又用带着些许叮嘱的口吻道："可是呢……"

她刚开了话头，翔也就抢着问道："那……市民广场就一直没法用了吗？矢作市的人好辛苦呀。"

"对对，你说得对呀，翔也。"阿菅重重地点了好几下头，"临时住宅的居住时间延长，带来的并不都是好事呀。"

馅蜜老师愣了片刻，也理解了。她满脑子想的都是住在临时住宅里的受灾群众，忽略了为修建临时住宅而提供土地的人们的各种需求。明明很简单就能明白的道理，馅蜜老师却下意识地忽视了。

"很多自发救援团队和民间组织是说好了2014年四月前必须原样腾退才愿意提供土地的。突然延长了腾退时间，也会给大家添麻烦。"

的确。

"真对不起呀，老师，我没想要发这些牢骚，也不想讲这些大道理的……"阿菅赶紧和老师道歉，然后又说，

"可是，住在临时住宅里的居民们都很不安，很在意周围的目光，也变得非常胆小怕事。"

正因如此——

"我希望，至少孩子们能够活泼快乐地成长。眼下虽然大人和孩子都很辛苦，但是只要跨过这道坎，大家的眼前一定会展开一片美好的前景。我真心希望如此。"

阿菅的语气越来越强烈，她的每一句话都是那么掷地有声。要不是因为正在开车，她一定会整个人面向馅蜜老师，郑重地强调这些话。

"……所以，我觉得青鳉的故事真的非常非常重要。"话题又回到了青鳉上。

刚才他们三人在吃午饭的时候，阿菅就已经说了很多。她说自己真的非常喜欢青鳉的故事，听了很感动，也希望能将这份感动散播给更多的人。仅和自己教过的学生在临毕业时讲起这个故事，实在有些可惜，她希望能让灾区的孩子们也听听这个故事。说到这些的阿菅热情高涨，也很诚恳。

"如果可以的话，就趁今天的机会，您觉得如何呢？很多人都非常期待每周的移动图书馆日，想要聚集起十个或者二十个人，还是很快的。"

馅蜜老师有些尴尬地摆着手："故事太短啦，也不是那种值得特意把大家召集过来讲的内容。而且在学校那会儿，也只是毕业当天用很短的时间讲的。"

基本也就只花了十来秒就讲完了。"你听阿踢转述，是不是也就几句话？真的就只有那么多而已，说是故事，其实不算什么故事，比桃太郎那种小童话还要短得多呢……"

"不不，可是……"

馅蜜老师十分头疼地勉强忍住了一声叹息。其实这番争论在刚刚已经发生过一轮了。

她绝不是在摆架子，当然，也不是只想和自己教过的孩子讲。她没有那么心胸狭窄。但是……说句心里话，她觉得有些害怕。

"我当然想让孩子们都打起精神，充满希望。"馅蜜老师这样说着，仿佛也是在同步确认着自己的想法，"可是呀……"

她望着阿菅的侧脸，解释道："一个从东京跑来的阿婆，突然对大家说'你们都是小小的青鳞'什么的，我说不出来啊。就算说了'大家总有一天会在太平洋遨游'这句话，也没什么说服力啊。"

听她讲青鳞故事的学生们，都是自己从五年级一直带到六年级结束的孩子，她非常了解他们。所以，即便是一个比童话还要短的故事，她依然能饱含深情地讲出来。

"可是……如果是馅蜜老师，一定也能对灾区孩子们饱含深情地讲出这个故事的。我坚信这一点。"阿菅手里握着方向盘，忍不住将头转到老师这边。

馅蜜老师急忙说："开车的时候一定要集中注意力啊。"

她沉默了片刻，又继续道："昨晚，秀吉问了我很多问题，我都没回答上来。虽然他本人没对我提起，但是应该也问了阿踢不少问题吧。"

"问问题？都问了什么呢？"

"我很难说清他的问题，但每一个问题都很难回答。"

"这样啊……"

"因为问题很难，所以我很怕自己的回答是在说些漂亮话。"

"可是，老师怎么会讲漂亮话……"

"青鳉的故事也一样。说真的，现在我也觉得我讲这个故事，可能就是在说漂亮话罢了。"

每每想起被疾病击垮的秀吉那瘦弱的模样，馅蜜老师就越坚定这个想法；而阿踢那么温柔、稳重，却连正式工作都找不到。现实的严峻，已经将漂亮话的花架子打得粉碎。

"所以真的很抱歉，我没有讲这个故事的资格，也不能毫无责任心地对孩子们讲这些。"

馅蜜老师双手合十地向阿菅道歉。此刻车子正在拐弯，阿菅没有分心望向馅蜜老师，只是轻轻地点了点头。

临时住宅前的广场上已经聚集了大约十个人，他们似乎正在等待箱货抵达。车子一停下，聚过来的人就更多了。打开车门搬书的当口，已经有三十多人在等了。

其中大部分是老年人和领着孩子的母亲，也有几个四五十岁的男性——看上去是因为地震丢了工作，眼下还未能顺利就职，平时只能躲在临时住宅里。想到这儿，馅蜜老师就觉得心里堵得慌，不过阿菅却说："他们能走出家门来移动图书馆借书，我们就放心了。就算他们身上有酒气，或者还穿着睡衣，但是只要能看到他们的脸，就能知道有没有生病。这样也好。"

可以说，移动图书馆，也是一个确认居民是否平安的地方。

箱式车的货箱里堆了一批折叠起来的户外椅，阿菅他们需要把这些椅子搬到车前面，再准备些茶水点心。他们希望能尽量让一直蜗居在临时住宅里的人们转换心情，放松自己。而且，大家喝着茶，也能有意无意地听对方谈及一些不方便的地方和希望改善的地方。这些都是阿菅要做的工作。

"之前一直是我和阿踢交换在做的……"

当然，接下来的话不用阿营说，馅蜜老师也明白。"放心，交给我吧。"老师比了一个"OK"的手势，承包了出借返还窗口的工作。

把书放回还书箱的人，在书架上挑选书本的人，在窗口办理出借手续的人，坐在桌边喝着茶、吃着点心聊着天的人……大家看上去都很好，不时还会传来一阵笑声。可是，这些人都失去了自己熟悉的住所，有的还失去了家人。馅蜜老师一边面带微笑地做着出借返还的工作，一边认真提醒自己不要忘记这些。她努力在心中收敛起自己的情绪，告诉自己不能太过放松。

翔也麻利地帮着忙。有个奶奶问他今天怎么没有去上学的时候，翔也情绪充沛地回答："今天特别请了假来做志愿者的。"他那一刻表现出来的好孩子模样，和迄今为止那种表演出来的好孩子模样并不相同。

流动图书馆在每一个地点只能停留一小时。

"虽然想等小孩子们放学了再走，但今天后面还有三个地方要去……"阿营十分遗憾地说。她在收桌椅的时候也满怀歉意，对大家不断低头鞠躬道："下周我们还会再来的。"

下一站是临时住宅区，聚满了放学回来的小学生。下一周的流动图书馆日，会把造访市民广场的时间向后错一点，尽量保证公平。如果能再多一辆移动图书馆用车，巡回的效率就更高了。"可是，怎么都没有更多的车了，再想也没用啊。"阿萱干脆地说。

随后她又笑道："这一年，我在这方面的情绪转换已经特别得心应手了。"

把预定要走的四个地方都转了一圈后，太阳已经下山了。

估计早就掐准了结束时间，阿踢的电话准时在结束时打了过来。送隔壁奶奶看病的事情已经顺利结束，他和奶奶一起回了临时住宅。但紧接着又有了新的麻烦。奶奶的儿子从今天一大早开始就不舒服，这会儿头晕得厉害，血压已经飙升上去了。阿踢只好又让他坐上自己的车，原路折返回了内陆的那家医院。医院的候诊室从下午开始就更加拥挤了，诊察加治疗结束估计就很晚了，老奶奶的情况也让人担心，所以阿踢只能整晚都陪她。

阿萱打开车前灯匆匆往回赶，边开车边说："晚饭阿踢没法带老师和翔也吃了，就由我来代替他好吗？"

"不用了，真的，千万别再这么照顾我们了，拜托你。晚饭我们可以去便利店买便当吃的。"馅蜜老师急忙说。阿踢和阿萱如此体贴入微，她自然很高兴，但也正因如此，她内心歉意更多。翔也这时也跟着说今天一直想吃便利店的肉包。

这个孩子真是善解人意。馅蜜老师感觉心里暖暖的，她轻轻抚了抚翔也的肩膀说："奶奶也想吃肉包哇。"

可阿菅却用非常郑重的语气说："老师，我好久没喝酒了，今晚想喝点酒。您能陪我吗？"

3

阿菅带馅蜜老师去的地方，既不是临时商店街的居酒屋，也不是还在营业的小酒馆。

"虽然有点冷，但我想在外面喝。"

"外面？"

"是呀……很抱歉。"

走出酒店后，两个人去了便利店。她们买了罐装酒、兑了苏打水的烧酒、热乎乎的茶和关东煮，还有暖宝宝。阿菅在便利店遇到脸熟的面孔会客气地点头，看她这副样子，馅蜜老师多少能明白她为什么不想去居酒屋或小酒馆喝酒了。

"我明天会和翔也好好道歉的，害他一个人在酒店待着。"阿菅满怀歉意地说。

但是，其实是翔也主动和馅蜜老师说："我可以在房间看电视的，不要紧。奶奶和阿菅姐姐一起喝酒去好了。"翔也这样说，应该不止是因为知道馅蜜老师爱喝酒。

"那个孩子真的很温柔。"老师又苦笑着歪歪头，"不过，或许有些温柔过头了吧。"

她将自己和翔也相依为命的前因后果娓娓道来。

阿菅从翔也那儿其实也知道了大概，但当讲到健夫和小薰结婚，再追溯到小薰前夫的事情时，阿菅便不再应和，而是静静地聆听。她没有出声，显得严肃又郑重。

"不过，明天再见到那孩子，也请你和之前一样对待他。"老师温和地提醒阿菅，"翔也这孩子正处在拼命了解外面世界的时期，所以请你展示给他看就好。"

阿菅看上去想说些什么，但最终咽了下去，默默地点了点头。

借着临时的街灯，两个人在大部分建筑物都只剩个地基的街道上转悠了一会儿，走到了一个小公园。秋千和攀爬架都被海啸冲走了，公园地面长满枯萎的杂草，只剩水泥浇筑的长椅留在原地。

"这座公园在海啸前是个超级无聊的地方，坐在长椅上只能看到路对面的大楼。"

可是，如今——

在阿菅的劝说下，馅蜜老师坐在了长椅上。

"原来如此。"

看到眼前的景象，她瞬间明白了。原本里三层外三层高耸在路上的建筑物已经全部消失了。从这儿可以直接远眺到港口的防波堤，和它面前那一望无际的大海。

海潮声传入耳中，夜风里浸满大海的气息。

两个人用兑了苏打水的烧酒干杯，润了润嗓子，然后开始吃关东煮，又贴上暖宝宝。外面的确很冷，呼出的气息都是白色的。

"你经常来这吗？"

"偶尔……吧。我喝了酒就没办法自己回家了，给人添了不少麻烦呢。"

添麻烦，听到这个词，馅蜜老师不知为何灵光一现。

"是和阿踢一起喝酒的吗？"

有些出乎馅蜜老师意料的是，阿菅十分老实地点了点头："是啊。但是阿踢他酒精过敏。所以每次我来这喝酒，都得麻烦阿踢开车送我回家……我给他添了不少麻烦，真的。"

阿菅给阿踢添的麻烦，大概不只是开车送她回家。而且，在阿踢看来，这也根本不是什么"麻烦"吧。老师啜饮了一口烧酒，嘴角止不住上扬。

阿菅连一罐烧酒兑苏打都还没喝完，就已经有些醉了。"我呀，很喜欢喝酒，但是酒量可差了捏！"阿菅说起话来也有些大舌头了。

不过，她并不是那种酒品很差的人，只是会整个人自然而然地放松下来，一直嘻嘻嘻嘻地笑。看来是那种一杯酒下肚就心情大好的类型。

可是，馅蜜老师其实已经做好准备去听她哭泣着抒发心中烦闷了，或者说，她希望阿菅能发泄出来，把心里话都倒出来。有些话不能和本地的朋友们讲，但是面对她这样一个外人，反而不用在意太多。

"老师老师！阿踢他小学时候究竟是个什么样的小孩呀？"

说真的，其实馅蜜老师没有多少关于阿踢的记忆。她对此一直心怀歉意，那种稳重老实的小孩，其实大多不太容易被老师记住。

"很受女孩子欢迎吗？"

"阿菅很在意这一点吗？"馅蜜老师有些调侃地开着玩笑。可是阿菅却一脸认真地点头道："是啊。因为，这种事……当然会在意啦，肯定的嘛！"

喝醉了后，阿菅意外地没有了防备心。这样很好，老师很高兴。

也正因如此，老师才有些迟疑。她应该说实话，告诉阿菅自己不太记得当时阿踢是什么样子的吗？这样岂不是太傻了？只要把别的孩子的故事移花接木，掺在对阿踢的记忆里一起说就好了嘛。其实，有些事只是老师自己不太记得了，但是她也教过和阿踢性格很像的小孩，就算时代怎么变化，稳重老实的小孩会做的事也都是差不多的。

但是……老师用筷子尖蘸了些关东煮的芥末，放进嘴巴舔了舔。她被芥末辣得抿起了嘴，眼睛也闭上了。她在心里呵斥自己的狡猾。

"对不起呀……其实关于阿踢，我没有太多的记忆了。"

阿菅则一脸理解地点了点头："阿踢也是这么说的。"

——老师估计不太记得我了。

"但是，我真的很喜欢这样诚实的阿踢。"阿菅的脸颊腾地红了。

幸好没有说谎话呢。馅蜜老师想。与此同时，她又对本打算撒谎的自己感到羞耻。但更羞耻的是——

"阿踢也是这么说的。"

馅蜜老师小声念叨着这句话。阿菅则慌忙摆了摆手："不是啦不是啦，他不是在抱怨老师啦。"

"但是……我这样的确不好。身为老师，不该这样的。"

"是吗？可是，学校的老师每年都要带学生的吧？要把所有学生都记下来，也不可能啊。我本来是做幼师的，其实也一样，的确会记不住一些小孩子的，真的。"

比如说啊——阿菅继续道："像秀吉先生那样的小孩，大家都会记得的。不管是读小学、初中还是高中，包括幼儿园，托儿所都一样。但是，阿踢就不同了。"

没有的事啦——馅蜜老师无法说出这样的话。阿菅似乎是想要安抚老师，继续说："但是，大部分人都和阿踢一样啦。人是如此，城市，也是如此。"

"城市？"

"我们这个城市，如今大家都熟悉了。但是二十年后大家还会记得吗？或许忘不了'东北'和'三陆地区'，但是人们还会记得'北三陆市'吗？"

老师语塞了。

"我们这儿真的很普通啦。"阿菅笑道，"死于海啸或至今下落不明的市民，全市范围内一共有四百六十九人，可是全是些无名之人。对外面的人来说，没有任何一个人有自己的名字。"阿菅的语气既没有责备，也没有怨恨。"但是，这样也好。"

"是吗？"

"反正，就算没被所有人记住，但只要世界上有一个人没忘记，那他就不会消失，他就一直在。"

"阿踢也一样啊，至少我会一直一直记得他的，所以不用担心。"阿菅说着，挺起胸膛笑起来。

老师也嚷着说太对了，鼓起了掌。她假装喝醉，但是内心是真诚地在表示赞成。

从烧酒兑苏打喝到红酒，两个人喝酒的速度逐渐加快了。一方面是醉意使然，但更重要的是，实在太冷了，如果不用酒精暖和身体，会感冒的。

阿菅一边把暖宝宝当化妆粉扑一样拍着手背，一边对着馅蜜老师讲述阿踢如何温柔，如何能干，如何体贴自己的朋友……

阿菅的语气非常开朗明快，但是其中深深隐含的寂寞，却无法掩藏。

"只要有秀吉大哥的一半就好了，要是阿踢能再有魄力一些，心脏再强大些，向前迈步的勇气再多些该多好啊……我真的是这么想的，虽然这样想有点太任性了……"

"老师您也劝劝他啦。"阿菅恳请道。馅蜜老师明白阿菅的苦衷，但是这样恳请自己，她也觉得有点难办，只能含混地点了点头。

"啊！老师刚才是在糊弄我！"阿菅笑着抗议起来。看样子是真的喝醉了。

"我说，阿菅哪。"

"怎么啦？"

"你现在的想法，和阿踢讲过吗？"

阿菅呼地长叹了口气，仰头看向夜空。她没有回答，但是她的视线一直延伸到很远的地方，似乎代替了答案。

一阵沉默之后，阿菅仍旧抬头望着夜空，仿佛喃喃低语般问道："我可以问您一个问题吗？"

她问的是关于在太平洋遨游的青鳉的问题。

"青鳉在河流中逆流游动，但它身体太小没有力气，所以没法向前进，对吧？但是，老师的愿望是，希望它终有一天能在广袤的太平洋里遨游，是吧？"

"嗯……是啊。"

"对，就是这里，我想问您，那个青鳉，是在太平洋里和一群伙伴一起遨游吗？还是只有它独自一条呢？"

馅蜜老师被这个问题杀了个措手不及。她从未如此具体地考虑过这些细节。

"我想是和伙伴们一起遨游，但是阿踢却说在他的想象里青鳉是独自遨游的，我们两个谁想得对呢？"

严格意义上的"正确"，在这个故事里其实并不存在。但如果非要选择的话——

"只有一条的话，有点寂寞吧。"馅蜜老师说。

"就是啊。"阿菅点着头。虽然馅蜜老师的回答和自己的设想一样，但是她的语气听上去却有些遗憾。

"阿踢错了。对吧？他错了。在那么大的太平洋里，只有小小一条青鳉独自游着……太寂寞了，而且会很害怕吧。"

的确，老师也这样想。

但是，馅蜜老师认真回忆了一下自己最初在脑海中描绘的那个景象，她觉得，就算只有一条，也不是孤零零的，而是堂堂正正，悠然自得，丝毫没有感觉寂寞或害怕，它劲头十足地在广阔的大海中前进着。

"那个……阿菅。"

"怎么啦？"

"我……好像构思得太投机取巧了。"

"投机取巧？"阿菅有些疑惑。于是馅蜜老师解释说，自己构思的情景，是一条和鲸鱼一样庞大的青鳉，在大海里遨游着。如果是这么大的一条青鳉，当然可以独自在海中遨游了。

"我当时并没有画成画去讲解。但我应该是在传达给孩子们的时候，就营造出了那种氛围。所以……阿踢可能就想象成了单独的一条青鳉在海里遨游了……"馅蜜老师一边解释，一边担心起来。就算青鳉可以游进大海，但是它到底是变不成鲸鱼的啊。这一点她怎么给忽略了呢？不，青鳉那小小的身体有多无力，这一点成年人都是知道的。也正因为知道，所以才避开了这一点，假装没注意到，单是用大海取代了小河。

"我得和阿踢补充解释一下……"馅蜜老师嘀咕着。

反倒是阿菅照顾她的情绪道："没关系啦，他懂的呀，阿踢他也已经是成年人啦。"

要是这样就好了……馅蜜老师没出声地在心里念叨。

正在这时，馅蜜老师的手机铃声响了起来。是麻美从加拿大多伦多打过来的。

"早上好……哦不对，晚上好！"

日本和多伦多的时差，算上夏令时，是十三个小时。现在是日本的晚上八点半，也就是多伦多的早上七点半。麻美说是给她打了网络电话一直没人接听，所以才打了手机。

"其实也没什么急事啦，就是我这边太忙了，总腾不出时间来。最近怎么样呀？妈妈，还好不？"

麻美的语气还是那么干净利落。馅蜜老师说了声稍等，从长椅上站起了身。她用眼神对阿菅表达了抱歉，随后向着大路走去。

"学校开学了吗？翔也怎么样？你们俩最近一起生活得还习惯吗？"

先回答哪个问题呢？感觉要把目前的一切都解释清楚，得花不少时间。

"没问题，我们俩都特别好。"——总之先把这一点传达清楚吧。

"啊，是吗？那就好哇。"随后，麻美改变了话题，"说起来，哥哥和小薰的四十九日法会的事，就按之前定好的时间？四月三十日，没问题对吧？"

"嗯，这个时间已经定好了。"

"我也尽量提前两三天就回日本，还要处理很多事呢。"

"嗯……"

"最好能在我回日本这几天把所有难搞的事情都搞定。让妈妈一个人处理，我还是太担心了。"

不必这样照顾我——馅蜜老师想这样说，但说不出口。她突然意识到，那条小得可怜的青鳉，或许就是现在的自己。

"除了刚才的事，还有另一件事要说。"话题又变了，"就是哥哥的笔记本电脑……"

健夫的笔记本电脑依然无法解锁。怎么都破解不了他设定的密码。

"妈妈有没有想到什么比较可能的词，或者数字？"

嗯……馅蜜老师沉吟着，转过头从大路看向了公园的方向。阿菅正坐在长椅上给什么人打着电话。

看着她的样子，馅蜜老师突然想到："麻美，你输入'青鳉'试试？"

挂断电话走回公园的步伐，自然而然地加速了。

她并不确定。但是，倘若健夫真的用了"青鳉"这个词，她会非常高兴。

MEDAKA[1]——大写、小写，各种组合很多，说不定还会加入生日或者出生年月、家里的地址数字之类的。一个一个尝试工作量很大，但是据麻美说，现在有填上需要组合的字母和数字，自动推算出组合类型并输入密码的软件。

麻美说自己马上要去工作，之后会试试。如果真的能解锁健夫的电脑，在他的硬盘里找到私人邮件的话，那些邮件里的内容，就是他的遗言了。

4

老师回到公园里，看到阿菅正在收拾酒罐和零食。

"我被阿踢训了，他说：'把老师弄感冒了可怎么办啊？'"阿菅耸了耸肩膀，吐吐舌头。

馅蜜老师才刚走出公园，阿菅就接到了阿踢的电话。是问候老师和翔也的晚饭的。于是阿菅就告诉他，请老师陪自己喝酒了。一开始听阿菅这么说，阿踢气坏了，但等到快挂电话时，阿踢还是说："有老师陪着，真好啊。"

"阿踢真的好温柔，真的，阿踢最好了！"阿菅显得很开心。

---

[1] 青鳉的日文发音拼写。

阿踢说等下来接她们，先送老师回酒店，再送阿菅回临时住宅。真是温柔啊，老师想。但她又想，这样是不是太过温柔了呢？不过，也正是因为这种温柔……

“还有，刚才秀吉大哥也打电话了，说已经平安到了东京，请老师别担心。”

“哎呀！他不应该自己打电话给我的吗？”

馅蜜老师一边笑着一边噘起嘴。阿菅也笑着说：“可能给阿踢打电话更放松吧。说帮我道个歉，不好意思了先帮我糊弄一下吧什么的……阿踢总被大家这样拜托呢。”

比起被大家依赖，这感觉更像是被大家利用啊。

“乡下的人际关系其实挺麻烦的……”阿菅的措辞里微妙地包含了一些特别的意味。

“对了，老师。”她语气郑重地说，“能请您帮阿踢介绍工作吗？”

东京还是横滨都行。也不拘泥薪水工种，总之，只要——“我觉得，对阿踢来说，一直待在这里是不会幸福的。”

阿踢开车来接她们的时候，馅蜜老师什么多余的话都没说。

想表达的，想确认的，她全都先忍下去了。她坐在后排座位上，看着手握方向盘的阿踢，还有副驾驶席上的阿菅。没错，没错，嗯嗯，的确……她心里一个劲地想着，这两个人真的很般配。但是，这样的两个人在一块幸福生活的地点，究竟是"这边"，还是东京或横滨的"那边"，馅蜜老师也不清楚。所以，她只能提醒自己，现在还不能随意开口。

第二天在图书馆给阿菅打下手的时候，她也没有再提起前一晚的话题。阿菅也是一样，说不定她还正因为自己酒后多言而后悔呢。

阿踢还是那么忙。他非常愧疚地对馅蜜老师道歉："真对不起，明明是能放松下来的最后一天，我却没空带您在街上转转。"

阿踢的情绪很活跃，只不过，他这样忙碌却完全没有报酬可拿。想到这里，馅蜜老师对他说话的时候，微笑的面容也染了一丝阴郁。

无论怎样，这三天的志愿者活动结束了。真是非常有意义的三天。看到翔也那样拼命帮忙，馅蜜老师非常欣慰。他和阿踢、阿菅，还有秀吉都很熟了，这也令馅蜜老师很高兴。最重要的是，能让这孩子亲眼看到灾区的情况，用自己的双脚实际走上灾后的大地，这段经历一定能在他心中留下重要的一笔。

最后一顿晚饭，阿踢预订了一家寿司店。这家店是当地人气最高的一家，从前台到卡座全都坐满了人。老师和翔也、阿踢，还有阿萱被引到了加座上。

但是，那里已经坐着一位客人了。

"听说犬子预约了这里的席位，我想着应该来和老师问候一声。"

是阿踢的父亲康正。阿踢看样子完全不知情，他慌里慌张地刚要张口说些什么，就被父亲制止道："老师，久疏问候。这几天犬子受您照顾了。"

虽然康正说"久疏问候"，但是老师对他的印象非常模糊，她也不记得课堂参观日或者家访的时候有没有见过他。他之前的工作是消防员，这是阿踢告诉她的。此刻她又想起阿踢小时候说过，自己将来的梦想是成为像爸爸一样勇敢的消防员。

康正已经六十五岁了，但身体仍然很健壮。从退休至今已有五年，消防工作对身体的锻炼仍然留有痕迹。

不过，他的身体并不太好。海啸冲走了房子，从避难所搬去临时住宅后，他的血压就变得很高。据阿踢说，降压药一刻不敢离手，严重的时候甚至起不来床。

即便如此，康正仍是气势十足地一股脑干了整杯啤酒，还理所当然地点了不加温的日本酒。阿踢试图阻止，可康正只是有些扫兴地瞥了他一眼，丝毫没有把儿子的劝阻听进去。

274

可真是个顽固的老爹啊。一开始，馅蜜老师是这样想的，但是聊着聊着，她又改变了想法。

"晃晃荡荡"这个词，康正用了好多次——用来形容阿踢。"晃晃荡荡"地做着不够安稳的外包工作，明明都快三十了日子过得还是"晃晃荡荡"的，也不结婚，就知道"晃晃荡荡"。当志愿者倒是当得不错，但是他这"晃晃荡荡"的人生也总得解决。

阿踢苦笑着对馅蜜老师说："我老爸很严格的。"他似乎没想到父亲会说这些事，所以声音听上去有点尖，眼神也游移不定。

阿营则是一脸为难的表情，一直沉默着坐在一边。昨晚那侃侃而谈的醉态简直像没发生过。

"老师，我想问您一下。"康正一边为馅蜜老师斟酒，一边道，"您大概教过多少学生啊？一直教到退休，应该有几百号人了吧？"

"是……"

"大概都什么情况？是不是大家都很像样子，稳稳当当的？"

馅蜜老师不知道该怎么回答。

"没人像我家这小子这样，都这把岁数了还晃晃荡荡的吧？"

没有的事，在眼下这样的时代，肯定也有像阿踢一样"晃晃荡荡"的小孩。像他这样不得不"晃晃荡荡"的小孩，馅蜜老师一定也教过几个。此时，秀吉的脸浮现出来，他现在就没有工作，要是他在场，肯定能漂亮地反驳康正吧？不过，也说不定会让事情变得更复杂。

桌子的正中间摆着舟盛[1]料理，周围铺满了海鲜。从店主对待康正的态度可以看出来，正是因为康正在这里，店里端上了比他们付的钱要昂贵得多的好菜。可是，桌上的氛围实在太凝重了，难得的佳肴也味同嚼蜡。

康正对馅蜜老师热情地讲起了自己故乡的历史。这里曾十分贫瘠，夏天常常因为过山冷造成冻害，陡峭的里亚斯型海岸地势也不适合发展什么产业。昭和四十年那阵子，很多人都选择了外出赚钱。时代再往前追溯，还有不少人移民夏威夷或南美洲。到了粮食歉收的年景，甚至还有人卖女儿。

"大家都在拼命活下去，哪有什么奢侈可言。但是，我们都是这样过来的。"

康正的话里带着刺。阿踢则什么都没说。一边的阿营似乎想说两句，却被阿踢用眼神制止了。他露出一个有点凄凉的笑容，似乎在说："没关系，就让他说吧。"

---

[1] 日本料理的一种盛装摆放法，把龙虾的壳做成船形，摆放菜肴。

康正并没在意他们俩，继续讲述——

自从铁路和国道开通，冷冻技术进步，这个城市才发展起了远洋渔业，建造起水产加工基地。整个城市的繁荣大约是从三十年前开始的，在那之前，本地的年轻人几乎找不到工作。

康正读完中学就去东京的汽车工场上班了，他一边工作，一边读完了定时制高中。后来，他又陆续换了几份工作，最后考上了消防员的工作。才刚二十岁，他就已经开始给家里寄钱了，一直到他退休一次都没有落过。

"那时候真的是一个劲地工作啊。真的。我这么说也不是在自夸哦，老家的父母、弟弟妹妹的学费，结婚以后就是媳妇房子孩子……'我自己有口饭吃就足够了'，这种想法太安逸，我可从来没有过。身上背着负担，为了他人去拼命，咬紧牙关努力，大家都是这样生活的，是吧？老师，我说得没错吧？日本以前可都是这样的。"

他说得的确没错。

"可是啊，我们这么拼命守下来的，这么拼命造出来的东西，全都被海啸一口气冲走了。"

面对这样的悔恨之情，她什么也说不出，那种难受的感觉早已死死压住了胸口。

此时，几个年轻男人走进了店里。他们应该是做力气活的，身材都很魁梧强壮，说起话来也粗声粗气，嗓门很大，感觉受教育程度不高。但是这几个人一看到康正在这里，立即恭恭敬敬地对他问好。康正也十分高兴地回道："哦！干完活啦？"随后对店主人说："他们干杯的这一轮酒水我请了。"

这几个年轻人似乎是康正做顾问的那个消防队的成员。看他们刚才的模样，应该不只是因为康正年纪大、经验丰富才对他恭敬的，而是打从心眼里仰慕康正。而康正望着这几个年轻人的眼神也很温暖。

"虽然是几个淘气的小伙子，但是大家做事都很靠谱。个个都结了婚，扎根在这里，为了故乡努力拼搏呢。"康正笑着如此说。但他话里的那些刺，却扎得人胸口痛。

"也有太过努力……结果被海啸带走的小孩……"

"是叫阿部……对吗？"馅蜜老师问道，随后又补充，"是信一郎告诉我的。"

康正皱了皱眉，瞟了一眼阿踢之后，又再度面向老师道："阿部是个好孩子。他和犬子同岁，但是人家已经结了婚，有了孩子，能撑起一大家子了。和某些打着光棍连正式工作都找不到的人根本不一样。人家更加，怎么讲，更加顶天立地呢。去年正月开张仪式之后聚餐，我们还热烈讨论，说夏天组织盂兰盆祭典的工作可以交给阿部来做了。"

可是，两个月之后，大海啸袭击了整座城市。阿部

278

死了，身上还套着那件印着消防标志的外套。

"我一想到那孩子啊，我就真的……觉得他可怜啊，可怜啊……"

康正吸着鼻子，又给自己倒了一杯冰镇的酒。一边的阿踢提醒他："血压又该高了，别喝了吧。"

可是康正硬是又加了酒，瞪着阿踢："我啊，真的很后悔。我看到你这德行，更是觉得对不起阿部，觉得对不起消防队的小伙子们。真丢人，真丢人啊！"

他那张表情严峻的面孔几乎扭曲了，声音也颤抖起来："你都三十岁了，究竟在干吗呢？"

康正终于哭了起来。阿踢想逃离开父亲的眼泪，他无力地移开了视线。

"我说，老师啊……"康正端正了一下自己的坐姿，又越过桌子探出上半身，"老师您也说句话吧，好好说说信一郎……"

说什么？——其实不问她也清楚。

馅蜜老师有些为难，只能挤出一个客气的微笑，试图抚慰康正的情绪。一边的阿踢也说着："这和老师没什么关系啊，别这样吧。"

可是康正今晚似乎是下定了决心。

"就是因为没关系，所以旁观者清，不是吗？"康正压下了阿踢的抗议，再度对老师倾诉道，"老师啊，说实话，我真不想让儿子来做什么志愿者。他要是个学生也就算了，眼看快三十的人，与其跑去照顾别人，不应该先管好他自己吗？自己日子过得不上不下，就这么晃晃荡荡回了父母老家，啃着老帮着忙……这样对大家不是更失礼吗？"

康正说到"大家"的时候，环视了整个小店。于是店主人急忙护着阿踢说："哪有的事，信一郎做得很好啊！"

可是，支持阿踢的声音除了店主，就再没其他了。

"我儿子就是在逃避。"康正斩钉截铁地断言，"求职、结婚，这些必须认真正视的现实问题，他统统都想逃避掉。"

阿踢脸色都变了，他嘴唇哆嗦着，一直摇头："不是的，不是的……"

可是，康正看也不看他一眼："所以他才找借口当什么志愿者。"

此时，一旁的阿菅哭了："别这样，请别这样说他。求您了……他真的很拼，真的。他一直很努力，很认真，又特别温柔……"

意外地，康正回应阿菅的语气十分平静："我知道。"

"我是他爸，你说的这些，我当然知道。"

"那……"

"可是，如果是为了逃避现实于是去当志愿者，那就算他很努力，又有什么意义？"

他真的是在逃避现实吗？还是说，他只是看上去像在逃避呢？馅蜜老师也不清楚。她很想替阿踢说几句，可是康正的心情，她其实也能明白。

正在这时——

"叔叔，您讨厌阿踢哥吗？"翔也问。

康正似乎没想到会突然被问这么一个问题。他"欸？"了一声，语塞了。一时间，阿踢和阿菅也都没反应过来。

馅蜜老师急忙挤出笑容："不是不是，这个是翔也误会啦。当然不会有这种事的对吧？"她兀自解释着，又笑道："翔也真是的，哈哈。"

实际上，小孩子特有的纯真往往会一语中的。这绝不是喜欢或讨厌的问题，不过如果把康正的严厉归为"讨厌自己的儿子"，反而更好懂，也更容易被接受吧。

"那……"翔也继续问道，"阿踢哥是输给大家了吗？"

"欸？"

"因为阿踢哥比不上别人，所以叔叔才生气的，对吧？"

"不是，哎呀，不是这样的，小朋友，我们大人聊的这个话题比较复杂……"康正的眼神不安地游离着，"叔叔现在讲的这个事呢，不是你说的那样……"

"骗人!"阿菅哭着喊出来,"你从刚才就一直,一直一直在说这些!"

她说罢便冲出了店门,阿踢跟在身后追了出去,只剩下康正十分不悦地干咳了几声。

馅蜜老师深感闹到这一步是自己的责任,垂下了脑袋。翔也也蔫了,一个劲说着对不起。

康正稍稍振作了精神,有些凄凉地笑了笑:"没关系啦。"他望着阿踢和阿菅的位置又说:"他们两个关系真不错呀。"

"嗯……阿菅是个好孩子。"

"可是,之后又会怎样呢?未来,这个女孩子总会有失去期待、不再喜欢他的那一天吧。毕竟我儿子是个没担当的家伙啊。"

又不想管,又不忍心撒手,对待孩子很严厉,但是又满心的不安和担忧。为人父母,馅蜜老师很理解康正的心理。那不是喜欢还是讨厌的问题,也不是胜负的问题,都不是的,而是……怎么说才好呢……

"我爸爸常说,不可以做比较。"翔也突然冒出这么一句。爸爸——他说的是健夫。

健夫在正式成为他法律意义上的爸爸前,就一直在对翔也说这句话。

"把谁和谁一做对比,就会分出好恶和胜负,对吧?

其实本来不讨厌，本来没有输，可是因为做了比较，就变成讨厌了，输了。这样很不好。我爸爸这么说的。"

"这话，是你爸爸什么时候说的呀？"

听馅蜜老师这样问，翔也回忆了一下："就是我被很多人说是怪孩子的时候，还有和外国同学一起玩，被欺负的时候，他也这么说。"

有些成年人，会把一个比周围的孩子稍微特别一点的小孩，安上"怪孩子"的标签。有些成年人，会把日本孩子和其他国家、其他民族的孩子做比较，然后擅自下结论说："他比日本人差。""他和大家不一样，不要相信一个外国人。"

所以——

"一开始就不能做对比。要是不和别人比较，就不能理解一个小孩的话，那就说明是那个大人做错了。"

"你爸爸这样讲了？"

翔也用力点点头。

"是吗……"馅蜜老师喃喃道，胸口一阵暖流。她感觉自己像久违地与健夫再会了一般，高兴极了。可是与此同时，她也清楚地知道，自己永远都不会再见到他了。那种悲痛的情绪在心底猛烈地轰鸣。

"爸爸看电视的时候也说过。比较就会产生竞争，竞争之后就是战争了。打仗就是弱肉强食，但是这样并不好。"

胸口的热流冲向了眼眶。

"你爸爸说的什么任性话啦!"馅蜜老师带着点埋怨的语气说道。不这样说的话,她怕自己立即就要在康正面前掉泪了。

"所以呢……"翔也继续道,"我就想,或许叔叔把阿踢哥和什么其他人相比了,所以觉得他很弱,而且是输的人。"

那一瞬间,馅蜜老师心里一沉。按康正的性格来讲,他不可能愿意承认儿子的弱势,而且还是被其他人——尤其是被一个小孩子这样讲。

可是,康正沉默了。他默不作声,只是对着翔也微微笑着,轻轻点了点头。

第二天,阿踢和阿菅都来酒店为馅蜜老师送行。

"老师,您就告诉我吧,您究竟和我老爸说了什么呀?"阿踢如此追问,一旁的阿菅也低头请求馅蜜老师。

前一晚他们就问过了。不过,馅蜜老师一直都恶作剧一般地回一句"秘密",什么也不肯透露。前一晚立了大功的翔也也只是嘻嘻笑着,什么都不说。

昨晚,阿踢带着终于止住哭泣的阿菅回店里时,已经做好了被老爸的怒火暴风骤雨狂卷一通的心理准备。

可是康正却表现出令人诧异的冷静，十分平和地对二人说："我去对面那桌喝一会儿。"

说罢，他就跑去消防队那边了。口吻、举止都显得挺高兴的。不，不只是简单的高兴，而是某种紧绷的情绪放松下来的感觉，甚至连笑容都显得非常温和。

"对了，阿踢。"听到馅蜜老师招呼阿踢，阿菅便带着翔也走了出去，留老师和阿踢二人独自待着。阿菅真的是个好孩子，所以——

"往返横滨通勤也行，总之先安定下来，找找工作吧？"

"嗯……是啊，您说得对。"阿踢回答得犹犹豫豫的，但是作为老师，馅蜜老师对这个回答是有心理预期的。实际上，进入平成年代之后，像阿踢这样的男孩子越来越多了。

"这是你家乡呀。"

"这个……这其实是我老爸的故乡啦，我本来是生在东京，长在东京的啊。"

"所以才会那么在意本地人的看法吗？"

"没办法啦，我在他们眼里是个外人，而且我在这也没朋友……"

"可是，这有阿菅啊。你们不是关系很好吗？是朋友的，对吧？"

听馅蜜老师这么讲，阿踢有些羞赧地点了点头。于是老师加强攻势道："而且，对阿菅来说，这里算故乡的吧？"

"是……"

"那这对你来说就也是故乡了呀。因为是喜欢的人生长的地方，你就当这里是你的故乡，也没问题的呀。"

不对吗？馅蜜老师用眼神问道。阿踢点点头，他依然很沉默，但那红透了的耳垂，代替他做出了回答。

第六章

1

星期六下午，馅蜜老师和翔也回到了东京。他们好好歇了一个周末，关于下周一是不是去上学的事，馅蜜老师也没有提。翔也也一样，既没有说愿意试试去上学，也没有说不想去上学。

已经四月中旬了，馅蜜老师并不认为一直休假不上学是"对的"，可是，直接下结论说这样是"错的"，又会将她和翔也之间好不容易拉近的关系瞬间推远。

星期一早上，馅蜜老师五点钟就醒了，比平时早醒了一小时。她本想再睡个回笼觉，但还是直接爬出了被窝。或许是神明在提醒她，要趁着早上脑子清醒的时候，好好想想翔也的事情。

她烧起开水准备煮一杯清晨提神用的咖啡，麻美的电话打了过来，就好像事先看透了她会早起一般。

麻美总是会注意算一下多伦多和东京之间的时差，

可这次却以为东京也和多伦多一样是傍晚，电话刚接通她便开始道歉："啊，对不起，是不是在睡觉哇？"麻美这股冒冒失失的劲让馅蜜老师又觉得心烦，又觉得想念。

随后，麻美改用比较严肃的语气说："虽然妈妈可能还在睡，但是我实在是想尽早告诉你这件事。"

"什么啊？"

"电脑！哥哥的电脑！"

开机密码，总算知道了。是青鳉的英文小写字母medaka，后面跟了健夫、小薰、翔也三个人的生日，一人四个数字。

"哥哥真的很爱他的家人哪。"

"……嗯。"

"要是他们的宝宝出生，这个密码肯定会更长的。"麻美的声音带了哭腔。是啊，一定会那样的……馅蜜老师眼含热泪地回答。

登录健夫的电脑之后，麻美花了半天的时间确认了硬盘里的内容。

"看来看去，都是翔也呢。视频也都是拍的翔也，照片也是翔也……偶尔会有几张小薰，但因为都是哥哥自己拍的，所以画面里都没有他本人。要是不知情的人看了，估计会觉得小薰还是和再婚之前一样独自在带孩子呢。"

麻美的笑声沿着电波，从地球的另一头传进馅蜜老师的耳朵。

"但是，哥哥的桌面壁纸可是他们一家三口亲密无间的珍贵照片。"

"是什么样子的呀？"

"翔也在正中间，哥哥和小薰一左一右，三个人手拉着手。他们身后是一大片油菜花田，花田后面是灯塔，再后面是大海。"

他们居住的上毛市是内陆城市，这张照片应该是开车出去兜风时拍的吧。可能是房总？伊豆？那顺路来趟东京该多好啊——这样想着，馅蜜老师的胸口又像扎了刺一般。

健夫其实提过好几次，想带着小薰和翔也一块来玩，可是每次馅蜜老师都找理由拒绝了。所以，事到如今再想这些，健夫恐怕会训斥自己的任性吧。

"三个人看上去都特别高兴，特别开心，特别幸福呢。"

"是吗……"馅蜜老师胸口仍旧很疼。

"还有哇，"麻美继续说，"小薰穿的衣服是孕妇装。所以这张照片，应该就是他们两人遭遇事故前不久拍的吧。"

——哥哥和小薰，真的很幸福啊。

麻美有些凄凉地笑了。

麻美会在健夫和小薰的四十九日法会时回国，到时候她会带上健夫的电脑。

法会定在四月三十日。前一天是昭和之日[1]，但正值周日，所以法会当天会调休。

"因为要在上毛市做法会，来回还要花一天时间。所以你日程上得稍微多空出点时间哦。"

听馅蜜老师这样讲，麻美答道："这没问题啦。说起来……骨灰怎么办？都请进咱们家的祖坟里可以吗？"

"嗯……暂时就先这样吧。"馅蜜老师的回答有些含混。

"反正爸爸不是一直都还蛮欣赏那种性格比较沉静的女性嘛。"麻美顺口举了几个女演员的例子，"请小薰一起进咱们家，爸爸估计也会欢迎的。以后妈妈进去了，说不定会发现他们俩已经是很相熟的公公和儿媳了。"

当然，麻美是用开玩笑的语气说这句话的。馅蜜老师当然很清楚她在开玩笑，但还是笑不出来。不过，她自然也不会斥责麻美的玩笑。健夫夫妻和馅蜜老师之间的关系比较复杂，麻美是想用开玩笑的方式，把难搞的

---

[1] 从 2007 年起加入日本国民假期的日本节庆，定为每年的 4 月 29 日。

问题糊弄过去。

"对了，妈妈。以防万一我多问一句，你可不要生气哦。"麻美问道，"妈妈没在翔也面前说过小薰姐的坏话吧？"

"当然没有了！"馅蜜老师有些火大。麻美慌忙哄道："哎呀，所以我说了以防万一的嘛……说起来……"

麻美的声音略略低沉下去。听麻美讲，健夫的电脑里，还存着一封写给翔也的长信。

"哥哥有时候会写写日记，但基本就是随手记一笔。不过有些日子，他会用'写给翔也的书信'的形式写日记……日记最后还有一封特别长的信，里面跟翔也讲了许多事。"

"许多？"

"有哥哥的心里话，所思所想，还有作为父亲的言传身教什么的……"

麻美又说："其实，直接读信是最快的办法了……妈妈，你要读吗？"她的声音微妙地有些踌躇。

"不过我回国的时候反正也会带电脑回来。但，要是妈妈想早些读到的话，我也可以马上发邮件给你……"

"哪样比较好？"麻美问。

如果是平日的馅蜜老师，一定会毫不犹豫地让她马上发给自己。她是急性子，这又是死去的儿子写的信，是再也无法见到的人留下的遗言，是能够重温他音容笑貌的文字……别说马上看邮件了，按馅蜜老师的性子，连等邮件的这会时间都嫌漫长。

可是，老师却叹了口气，反问道："你觉得呢？你已经提前读过了，这个决定交给你吧。"

听麻美问"哪样比较好"的时候，馅蜜老师就感觉不对劲了。麻美的性格可比自己还急。

"说把决定交给我……妈妈，这可是你的事，你自己决定。"

平时麻美绝对不会这样说话。因为麻美就是会擅自替人决定的那种多管闲事的性格。

老师再次叹了口气。

"健夫肯定在生我气，是不是？"

"不，不是的。他不是在生你气啦……"麻美紧张得声音有些发虚，"哥哥也理解妈妈的嘛，你看，哥哥他人那么温柔，是吧，他不是会说狠话的那种人啦。"

"因为不会说那种话，所以就写下来了，对吧？"馅蜜老师努力振作着情绪，扯出一个笑容问道。

可是，麻美却没笑。

"读过之后妈妈会怎么想，我不能先凭我自己的想象决定。"

"是吧？这也正常嘛，都属于个人感想啦。"

馅蜜老师一边说着，一边自问为什么要这样勉强表现出无所谓的样子，她突然觉得自己很可怜。

"知道啦。那我发邮件给你。嗯，这样比较好。妈妈也最好独自一人，慢慢地，仔细读完它。"

听到麻美这样讲，馅蜜老师突然胆怯了。她还没来得及说不然就算了，麻美便挂断了电话。

馅蜜老师重新又烧了一遍热水，开始冲咖啡。把滤纸放进咖啡滤杯里的时候，馅蜜老师发现自己的手指在哆嗦。她努力让自己冷静下来，可是当她将咖啡粉从粉罐里舀出时，手再次哆嗦，粉末被抖出去了一部分。

摆在餐桌上的笔记本电脑暂时还没有发出收到邮件的提示音。馅蜜老师将热水注入冲咖啡的细嘴壶里，又将热水缓缓浇到咖啡粉上。先打湿粉末即可暂停，等待热水将咖啡粉的香气引出，这个时间至少要三十秒。可馅蜜老师是个急性子，经常没耐心等待，直接冲热水进去。是否会为了一杯可口的清晨咖啡多等待一会儿，也是测量馅蜜老师当天情绪状态的好办法。

今天早上破了她等待的最短记录——一秒都没多等。她一口气把热水全浇到了咖啡粉上。而且，咖啡还没滤完，她就把滤纸拿走了。这意味着，馅蜜老师的情绪相当糟糕。

她一边啜饮着过苦过酸的咖啡，一边心神不宁地看着电脑屏幕。

此前她从来没在意过桌面壁纸。自己笔记本电脑的壁纸是纯色，和学校教工办公室的公共电脑壁纸类似。同事常开玩笑说她是实用派。

有人会选择家人和宠物照片当壁纸，这些人的想法馅蜜老师也很理解。虽然她自己觉得用起来不好意思，但是每次看到同事用宝宝的照片做桌面，馅蜜老师也会感到内心一派平和。

健夫一定也是面露微笑，将他们一家三口的这张照片设做壁纸的吧。他根本不会想到，这竟然是他们一家拍的最后一张照片了。虽然没有实际看到那张照片，馅蜜老师只是想象了一下，便觉得无法承受了。

对不起——她微微动了动嘴巴，小声说。

为什么，为什么不能更坦诚，更开心地去祝福健夫和小薰的婚姻呢？馅蜜老师的胸口一阵阵地疼着。要是健夫他们没有突遭事故，估计眼下自己还是会对儿子一家人态度微妙吧？老师很清楚自己会这样。想到这里，她更难过了。

过了六点，邮件还没来。

六点半，馅蜜老师干脆打开电视看起了日本广播协会的新闻。馅蜜老师非常喜欢那个会在室外播报天气的气象女主播，她不是那种大美人，但正是这一点很得馅蜜老师的心。每当看到女主播灿烂有活力的笑容，老师自己也会感觉精力充沛。

可是今早，女主播的笑容反倒让馅蜜老师感觉内心沉重。因为她不自觉地想起了小薰。

小薰并不是个天真烂漫的女孩，她吃了不少苦，所以在性格上，说得好听些是谨慎小心，说得不好听就是话少阴沉，就算她在笑的时候也总带着层阴翳。虽然她对待馅蜜老师的态度非常细致认真，可是因为过于细致，很多时候反而让馅蜜老师觉得很累。

"别看她那样子，其实她挺爱笑的。有时也大咧咧的，而且性格也很有趣呢。"健夫这样说过。不过麻美倒是很冷酷地断言："小薰姐就不是妈妈喜欢的那种女生啦。"但她也不忘提醒馅蜜老师，"只要和哥哥性格合拍，那就没问题。"

没错，她懂。健夫要自己决定一生的伴侣，那是健夫的人生，她不该插嘴。即便如此，她心底还是会时常泛起一丝淡淡的拒绝。她甚至还曾看着天气预报的女主播，叹着气心想，要是儿媳是这样的女孩就好了。

天气预报结束了。今天是阴天，明天开始会起大风。

邮件还没来。馅蜜老师也不想去催麻美，她甚至想借口告诉她太忙了就算了。她害怕读这封信。

"虽然妈妈反对，但是我要和小薰结婚，要做翔也的爸爸。"当时说出这番话时健夫那认真的表情和眼神，第一次让馅蜜老师觉得畏缩。

"不要和他人做比较。"健夫对翔也的这句教导，说不定最想要告诉的人是馅蜜老师。

快到七点时，馅蜜老师听到翔也下楼的脚步声。与此同时，电脑发出一声短促的信息提示音，她收到了一封新邮件。

可是馅蜜老师没工夫去看邮件了。翔也走下楼之后，直奔厨房而来。

"奶奶，早上好。"他已经换下了睡衣。

馅蜜老师假装被翔也惊到一般道："哎呀，起得真早，闹钟是不是都还没响呢？"她一边说着，一边不经意将笔记本按了熄屏，"虽然时间早了点，但难得你起得这么早，我马上给你做早饭哦。"

馅蜜老师背对着翔也，打开了冰箱的门："鸡蛋想吃煎的还是摊蛋卷？西式炒蛋也可以哦。"

"……奶奶。"

馅蜜老师没听到翔也的声音。

"或者把鸡蛋和培根一起炒一下，再做个沙拉吧？"馅蜜老师打量着冰箱里存放的蔬菜，拿出番茄、黄瓜和生菜。

"奶奶。"翔也声音大了些。

"怎么？有什么事？"

"那个……今天，我想去个地方。"

看翔也并不像是刚睡醒还在犯困的样子，而是一副当即就能外出的模样。难道他终于想去学校了吗？

掺杂着期待和不安，馅蜜老师问道："想去哪儿呀？"

翔也直直地望着馅蜜老师："我以前的家里。就是搬去上毛市之前的……"

"……北京浜？"

"嗯。想去看看和妈妈一起住的公寓，去看看之前的小学……虽然那里已经一个朋友都没有了，但是我谁都不需要见，就只是想去看看。"

老师点了点头。为了回老家看看，都不去上学的吗？这句话她不会说的。继续不上学，这的确"不正确"，但是是否就是"错的"，现在还不能下结论。

但是，馅蜜老师想知道理由。

"谁都不见也没关系？"

"嗯，完全没关系。"

"但是，还是想回去看看？"

翔也点点头。"因为……"他主动说出理由，"因为见了秀吉叔和阿踢哥……"

身患癌症的秀吉，已经用言行告诉了翔也——我们所有人，其实都在余生之中活着。而在灾区做志愿的阿踢，至今还不清楚未来究竟是什么。

看到自己这两个学生的状态，翔也会体会到什么呢？会思索些什么呢？小薰的脸突然出现在馅蜜老师的脑海中，随后是健夫的脸。一阵难以用寂寞和后悔来形容的微妙情绪，一点点在她的心里涌上来，扩散开。

"因为很怀念那里吗？"

"与其说是怀念，不如说是想告诉爸爸妈妈。"

"告诉些什么呢？"

"北京浜的公寓现在是什么样子了，妈妈之前工作过的那家工厂变成什么样子了，这些事，爸爸妈妈一定都很想知道。"

"可是……"

馅蜜老师刚想说什么，却被翔也打断了："爸爸妈妈之前经常聊到呢，下次想回之前住过的公寓看看啊，也不知道那座工厂现在什么样子了，下次再回去看看吧，之类的……在事故前几天的时候还聊过呢。真的，我说的是真的。"

"嗯，我明白，奶奶明白。"

"那我可以去吗？"翔也的眼神中有股决绝，似乎如果奶奶说了不可以，他就会离家出走。

"嗯……但是稍等一下哦，奶奶得调整一下今天的计划……"

"只有我一个人哦。"

"欸？"

"我自己去。"

翔也露出一副理所当然的表情，紧紧抿着嘴。他的眼神愈发强硬，馅蜜老师是阻止不了他的。

翔也吃早饭时，馅蜜老师用电脑查阅了换乘路线，给了他两千日元用作午饭和应对紧急情况。接下来，为防止被辅导员和警察喊住问话，馅蜜老师还给了翔也一张说明信："如果遇到特殊情况，你就把这封信给他们看。"上面写明了该学生不去上学是获得了监护人同意的，信里还说明了监护人自己也曾是教职人员。

如此算是万事俱备了。翔也可能没想到馅蜜老师会这么容易就同意自己的请求，看上去反倒有些迟疑。

"翔也是你们家的代表嘛，所以也要带上爸爸妈妈那份，好好去看看以前的公寓、邻居，好好回忆一下以前的事哦。"

"……好。"

"不过，要是迷路了或者觉得身体不舒服、有困难，要马上给奶奶打电话哦。好吧？这一点一定答应我哦。"

"嗯，我知道了。"

翔也还是那副迟疑的模样，走出了家门。馅蜜老师送他到玄关外，微笑着对他挥手道别。

其实，她心里不知叹了多少次气。

现如今，自己这是在赎罪吗？在她心里，另一个自己冷淡地质问着。

翔也的家人，只有健夫、小薰，还有本来应该在九月出生的小妹妹，这三个人。她竟然还幻想着要把自己这个奶奶也加进去吗？是太过自作多情了吧。

馅蜜老师回到房间。她还没吃早饭，也没什么食欲，胃一抽一抽地疼。是清早喝的那杯咖啡在刺激肠胃吗？但是已经过去这么久了。其实馅蜜老师知道这个理由并不成立——她明白自己为什么会胃疼。

她坐回到桌边，将笔记本电脑摆在自己眼前，打开麻美发给自己的邮件。

　　我发得有点晚了，抱歉。差不多就是这些内容，我就直接都发给妈妈了。还剩一些，要是妈妈需要看就告诉我一声，我也会马上发你的。不过说实话，其实等我回国再看也行的。

就是说，剩下的那些内容，可能馅蜜老师一个人看会承受不住？而且发邮件过来花了这么长时间，可能也是在斟酌发哪些比较合适。

没关系，已经有觉悟了——馅蜜老师这样想着，打开了邮件附件。

在信中，健夫称呼翔也为"小翔"。

2

小翔：

爸爸现在正看着小翔和妈妈熟睡的脸庞，给你写这封信。

明天，爸爸就要和妈妈一起去医院，看看妈妈肚子里的宝宝了。说不定明天就能知道宝宝是男孩子还是女孩子喽。如果是男孩子，小翔就有了个弟弟；女孩子的话，小翔就有妹妹了。

馅蜜老师的呼吸停滞了。这封信，是健夫和小薰车祸前一晚写的。

不过，这件事是由神明决定的，所以爸爸妈妈也很紧张。虽然小翔说想要弟弟，但如果是个妹妹的话，小翔一定也会成为一个温柔的哥哥的。不过再细想想，不论有弟弟还是有妹妹，小翔都是哥哥啦。

今晚，是爸爸时隔很久给小翔写信了，因为爸爸有件事想拜托小翔。刚才，小翔睡着了之后，你妈妈告诉我，你曾经很担心地问过她："宝宝出生之后，爸爸会不会只宠着宝宝一个人啊？"还说，"因为爸爸和我没有血缘关系，但是和那个宝宝却有血缘关系呢。"

小翔，你真傻！干吗要这样想！我现在写下这些，都忍不住瞪你了。虽然瞪过之后，我差点哭出来。

馅蜜老师的心也揪紧了。那孩子竟然在担心这些吗？翔也的敏感真是让人很心疼。而健夫作为爸爸，又必须包容儿子的这种情绪。那健夫自己呢？想到这里，馅蜜老师的心绪更加复杂了。

小翔，爸爸和你拉钩，向神明起誓：不管有了弟弟还是妹妹，小翔都是爸爸在这个世界上最爱的孩子。之前如此，之后也一样，你永远、永远是爸爸最爱的孩子。不过，即将出生的弟弟或者妹妹，也一样是最爱的，你妈妈也一样是爸爸最爱的。最爱的人，可以不止一个。爸

爸有好几个最爱的人呢，爸爸真的好幸福，好
幸福呀。

馅蜜老师眼中盈满了泪水。健夫的信还在继续。

　　爸爸看得出来，自从妈妈有了宝宝，小翔
就一直觉得寂寞，对吧？当然，爸爸也知道，
小翔很温柔，会忍住这份寂寞，只是对我们说：
真想快点见到宝宝呀。

　　所以，爸爸一直在心里默默向小翔道歉，
此时此刻也是一样。让小翔感到寂寞了，对不起；
让小翔不得不忍耐这份寂寞，对不起。

　　然后，关于东京的奶奶也是，对不起啊，
小翔。

**"东京的奶奶"这几个字突然跃入视线，为什么……
馅蜜老师忍不住低喃，她的声音颤抖、沙哑、破了音。**

　　东京的奶奶自从知道妈妈有了宝宝，就经
常打电话过来。她和爸爸打听了很多关于宝宝
的事情，还很担心妈妈，告诉她一定多多注意
身体，一定别勉强自己。和小翔聊的时候也是

这么说的，对吧？'你要多帮妈妈的忙啊''你马上就当哥哥了'一类的……

奶奶听说我们家要有宝宝了，非常高兴，她特别期待宝宝的降生。看到奶奶这么高兴，爸爸也很开心，妈妈就更开心了。而对小翔来说，最高兴的事就是看到妈妈开心了，是吧？

可是，每次奶奶打过电话，爸爸妈妈其实内心都会有些消沉。奶奶越是对小宝宝的诞生充满期待，就越显得小翔很可怜。有小宝宝前，奶奶明明很少很少给家里打电话的。对待小翔，也一直很冷淡……这一点，想必小翔也注意到了。妈妈告诉我了，你好像问过她奶奶是不是讨厌妈妈，讨厌自己。

不，不，不是的，不是的，没有这回事——馅蜜老师的喉咙深处发出微弱的声音，她不住地摇头。

小翔，如果东京的奶奶让你感到冷落、难过了，请你原谅她，好吗？爸爸希望你别生她的气，别恨她，别讨厌她……好吗？

馅蜜老师吸着鼻子，一边找纸巾擦着眼里的泪水，一边瞪着电脑屏幕。才不是你说的那样！她想这样告诉健夫。就算翔也从东京的奶奶那里感到被冷落、感到难过，那也一定是错觉。

　　都是爸爸的错。和妈妈结婚这件事，爸爸应该再多花些时间，多跟奶奶聊聊的。关于决心做翔也爸爸这件事，也应该再认认真真和奶奶解释一下，让奶奶接受才对。结果我没做好这些，就强硬地告诉奶奶我自己的人生我自己决定，你别插嘴，这就是我的不对了。

不是的，都说了，不是这样的。馅蜜老师心绪焦躁得忍不住直叹气。

我已经接受了。健夫的人生，就由健夫自己来决定，这是理所当然的啊。她很清楚，自己不该插嘴，她根本无权置喙。

　　可是，现在还不晚。就算现在还不够亲密，也不用急，我们慢慢来，慢慢和奶奶成为一家人吧。爸爸和小翔也不是第一次见面就成为一家人的，对吧？大家就这样慢慢地，不急不躁，也不放弃努力，一点点走近彼此，成为一家人吧。

　　你奶奶在学校做老师的时候，最拿手的那个故事——在太平洋遨游的青鳞的故事，爸爸不是和小翔提过很多次吗？奶奶好像是从《青鳞的学校》那首歌谣里得到的灵感。小河里，也有"青鳞一家人"的。小翔，我们一家，也是"青鳞一家人"哦。总有一天，我们全家会一起去太平洋遨游的！

　　马上就过十二点了。虽然说得很不得要领，不过今晚的信暂且写到这里吧，晚安，明天见哦。

　　馅蜜老师紧紧咬着嘴唇，否则她的呜咽声就再也绷不住了。在写这封信的时候，健夫的人生就只剩下十几个小时了，他们永远无法慢慢地、不急不躁地成为一家人了。

3

　　整个上午，馅蜜老师都非常消沉。她不停地叹气，做什么都没精神，甚至干脆大白天泡了个澡。可是，即便钻进热乎乎的水中，浑身泡得热热的，精神头仍旧没有恢复。

仿佛隔着大半个地球看透了自己的状态一般，正泡着澡，麻美又发来了一封邮件。

> 可能对妈妈来讲，这个内容稍微有些震撼了。

这岂止是"稍微"啊，内容也太让人震惊了——馅蜜老师很想这样讲。说实话，倘若此时身边能有个人跟自己说说话，情绪也许还能好点。

似乎在健夫其他的日记里，也偶尔会提到馅蜜老师。

> 哥哥觉得妈妈的态度比较冷淡，所以他一直对小薰和翔也感到愧疚。当然，妈妈对哥哥的这个说法肯定很有意见啦……

看到麻美为了照顾自己的情绪而补充的这句话，反倒让馅蜜老师心情更沉重了。

> 不过，哥哥日记里的大部分内容都是很轻松的。比如和翔也关系越来越好了，他很开心，还有一些回忆自己童年往事的记录，还有下个暑假想和翔也一起去搭帐篷，什么的……这些

内容我也可以发给你，如果想读，妈妈随时可以告诉我。

馅蜜老师不愿意这样做，她不想避重就轻，只读那些轻松的内容。

我是提前做好觉悟，知道妈妈会被这封信的内容震惊到的。但我还是专门选择了哥哥生前最后一天写下的这封信，因为我觉得，这就是哥哥的遗书。他希望妈妈能亲密地对待翔也，能和翔也成为一家人。我想，在天国的哥哥（当然还有小薰）最担心的，每天祈祷的，肯定也是这件事。

她懂的。就算麻美不提，她也懂。就是因为她都懂，所以才更加难过。

到了午饭时间，她仍旧没什么食欲，想着随便煮些荞麦面，于是烧了一锅水。正在这时，电话响了，是杉木小学的点子打来的。

"真是遗憾。"点子一上来就说了这么一句。她指的是再度更新了缺席纪录的翔也，"今天可是周一啊，我和他的班主任森中老师本想着他这一周总该来了，还充满期待地等着他呢。"

考虑到点子身处学校和翔也之间的立场，馅蜜老师只得道歉："真是对不起……"

"当然，孩子自己的情绪最重要，绝不应该硬逼着他来上学。再说，要是一般的监护人也就算了，翔也的监护人可是馅蜜老师呢，所以这方面我也比较放心，怎么说呢，我是倾向于信任馅蜜老师的。"

——她这说法，是在表扬吗？

"不如说，我是想向馅蜜老师多多学习，看看您接下来如何治好翔也不上学这个问题的。"

——还是说，是带着微妙的讽刺呢？

不论如何，在"不去上学"的行为前面安上一个"治"字，馅蜜老师听着像刺一般。

"翔也上周是去了大地震的灾区，对吗？"

"是的，他去做了志愿者，在图书馆帮忙整理书本。"

"怎么样啊？能有点效果吗？比如意识到人与人之间的牵绊啊，纽带啊，为了无悔今生，每日努力生活有多么伟大一类的……这些东西，平时靠学校的授课和教科书确实还是有一定局限的。"

"暂时，还没有什么肉眼可见的改变。"

"不过，这确实是一次很好的体验。不愧是馅蜜老师，孩子不上学，也没浪费时间啊。"

为什么呢？为什么总感觉对方的话里带刺呢？这难道是刚才看了健夫的遗言留下的后遗症吗？

"对了，老师，我还有个建议。我希望翔也能做一次灾区报道。或者说，能在同学们面前讲一讲自己在灾区的见闻和感想，怎么样？这么做的话，班级同学也比较容易接纳翔也。站在翔也的角度想，他也不是不去上学，而是去收获重要的体验了。这样一来，是不是愧疚感就能消除了呢？"

挂掉电话后，馅蜜老师就出门去买晚饭的食材了。其实她根本就没有吃饭的欲望。不过正因如此，才更要吃点能让自己振作起来的食物。与其说是身体需要，不如说她的心灵更需要补充营养。

"翔也明天能来吗？"点子在电话里这样问道。

"要是来一整天比较费力，那就只来上午半天，或者下午也行的。总之，希望他能来一趟学校。"要是不行的话——

"就要考虑让他的班主任森中老师去做一次家访了。"

不，其实点子应该是希望翔也今天下午就能去学校，并且已经考虑今天傍晚就做家访了。要是馅蜜老师老老实实告诉点子，翔也一大早就自己外出了的话，估计眼下她们都还在讲电话呢。

最终，馅蜜老师顾左右而言他地把事情全都推到了明天。当然，点子内心并没有接受。电话的最后，她又重申道："四月我们所有的班级都要再重组一次二十人二十一脚的团队。尤其是五年级，才刚刚换过班，需要从零开始经营团队合作。翔也没有练习过这个游戏，我希望他能尽快掌握这项运动的窍门。所以，他一定要尽快熟悉班集体才行。"

要不然的话——后面的话，点子没有说出口，但是馅蜜老师听得清清楚楚：

要不然的话，翔也就要一直做"老外"了哦。

迈着沉重的步子走在大街上时，点子那句没说出声的话仍旧在她耳畔回荡。

天气仍旧不晴朗，从一早开始便笼着阴云，眼下云彩的颜色已经非常暗沉了。今天这场雨，可能要比天气预报预计的时间还要早。

馅蜜老师走进车站附近的购物中心。食品卖场在一楼，但她径直上了三楼。她再次走向那个角落里的宠物商店，在青鳉的鱼缸前站着看。

那个接待过自己的女性店员还记得自己，她一脸歉意地说："对不起，我们店里还是没有过往青鳉。不过新进了一些红青鳉。"

馅蜜老师点点头，其实她已经注意到了。水槽里面游着上百条淡黄色和橘色的青鳉，这个鱼缸摆在一列水槽中的最下层。从陈列的角度来讲，这个位置的展示效果接近于零。这也可以理解，因为卖方和买方都不觉得这群游动的鱼儿有多美。鱼缸只是容器，而在这容器中拥挤不堪地游动着的青鳉们则是——

"那个……请问……"馅蜜老师的声音有些颤抖，表情可能也带着愤怒和悲伤。"这里写的这句话……是什么意思？"

她指着贴在红青鳉鱼缸边的手写宣传牌，手指一直在颤抖。

甩卖！鱼饵用青鳉，280日元十条，2500日元一百条！

店员十分不解的歪歪头："什么意思？呃，就是鱼饵的意思啊。"

"这些青鳉成了鱼饵是吗？"

"是呀，比如说骨舌鱼呀，还有一些吃小鱼的热带鱼呀，挺多的。虽然也有人工鱼饵在卖，但是活的不是更好吃嘛。"

对方的语气十分轻松，一副理所当然的样子。见馅蜜老师表情复杂，她反而像是在指责馅蜜老师太过天真一般补充道："在天然的河流里，青鳉这种鱼也一样会被吃呀。这是自然的法则嘛。"

一瞬间，老师哽住了，她说不出话来。她错开视线不再去看鱼缸，脸上露出一个像哭一样的苦笑。"但是……没想到卖得这么便宜。"

"因为贵的鱼没法做鱼饵啊，不然多浪费呀。"店员直爽地笑了。在网上买青鳉似乎更便宜，10日元就能买一条。

"红青鳉鱼养殖难度很低，很快就能养爆缸，所以才卖那么便宜。甚至，要是一次买得太少了，反而会给养殖户和商店的人添麻烦，因为花在观赏用和做饵用的鱼身上的管理费和时间都是一样的。"

这，或许就是商业的法则吧。

馅蜜老师迈着比来时更加沉重的脚步走出了购物中心。她后面去了食品卖场，但也只是看看清单，再看看货架，然后把提前列好的商品机械地扔进购物车里。平时她都会很认真地确认金额、尺寸、产地、保质期等信息，可今天却一概不看了。她感觉自己已经没有动脑的力气了。

虽然不能思考，往事却在脑中不停乱窜。

关于"遨游太平洋的青鳉"这个故事，她当时的同事们也不都赞成她的说法。有几个同事还反驳她：把自己的学生描述成又小又弱的青鳉，这比喻不太合适吧。

　　的确，换成在大海之中悠然游动的鲸鱼，或是鱼中皇帝鲷鱼、聪明温柔的海豚，这个故事明明可以讲得更漂亮。再说哪个老师不希望自己学生的人生像鲸鱼、鲷鱼或海豚那样呢？

　　可即便如此，馅蜜老师还是希望不要在学生面前否定青鳉的人生——在世界的某个角落追逐着细微的幸福，努力活下去。她不想对学生们下结论说，很小、很弱，就是输了。就算无法成为鲸鱼、鲷鱼和海豚，她也希望孩子们能为了自己的人生努力活着。她不想顺着弱肉强食的社会风潮和价值观而行，她希望孩子们能像青鳉一样，即便无法快速向前游动，即便身量很小，也能在逆流中努力活下去。

　　成不了大器，没关系；没赚大钱，没关系；家人、亲子、夫妻的关系和社会主流不太一致，也没关系。只要靠自己的努力，去过自己选择的人生，她这个当老师的就觉得足够了。

　　她希望学生们能劲头十足地在水中遨游。不用加上"悠然自得""堂堂正正"这类的修饰也行；只要能在自己的人生中，按自己的想法去努力生活，无悔地度过一生，就够了。

　　是自己太天真了吗？自己作为老师，太不知人间疾苦了，是吗？

那一大群被当成饵料贩卖的青鳞的身影一直在她脑海中挥之不去。

幸好鱼无法呼喊，发不出声音。倘若那水缸里的青鳞们会说话，它们会用什么样的声音交谈，又会说些什么呢？

带着凄凉的情绪，馅蜜老师回到家里。她疲惫不堪；似乎这一整天——不，是从三月底积攒至今的所有的疲劳，全部都重重压在了自己的双肩上。

一到家，她就趴在了饭桌边。虽然没睡着，但是脑子有点恍惚，所以手机铃声响起来的时候，她被吓得猛跳了起来。

是秀吉打来的。

"喂喂？是馅蜜老师吗？是我啦，我！秀吉！"浑厚的嗓音传进馅蜜老师的耳朵。那一瞬间，馅蜜老师突然觉得自己看到了生病前秀吉的身姿——虽然她并未见过。

那身姿，就和在广袤的太平洋遨游的鲸鱼一模一样。

"……怎么了？你现在身体怎么样了？"

听声音感觉他很有精神，和上周在北三陆分别时比起来，简直像换了一个人。

秀吉笑嘻嘻地说："别问我啦。比起这个，老师，你要是知道我现在在哪的话，肯定超惊讶的！"

"……你在哪啊？"

"这样不行啦！怎么能马上就问呢！老师自己先想想啊！"

他说完立刻模仿起了那种解谜栏目倒计时的提示音，念着："滴——滴——滴——"

秀吉这个爱恶作剧的小孩，总是忍不住要闹大人玩，这一点真是一点没变。

"停！超时！"

"秀吉，你别胡闹啦。"馅蜜老师提高了些声音，秀吉立即公布答案——

"现在，我正在北京浜的派出所，和翔也在一起。"

4

北京浜地处多摩川的河口，是典型的工业地区。这里面朝大海，填海造陆的区域开设了很多家联合工厂。运河一路弯曲流淌进内陆，沿岸又发展出一家又一家小工厂和仓库。

从最近的一处地铁站走上地面，出口正前方就是单向三股车道的道路。冷冻拖车、油罐车、货运车络绎不绝，不断发出巨大的轰鸣声，震得馅蜜老师丹田都在发颤。

她还是第一次来北京浜，根本没想到这里竟如此喧闹，空气也不太好。她没戴口罩，只好掏出手帕捂住嘴巴，还被呛得直咳嗽。

她从三车道的路拐进商店街和饮食街交叉的大路。日头明明还很高，但因为工厂大多是三班倒，一些居酒屋外早早就聚集了一群喝醉的客人。烤肉店的换气扇喷出肉味，闻起来腻得令人恶心。

这个城市还是很活泼的，但学校办在这里，学生的生活环境和交通安全都不太乐观。

健夫以前常对馅蜜老师说："学校的社会参观课很适合去北京浜呀。那除了有大企业工厂，还能去地方工厂现场观看制作商品的过程，我觉得能学到不少东西呢。"不过，结婚前，他一直是带着小薰和翔也跑来东京和馅蜜老师见面的——"反正妈妈肯定不喜欢北京浜那种城市啦。"但是，这个说法究竟是她直接从健夫那里听到的，还是自己的记忆在擅自捏造呢？

馅蜜老师现在满脑子都是消极的念头。读健夫那封信所受的刺激还是没有恢复，现在又多了一分苦恼。

上午，翔也正在北京浜的大街上走着，被警察拦住询问为什么不去上学。本来这没什么好担心的，馅蜜老师已经准备好了一封十分详细的说明信来应对这件事，而且老师的手机号、自家的座机号，翔也都知道。可是，翔也却没有联系自己。他被警察带去了派出所，还是没有把馅蜜老师写好的说明信拿给警察看，反而找出了秀吉给他的名片，请求秀吉去接他。

他没有向奶奶求助。

馅蜜老师和翔也已经一起住了三周，她以为两个人的距离或多或少近了一些，虽说没有完全了解彼此，但总归已经没那么陌生了吧。馅蜜老师本来是这样想的。

可她的信心却被这件事彻底消灭了。伤心、悔恨、寂寞、难堪……种种情绪复杂地交织着。他们一起去了灾区，馅蜜老师还觉得自己已经开始抓到和孙子相处的窍门了。也正因如此，她更加觉得不甘。

在混杂着饭店和商铺的大路上走了一会儿，她便到了连成片的本地工厂。工厂的工人和路上的行人中既有亚洲面孔，也有一些拉美人。走过这里，便是一片小餐馆。店外招牌上写着的外语十分醒目，有英语、西班牙语、葡萄牙语、汉语、韩语、泰语、越南语……

和秀吉约好碰头的那家店就在其中。秀吉在电话里说是一家咖啡馆，但明显只是家露天店铺，比小摊稍微强点罢了。客人们坐在户外的桌边，一边吸着小碗拉面，吃着烤串和炒菜，一边喝着酒。

秀吉和翔也二人正围坐在户外的一张桌子边。翔也喝着一杯红色的果汁，秀吉则吃着一份像什锦摊饼一样的东西，喝着啤酒。

察觉到馅蜜老师走过来了，秀吉笑着挥起手喊："在这呢，在这呢！快来！"

翔也一副想找空溜走的模样，垂下了脑袋。秀吉笑着轻轻戳了戳他的肩膀，仿佛在说：快打起精神来嘛！于是翔也小心地抬起眼看向老师，神情窘迫。一和老师对上视线，他又急忙低下了头，秀吉苦笑着嘀咕了一句"真拿你没办法"。

"馅蜜老师，估计您现在肯定有很多话想说。但是，姑且先看在您这不争气的学生的面子上，来杯啤酒吧！"

老师有些不高兴地坐到桌边，有意无视了翔也，问秀吉道："你现在能喝酒吗？不要紧吗？"

秀吉笑嘻嘻地点点头道："今天可是我被宣布患癌以来最有精神的一天了！我说真的哦！"

馅蜜老师也点了一瓶啤酒。店员端上来的是越南啤酒。秀吉说这附近工厂里的人大多是从东南亚来的。的确，看店员的面相是很有东南亚的风格。

"我也是第一次来北京浜呢。听翔也说，在这里工作的人来自世界各地。越南人、缅甸人、泰国人、土耳其人，还有日裔巴西人、秘鲁人、巴基斯坦人……大家都是漂洋过海来这儿的呢。"

馅蜜老师沉默着点了点头。她想起了遨游在太平洋的青鳉。那一群在宠物商店的鱼缸里被当作鱼饵贩卖的红青鳉，也浮现在她脑海中。

"看来也是为了节约人力成本。"她随口一说——不，其实是故意的，故意将脑海中冒出的这个冷漠的念头说了出来。

秀吉皱了一下眉，但立即回应道："是啊，眼下这个时代，很多工厂甚至直接开到海外了呢。在这种情况下，想要振兴家乡小城市，阿踢肯定很辛苦的。"他再次提到了灾区，这话说得虽略有唐突，但又很合乎逻辑。

老师又看向翔也。他从刚才起就一直不说话，低着头不敢看她。秀吉察觉到了气氛的尴尬，劝解地说道："老师，请别训他，翔也是为了我才联系我的。"

馅蜜老师根本不认同这个说法，翔也肯定是害怕被奶奶骂，所以才哭着去求秀吉的。可是，秀吉却斩钉截铁地说："多亏了翔也这通电话啊，我真的好久没这么有活力了！"

秀吉原本从一大早起身体就不太舒服，正躺在床上难受时，接到了翔也打来的电话。

"被人需要的感觉真好哇！"秀吉这样说着，看向了翔也。于是翔也终于抬起头，有些羞涩地笑了。

越南啤酒味道清淡，很容易入喉。转眼间馅蜜老师就喝光了一小瓶。

"老师，请你陪我们走一趟吧。刚听翔也说这里有个好地方可以去呢！"

离开这家店，他们在秀吉的带领下走了几分钟，到了一座架在运河上的桥边。仓库和小小的本地工厂在河两岸排列开来，这运河看上去和一般的河没什么两样，但在桥中央站了一会儿之后，馅蜜老师就明白它为什么会是个"好地方"了。

站在这里，可以从正侧方看到从羽田机场起飞的飞机一点点上升到空中，近得令人吃惊，连机尾上的航空公司标志都能看得一清二楚，甚至连飞机侧身的一扇扇窗户也能看清。自然，引擎的轰鸣声更加震耳欲聋，只要飞机还在视野之中，他们就无法听清旁边的人说话。

"超有冲击力，对吧？看一整天都不腻。"秀吉开心地说，和翔也相视而笑。

对馅蜜老师来说，这只是个很吵的桥而已，她实在感觉不出哪里有趣。她无奈地说："你们这些男生啊，就爱看这种东西……"说罢，她发现自己自然而然地露出了微笑。秀吉还没有丢掉那种小男孩的天真，这令她欣喜，翔也竟也意外地拥有小男孩的一面，这也令她松了口气。

"还有呢！还有一个好地方！"

走过运河上的桥，向着海的方向走去，就到了铁道口。这次看的不是飞机，而是铁路。是工厂专用的铁路线。

"翔也说，这儿有时候一口气能连续通过几十辆罐车呢。我一定要看看！可惜今天时机不太好。"

秀吉语气里带着不甘。看他那架势，似乎今天看不到，改天也会再跑来看看。见他这么有精神，馅蜜老师特别高兴。与此同时，她想到拉着秀吉到各个"好地方"转的翔也，情绪也好了起来。

但是不肯求助奶奶这件事，可不能轻易原谅他呢。馅蜜老师提醒自己。随后她又问翔也："翔也，你是在这些地方和外国朋友一起玩吗？"

"有时候，也会和朋友一起……"翔也有些迟疑地回答，随后停顿了几秒又补充道，"不过大多数时候是和爸爸一起。"

和小薰结婚前，健夫还只是"杉田叔叔"的时候，每到休息日，他都会来北京浜陪翔也玩。他当时想要通过这种方式，循序渐进地让翔也接受自己。

第三个"好地方"，要走过铁道线，向大海走去，然后在海边停下。那是一个建了一排仓库的码头。眼前的路被生锈的铁丝围住，还立着一块"外部人员禁止入内"的牌子，没办法一直走到海滩边。但是迎面吹来的海风却为油和尘土的气息带来了一丝海潮的咸腥。

这也是健夫常带翔也来玩的"好地方"。

秀吉稍稍站得离翔也远了一些，小声把馅蜜老师喊来告诉她："来这里好像是瞒着妈妈的，是他们俩人的秘密基地呢。"

原来是这样。老师点了点头。秀吉又笑着说："我总觉得自己今天其实是健夫的替补队员。翔也向我介绍这些地方的时候，可是神气满满的，还说：'今天就破例告诉你吧！'"

听秀吉说，翔也看到和当初一样的风景，会大松一口气，如果看到哪里变得和过去不同了，就会蔫下来。

"那，这孩子不给我打电话，而是去找你，也是希望你能代替健夫陪他吗？"

"嗯……"

和小薰结婚前，健夫经常这样告诉翔也："如果有什么话不好和妈妈讲，就来找我吧，同为男人，我一定能帮到你的！"

"怎么这么爱耍帅！"馅蜜老师面无表情地吐槽道。她怕自己一旦放松表情，就会马上哭出来。

"翔也既不想让奶奶担心，也不想给奶奶添麻烦。紧急时刻他突然想起了爸爸的话，就找到了和爸爸年纪相仿的我，给我打电话求助了。"

老师沉默着，一直望着大海。

"对不起，把您儿子拿来和我自己做对比，我太没礼貌了。"

不，没有这回事。老师摇摇头。这次她没有哭，而是露出了笑容。身为奶奶，对这个自己绝对无法融入的"男生圈子"，实在有些嫉妒呢。

"请老师千万别责骂翔也啊。"

向车站走去的路上，秀吉重复了好几遍。翔也独自走在前面。来来往往的车子发出巨大的噪音，所以他们并不担心谈话内容会被听到。

"他是怕给奶奶添麻烦，不想让奶奶担心。"

馅蜜老师知道。可她还是觉得寂寞。

"添麻烦有什么不好，让我担心有什么不好，生活在同一屋檐下，不就是应该互相麻烦、接受对方吗？"这或许是句漂亮话，可馅蜜老师真的是这么想的。实际上，倘若把父母和老师每一天"被孩子添麻烦""为孩子担心"的行动都去掉的话，还能剩下什么呢？

"秀吉也懂啊，你是三个儿子的爸爸嘛。"

秀吉稍稍思考片刻后回答道："现在我是明白的。"

他点点头，又说："但是，我还是小朋友的时候，其实并不懂。"

"是吗？"

"是啊，等我长大了，做了父母，才懂得这个道理。"

不管给父母添了多大的麻烦，不管让父母多么牵挂，都好。只要——

"要活着。我希望孩子活着，我想让他们一直活着。我家那几个崽子还小的时候，我每天晚上很晚才到家，那时候一边喝着啤酒一边看着儿子们的睡脸，是我一天最幸福的时刻。酒喝得略微醉了，我就会忍不住很想哭。会在心里念：你们不许死啊，绝对不许死在我前面啊。"

秀吉正感慨万千地回忆着过往，突然"啊"了一声，似乎猛地被拉回现实一般。他刚刚想起，馅蜜老师的儿子已经离开人世了。

"真对不住，我太得意忘形了，胡说八道了这么多……"

老师笑笑，摇了摇头："做父母的，都是这样想的呀。"

健夫和小薰一定也是一样吧。说不定他们在突遭横祸的那一瞬，也是高兴地想着，幸好翔也没事。

他们二人的悲剧在馅蜜老师心中一直只有无尽的悔恨；此刻，她却第一次感觉黑暗之中照进了一束微弱的光。

秀吉在地铁换乘站和馅蜜老师告别。

这一趟，秀吉始终非常有精神。可到了分别时刻，他突然露出刚想起有什么事忘了说一般的表情，告诉馅蜜老师："哎呀，对了。老师，我下周开始又要住院了。"

从灾区回东京后，他立即接受了血液检查，结果很不乐观。肿瘤标志物的数字蹿得超高。

听秀吉说完这些，老师惊愕得说不出话。可秀吉却笑着说："我不是去化疗的，只是做身体检查，暂时住院，两三天就出院啦。"

他的口吻越轻松，越是将现实衬托得越沉重。

"在家待着总是忍不住想些消极的事，所以今天翔也把我喊出来，真是帮了我大忙。我突然觉得自己还有用武之地，还有人需要我、依赖我呢。这么一想，我精神了不少。"

说到这里，他又对着翔也伸出手："下次我们两个男生再一起玩吧！"

翔也有些羞涩，但也伸出手同他握了握。

"下次大叔带你去多摩丘的秘密基地！"

"嗯。"

"还有啊，以后要多给奶奶找麻烦哦！"

"欸？"

"我们人类呢，越是苦恼就越不容易衰老哦。遇到必须解决的难题，人就会全速开动脑筋，采取行动。这样能让我们的细胞活跃起来，提高免疫力呢。"

"不过呢，'找麻烦'也分两种类型。要是你制造的是不吭声不动弹的'麻烦'，可就不好了；如果是拼命蹦跶，闹出问题，搞得人手忙脚乱，晕头转向，这样的'麻烦'，就能让奶奶越来越年轻有活力哦！"

净说些不着调的话。馅蜜老师无奈地耸了耸肩，紧接着她就憋不住笑了。秀吉的温柔让她心里暖洋洋的。

"明天去学校，你要尽情闹出事情来，好好地'麻烦'一下老师和奶奶哦。"

"不管是漫画还是连续剧里的转校生，一直都是闹麻烦的角色啦。"秀吉恶作剧般补上这样一句，随后道了声再见就走了。

5

下地铁时，太阳已经落山了。

在晚高峰的地铁里，馅蜜老师没办法和翔也好好谈谈，但她有好多问题想问，好多话想说，也有好多事需要做决定。

"现在开始做饭有点太晚了，晚饭咱们去哪儿吃？"

听馅蜜老师这样问，翔也垂着头简短地回答："在家吃就好，吃什么都行。"他似乎一直在思索着什么，和馅蜜老师说话也是心不在焉的。

他会按照分开时秀吉说的那样，明天去学校吗？估计还是不会吧。她知道翔也现在也很纠结，所以只能默默等待。

"那我们就买盒饭拿回家吃吧。"

两个人走进了车站前的购物中心。走进楼门的时候，她还没精打采的，可是在瞥到入口附近的电梯时，一个想法突然出现在脑海中。

翔也已经向放着购物车的地方走去，馅蜜老师对他挥手，然后乘上了上行的电梯。

"奶奶，你要买什么呀？"

"青鳉。"

听到馅蜜老师的回答，翔也十分迷茫。电梯上行的过程里，她向翔也解释了原因。

宠物商店已经快关门了，店里正在收拾准备打烊。馅蜜老师找到白天见过的那个女店员，问她："有没有饲养青鳉的套装？我想买一套。"

听她这样讲，店员立即露出职业的笑容，将二人领到色泽娇艳的"杨贵妃"和通体闪光的"干支青鳉"的鱼缸边。

可是，馅蜜老师却蹲在最下层的鱼缸前，用手指着用于鱼饵的促销红鳉鱼："我想从这个缸里挑。"

"呃……这个，这东西是给骨舌鱼做饲料的。不适合观赏或者繁殖哦。"店员露出一副"白天不是告诉过你嘛"的表情，仿佛在谴责馅蜜老师不明事理。

"可是，说是饲料，但也不是一出生就被当成饲料了吧？一直到被其他鱼吃进肚子的前一秒，都还不能确定它们是饲料呀。"馅蜜老师有些恼火地回敬店员。

但是翔也在一边说："不是的，奶奶。我爸爸以前说过，用作饲料的那种青鳉，就是只能当饲料的呀。"

见翔也这样讲，店员便接过他的话继续解释——其实，被当做饲料贩卖的青鳉，大多是不符合观赏鱼标准的，属于瑕疵品，很难卖出去，所以才成了饲料。

"比如颜色不够好看？"如果是这个程度的瑕疵，馅蜜老师觉得完全没关系。

店员摇了摇头："瑕疵不仅限于外表。这类青鳉的养殖环境本身就没考虑要让它们活很久，所以这些鱼体质很弱。而且，它们都是挤在一起养殖的，很多都是遍体鳞伤的。"

也就是说，这种饲料青鳉就算是买回去养起来，也很难活下去。

"虽然没到小狗小猫那么亲人的程度，但就算是小鱼，养死了也还是会伤心的吧。尤其是家里有小孩的，更是这样了……考虑到养这种青鳉的死亡风险太高，我们店里也会推荐家长选择观赏用的青鳉。"

听店员这样讲，老师有些怅然地点了点头。

店员讲得很清楚了。而且她也明白店里并不是单纯出于买卖的角度，才轻贱这些生命的。可是，她仍然觉得难以释怀。

而解开她心中疙瘩的，是翔也的一句话："我想养这种饲料用的青鳉。"他的语气斩钉截铁。

店员露出不知所措的表情："那个，小朋友，刚刚大姐姐给你讲的那些话，你不是都听到了吗？这种饲料用的青鳉呀……"店员试图从头再向翔也解释一遍。

可翔也却打断了对方："很快就死掉也没关系。"

"小朋友，虽然你这样讲，但其实面对生物的死亡，你可能比你想象得难过很多哦，虽然你还不知道这些啦。"

"我知道。"

"但你还是小朋友嘛。"

"但我知道。"

"养这种马上就会死的东西，你不会觉得它们好可怜嘛？"

"不可怜！根本不是这样！"翔也突然大声说。他的肩膀剧烈地抖动起来，这震颤一直传到下巴，他紧盯着店员的双眼瞬间充满泪水。

馅蜜老师又指了指促销鱼缸："就要这种红鳉鱼吧，能麻烦您尽量选一些比较健康的吗？"

店员或许被翔也坚定的决心打动了，虽然说着"这一群鱼太多了，没办法做太细致的检查"，但同时也保证会尽量选身上没什么伤痕的鱼。

他们买了五条，一共140日元。便宜得令人心痛。馅蜜老师又选了一个适合新手的养鱼套餐，里面包含一个长宽高都是十几厘米的树脂制鱼缸，还有过滤器、鱼食、水质调整剂。在店员的推荐下，她还挑了一份小沙砾和水草。

店员用一个塑料袋装了一些鱼缸的水，再将青鳉放入其中。回家后，他们需要先在鱼缸的水里加入药剂，中和水中的氯气，然后让装了青鳉的塑料袋浮在鱼缸上，使袋中的水温和鱼缸逐渐一致，最后再将袋里的青鳉放进鱼缸。店员一边细致地讲解着，一边强调："这种鱼比较脆弱，所以请多多费心。"

回家的路上，老师拎着鱼缸，翔也拎着装有青鳉的小袋子。

为什么翔也要养饲料用的青鳉呢？馅蜜老师没有问。

为什么面对店员，他会那样情绪激动？馅蜜老师也没问。

翔也也一样。

为什么奶奶要买五条青鳉呢？他没有问。

如果翔也问了，馅蜜老师打算打个哈哈糊弄过去。其实是因为，健夫、小薰、翔也、九月就将出生的妹妹，再加上奶奶，正好是五个人。但如果青鳉很快就死去，那一定会让翔也联想到家人的死，更加难受。

不过在这方面她已经做好了觉悟。自己的儿子已经去了遥不可及的远方，那么至少，留下点念想吧。这念想要带着生命的温度，帮她去感受儿子的存在，还有儿子深爱的家人们的存在。

离开购物中心，两个人走在黑夜里。翔也说："我说了这么任性的话，谢谢奶奶包容我。还有，刚才不小心哭了，很对不起。"

没关系，没关系！老师笑了："多多麻烦我，这样奶奶才能变年轻呢。"

——没错吧？秀吉同学。想到这里，馅蜜老师仰头看着夜空，又笑了。

"关于被当作饲料的青鳞，你爸爸是怎么讲的呀？"

馅蜜老师对健夫的想法一无所知。健夫会像今天白天的自己那样感到愤怒吗？还是妥协地觉得，这也是没办法的事呢？又或者，会和现在的她想法一样，不知道该如何去理解这种情况呢？

翔也安静地回忆了一会儿，缓缓地说："爸爸说，真是悲伤啊。"

"因为要被当作饲料吃掉了，所以悲伤？"

翔也点点头，又说："可是呢，反正很快就会死掉，那么在死之前能帮助他人，或许也应该高兴吧。"

这种想法真的很有健夫的风格。而且，这句话在当下又与健夫自身的命运重叠，这让人更加悲哀。

"爸爸还说，不晓得青鳉究竟是可怜还是幸福。"

健夫没有说出答案，而是这样告诉翔也："等你长大可能就知道了，不过爸爸到现在都还在思考这个问题的答案。"

健夫是在今年三月份说的这些话，那时因为翔也不去学校，健夫领着翔也在小泉小学和吉村老师开了三方面谈会。会后回家的路上，健夫讲了以上那些话——那也是他们父子最后一次单独谈话。

"不去上学的事，爸爸是怎么说的？"

"爸爸说，不用着急。"

但是，吉村老师却极力坚持说，一天都不能再耽误了，如果接下来依旧不去学校，就会养成家里蹲的习惯，以后就很难再回归校园了，说不定会变成一辈子的家里蹲呢。眼下如果能立刻来上学，就还赶得及。

"可是，爸爸听吉村老师那样说特别生气，虽然他生起气来也不是很可怕。他当时特别认真地跟老师说，不可以对小孩子说'现在还赶得及'这种话，小孩子什么时候都是赶得及的，绝对不存在来不及的情况……"翔也的声音逐渐颤抖起来。或许是因为在回顾记忆的过程，他又开始想念健夫和小薰了。

"所以，慢慢来。爸爸他当时就是这样对我说的。"

那一晚，馅蜜老师和翔也一起熬了个夜。慢慢地，按照店员教给他们的顺序，慢慢地将青鳉养入鱼缸中。

野生青鳉的寿命大概是一年零几个月，人工饲养的能活两到三年，长寿的能活五年。

但是，用于饲料的青鳉很难活那么久。倘若适应不了新环境，它们的身体可能瞬间就衰弱了。光是从宠物商店一路拎回家里，就已经给它带去了相当大的冲击。不，在这之前，在商店的鱼缸中拥挤生活的每一天，对一个身长只有两厘米的小小身体来说，都是极大的负荷。说不定，它们会死得比预想得还要早——比如今晚。

"没关系啦。"翔也说，"就算真的今晚就死了，那也是命运使然。"

"可是……"

见馅蜜老师一脸惆怅，翔也又说："而且比起在宠物店的鱼缸里挤成一团，还是在宽敞的水槽里更舒服嘛。哪怕只有一瞬间，也是幸福哇。"

此时馅蜜老师有些等不及地念叨："哎呀，水是不是缓得差不多了？"

于是翔也又安抚道："咱们再稍微等一会儿吧。"

真是分不清谁是大人，谁是孩子。翔也似乎也发现奶奶的性格很急躁，所以自然地产生一种拿奶奶没办法的包容态度，这也将祖孙二人的距离拉得更近了一些。

塑料袋在鱼缸里泡了两个小时。

"是不是可以了？"

"嗯，应该没问题了。"

他们谨慎地将袋子打开。五条青鳉被小心地放进鱼缸之中，老师一直在心里对着它们呐喊加油。翔也看着几条青鳉的状态，也很高兴地说了句"还不错"。

有的青鳉在努力游动，有的则迷茫地左顾右盼；有的青鳉还沉在鱼缸底，有的已经适应了鱼缸的环境，开始悠然自得地游起来了；还有的青鳉始终不肯离开塑料袋的袋口。

和长久以来所梦想的太平洋相比，小小的鱼缸完全不成规模。然而，对这些青鳉来说，这里也是无可替代的一片大海。

第七章

1

一个星期过去了。鱼缸中的五条青鳉仍然精神十足地游动着。和用来观赏的青鳉比起来，这几条青鳉颜色都很朴素，体型也比较小。馅蜜老师在缸底的沙砾上摆了几颗玻璃珠，倒比这些小鱼还要鲜艳。

总之，这几条小生命都熬过了第一个星期，单凭这一点就让人为之喜悦。

多亏了新成员的加入，馅蜜老师和翔也的共同生活之中又多了一些话题。他们更频繁地将视线放在鱼缸里，偶尔沉默冷场，也不觉得尴尬。

健夫和小薰的四十九日法会，就在一星期后的四月三十日举办。距他们夫妻突然去世已一月有余，至今，种种事宜终于要告一段落了。馅蜜老师总算能一边凝望鱼缸里的青鳉，一边细细地、慢慢地梳理自己的悲伤。

在打电话去多伦多那边商量法会安排的时候，麻美也说："妈妈的声音听上去精神多了，你刚和翔也一起生活的时候，音量很小，而且总感觉哆哆嗦嗦的。"

或许，她说得没错。

"总算适应了……不如说，总算接受新生活了？"

惊愕、迷茫、悲伤、愤怒、寂寞、苦闷、焦躁、歉疚，以上种种情绪在经过了整整一个月的消化之后，总算是被自己彻底接受了。

"还有，翔也的学校那边，现在怎么样了？"

"他还没去上学。"

"那就是说，他一直在家待着？"

"嗯。白天我会带他去几个自由学校参观学习。"

今天，他们去了开在市中心一幢大楼里的自由学校。馅蜜老师还准备带翔也去一家开在东京和神奈川交界处某所寺院里的自由学校。

"这种学校这么多地方都有啊？"

"最近日本新开了很多这种类型的学校呢。"

"但是，这种学校……"

"里面有很多学生是那种无法适应普通学校的小孩，或者遭受过严重的霸凌，不愿再去学校了。"

"是吗……"麻美的声音低沉了下去，"可是，校方那边不要紧吗？不是有个很来劲的老师吗？明明不是班主任，但是存在感很强，就是那个……妈妈以前教过的学生。那种老师应该不会认同自由学校吧。"

一点没错。

上周馅蜜老师去了杉木小学，和校长、班主任森中老师，还有点子老师面谈了一次。点子一上来就摆出一副校方代表的姿态，语气很不情愿地说："其实您应该让我们去做一次家访，直接和翔也谈谈的。学校他还一次都没来过，就直接选择自由学校，是不是太武断了？"

点子的说法其实也在理。但是，她接下来说的话，又让馅蜜老师很不舒服。

"虽然他不适应前一所学校，但我不希望家长就这么武断地认定他也不适合我们学校。您要是觉得哪里的公立学校都一样，那这观念可就太落伍了。如今像我们学校这样重视学生的学校也有很多，说不定在前一所学校过得越糟糕，越能感受到我们有多棒呢！"

这并不是胜负优劣的问题。或许，健夫告诉翔也的那句"不要做比较"，指的就是点子这种行为。

虽然馅蜜老师内心无法接受她的说法，但还是恳请学校再等等翔也。于是点子又说："真的拜托您了，我想您心里也有数吧？至多只能截止到五月份的小长假结束了。要是到那时候还不来上学，可能就养成不上学的习惯了，很多孩子都是这样的。"

至多截止到五月份的小长假结束。这个说法的确没错。但是，如果是健夫就会坚持："小孩子什么时候都是赶得及的。"

点子看上去还有好多话想说，但是最终只是叹了口气，抱着胳膊强调："我们学校可是保持了好多年零不上学和霸凌的好成绩呢，要是因为这种事打破纪录，也太那个了……"

小孩子又不是你们拿来给学校保持记录的工具！馅蜜老师很想这样反驳她，但最终还是沉默地咽下了这句话，表示了歉意。

听馅蜜老师讲完这些，麻美在电话那头极度不耐烦地说："光是在电话里听你讲我都很生气了！这个点子真让人火大！"

"哎，不过，她说的那些话倒也不能说是错……"

听馅蜜老师替她解释，麻美干脆利落地反驳道："那不是性质更恶劣吗？她小时候就是那副德性吗？"

"总之就是特别认真的一个小孩。很认真，很老成，学习也好，一板一眼的……"

点子小学的时候，就是个模范优等生。

麻美回道："我懂，我懂，能想象出来。但是，她这样的小孩应该没什么朋友吧？"

"嗯……大家会想要拜托她，会佩服她，但是……也会疏远她。"

馅蜜老师努力回忆着，那个麻花辫小女孩的模样在脑海中浮现出来。当时有很多孩子会聚在她周围，想借她的作业看，但是周末大家要出去玩时，却没人邀请她。她当时的确是个孤独的优等生。

"中学呢？她读的是公立吗？"

"不是，她读的是初高中一贯制的私立，阳光女子中学。"

"这么厉害？"麻美在电话那头惊呼，"阳光女子，那不是超一流名校吗？"

"嗯……说实话，属于拼命努力才勉强考上的一所学校了。"她回忆起了当年的情况。因为考上了超一流的中学，点子的父母高兴极了，但是点子本人却一脸严肃地说："要是不拼命学，会追不上的。"紧接着就在假期报了英语课外班。

"的确是个超级认真的小孩。"

"嗯……"

"然后呢？她中学读得怎么样？"

"那就不知道了。她毕业之后就再也没和小学的朋友联系过，然后我也调去别的学校了。"

"那她给妈妈寄过贺年卡吗？"

"从来没寄过。"

"真意外。如果是优等生的话，这方面不是应该非常一丝不苟才对吗？"麻美这样说，随意地猜测着，"是不是她上初中之后，遭遇了什么事？"麻美说这句话的时候，语气稍微带点戏谑，但紧接着她又补充道，"我在这方面的第六感很准的。"

说这些话时，她并没有笑。

通话结束后，麻美又发了一封邮件过来。

关于点子，我想起有个朋友也是阳光女子毕业的。她现在三十出头，应该和点子算同代人，说不定她也认识点子呢。我准备找机会和她聊聊。

还有（其实这件事才更重要），哥哥的电脑里还有一些文字，我觉得可能会有帮助，所以也给妈妈发去一份。讲的是翔也不去上学的事。和之前发送给你的那些一样，都是以书信的方式写给翔也的。这个文档的保存时间是今年的三月十一日，正值3·11大地震一周年，哥哥是思考着这件事写下的这封信。看过之后，我真心觉得哥哥其实特别适合当老师。不知道妈妈看完会有什么想法。

馅蜜老师有意没在第一时间打开邮件的文档附件。

白天她本来和翔也商量着晚上吃，可是晚饭却做了翔也爱吃的炸鸡块。因为馅蜜老师觉得接下来可能会发生让翔也意想不到的事，所以想提前做点好吃的，算是对他先道个歉。两个人吃完了晚饭——馅蜜老师并没把自己那份炸鸡块吃光，一方面是因为她不爱吃油腻的东西，另一方面是因为她实在太不安、太紧张了，有点吃不下。

洗过澡之后，两个人都换上了睡衣，在客厅休息。

翔也坐在摆放着青鳉鱼缸的小桌子前，百看不厌地盯着那些游动的青鳉。

馅蜜老师对着翔也的后背开口道："那个，翔也……奶奶有件东西想让翔也看看。"

翔也身子没有动，只把头扭过来惊讶地问："什么呀？"

"在加拿大的麻美阿姨今天发了一封邮件，这封邮件和翔也关系很大。"

"嗯？"

"是你爸爸写给你的信。就是在他去世前不久写的。你不是说过，爸爸带你去和老师面谈过吗？面谈之后他就写了这封信。"

这一次，翔也整个身子都转向了馅蜜老师。

"奶奶会读出来，翔也听着就好。"

翔也看上去有些不安，他沉默了良久，然后慢慢地点了点头。

<h2 style="text-align:center">2</h2>

小翔：

今天晚上小翔睡着以后，爸爸和妈妈谈了谈。我们谈了很久，等到妈妈钻进你旁边的被窝时，已经过了夜里十点。爸爸还没睡，独自留在客厅，一边喝着红葡萄酒（要对妈妈保密哦），一边想了很多，也回忆起很多。想着想着，不知不觉已经凌晨两点了。再不睡的话，明早就起不来了。

爸爸把想告诉你的话都敲进了这封信里。要是明天改了主意（或者觉得不好意思），我可能会把这些字全都删掉。但总而言之呢，这些文字，代表着现在——2012 年三月十一日这一天爸爸的心情。

和以往的那些信不同（虽然现在小翔一封都还没读过），在这封信里，我准备放弃书面语，将小翔当成和我一样的男子汉来讲话。因为我仔细一想，爸爸以前也做过小学生，可以说是小翔的大前辈嘛。所以今天我就摆个前辈架子，来对小翔讲话吧。

小翔，从今往后，或许还有很多事让你难以习惯，或许还会有很多人说你坏话，说你是"怪孩子"，是"老外"。

虽然爸爸也觉得不甘心，但以上这些并不是预感，而是现实。在学校发生的这些讨厌的事、不对劲的事，在离开校园之后一样也会发生。对此，爸爸真的觉得很不甘，很懊恼；作为一个成年人，爸爸也为这些事感到羞耻，觉得这样真的很对不起小孩子们。但是，这的确就是现实。

也正因如此，吉村老师才努力和小翔强调，希望小翔能和"大家"步调一致。因为如果不这么做，以后你变成大人，会更难以适应社会。

对吉村老师来说，小学的作用就是传授知识和规范，帮助学生进入社会后能和"大家"和谐相处。

爸爸觉得，吉村老师这样想并没有错。但是，也不是只有这一种想法才是正确的。

你妈妈希望你能变得更强，就算适应不了学校，也不应该被打倒。她希望你成长为一个就算遇到讨厌的事，也要充满自信地告诉自己"我努力过了"的人，否则的话，你的人生会一直在逃避。

的确，你妈妈的想法也没错，但是，爸爸的想法和妈妈不同。

馅蜜老师告诉翔也，如果听到一些不太懂的词，不要不好意思，随时问她就行，但是翔也却一次都没有打断过。从他的表情中，馅蜜老师清晰地感受到，就算听到了比较难懂的词也没关系，因为健夫想要表达的情感已经切实地传达到了，被翔也理解了。

小翔知道的，爸爸的父母都是小学老师。你爷爷已经去世了，奶奶现在还在东京的小学教书育人（她可能今年三月就退休了）。

爷爷和奶奶，其实都不是特别"优秀的老师"。

但是，他们都是"好老师"。

"好老师"指的是什么样的老师呢？就是爸爸长大成人后，经常会觉得"如果我小学的班主任是我爸妈该多好呀"这样的老师。是那种和念小学时相比，反而在长大成人后才觉得"当时遇到这样的老师，真幸运""真希望自己小时候能遇到他们"那一类的老师。我想，这就是我心中的"好老师"吧。

爸爸当时的班主任，从入学到毕业，一共换了三位，都是那种很严厉的老师。有的在学习上严厉，有的在运动上严厉，有的在班级活动上严厉……

这三位老师都非常强调"大家"。在学习方面很严厉的老师，会对那种成绩很差的孩子说"不要掉队"，然后给他们多留作业。在运动方面很严厉的老师，一发现有人失误了、犯错了，就会发火说"别拖大家的后腿"。而那个在班级活动方面很严厉的老师呢，特别特别喜欢组织大家一起向着集体的共同目标去努力。

虽然没有小翔那么苦恼，不过爸爸在读小学的时候，也对"大家"很抗拒。我总是觉得好烦好累。所以，说真的，小翔能这样不去学校上学，爸爸其实有一点点羡慕，爸爸当年要是也能在特别难受的日子里不去上学就好了……

其实，你妈妈以前也不太擅长和"大家"一起呢，如今也还是这样哦。在成年人的世界里，如果不擅长和"大家"相处，就会吃很多苦、很多亏。吉村老师很清楚这一点，所以，你妈妈，还有吉村老师，才都希望小翔能趁还在读小学的时候，尽快和"大家"打成一片，多多锻炼这方面的技能。所以她们才那么想让小翔去上学。

可是，爸爸的父母就不是这样。尤其是你奶奶，她常说："所有的孩子都需要一个能够感到快乐的地方，所以，老师的工作，就是让教室成为让孩子们快乐的场所。"

读到这里，馅蜜老师的声音已经掺杂了哭腔。

你奶奶希望孩子们能把教室当成一个快乐的地方。这种快乐，并不只是电视节目演的那种有趣的快乐；"乐"这个字，其实还有"安乐"的意思。就是说，在一个地方待着，感到安心、放松，可以忘却烦恼，这也是很重要的"乐"。

对小翔来说，和巴西、秘鲁的好朋友们在一起的那个日语班，就是"快乐的地方"。可是，你在现在的小泉小学已经找不到这种地方了，所以你才会讨厌学校，觉得待在学校很难受，从而不愿意去上学。

可是，面对一个在学校里无法感到快乐的孩子，大人们应该怎么做，做些什么呢？我觉得这才是问题的重点。

爸爸在小翔和妈妈都睡着了之后，一直思考这个问题。嗯……嗯……真的很烦恼。渐渐地，爸爸心中反复念叨的那些话自然地产生了变化——

如果是你奶奶，她会怎么说呢？

奶奶的学生们为她起的昵称，浮现在我的脑海里。

如果是馅蜜老师，知道了小翔不去上学的这件事后，她会对你说些什么呢？

据爸爸所知，她似乎还没有过学生不去上学的经验，所以我也没法借助以前的记忆去回顾当时她的做法。

不过，爸爸可是馅蜜老师的儿子呢，虽然最近我们之间有点疏远了，但我们彼此的牵绊却从未断绝。

所以，我突然知道答案了。那感觉，就好像阳光突然从厚厚的云层缝隙之中射出光芒来一般。

馅蜜老师一定会对爸爸和妈妈这样讲："如果在学校没有找到那个让孩子感到快乐的地方，那就把家变成这样的地方吧，这是你们做父母的责任。"

　　而且她讲这些话的时候，一定还会带着说教的语气和表情。

　　然后呢，她还会对小翔说："如果学校和家中都没有感到快乐的地方，你也不要放弃。走出校园，走出家门，去更广阔的世界寻找吧！那个让你感到快乐的地方，一定存在着，就在某处等着你呢！"

　　此刻，爸爸的耳畔就这样清晰地回荡着馅蜜老师的声音。

馅蜜老师的眼前已经模糊成一片汪洋。透过泪眼，电脑的屏幕不断晃动，上面那些文字仿佛都融化了。隔着通透的水波，他看到翔也那张被自己的哭泣惊住的脸。

"奶奶，你还好吗？"

"嗯，还好。"她想勉强自己笑一笑，可眼泪就是止不住。

"翔也，我们稍微歇歇，好吗？"

馅蜜老师如此说着，从纸巾盒里连抽了好几张纸巾。

翔也稍松了口气一般，简单地点了点头。当她用纸巾擦干眼泪，视线再次变得清晰之后，才终于明白翔也刚刚为什么松了口气。

翔也的眼睛也红红的，挂着泪水；脸颊上还残留着泪痕，湿湿的，闪着光。

看到翔也的模样，馅蜜老师的泪水再一次忍不住奔涌而出。

"奶奶，爸爸信里说，如果是馅蜜老师的话会这样讲……奶奶怎么想呢，爸爸他说得对吗？"

当然了，非常正确——馅蜜老师想这样回答翔也，但是难抑的呜咽使她无法发出声音。她只得用纸巾拼命擦着眼睛，不停地用力点头。

说真的，究竟正不正确，其实她也不知道。或者说，那些她自己没办法很好地用语言表达出来的想法，是多亏了健夫的这封信，才帮她说了出来。

不过，她真的很高兴。健夫很懂得她身为老师这些年一直认真贯彻的信念。而且，明明她这个做母亲的并没怎么祝福他和小薰的婚姻，可最后的最后，他还是对母亲表示了谅解——或者说，她相信健夫已经谅解了自己。

所以，馅蜜老师决定再也不犹豫了。不管点子怎么说，她都要帮翔也找到那个让他感到快乐的地方。就算会花很多时间，就算会走很远的路，她都能接受，因为她早已决定要成为翔也的家人了。

健夫那封信的最后，又提到了在太平洋遨游的青鳉。

小翔，从我们成为家人到现在，其实才过了三年。

如果将家族的历史比喻成一条河的话，我们现在还处在非常接近水源的上游地区。河水会沿着溪谷奔流，其间会经过许多巨大且嶙峋的岩石，还会有瀑布，水流湍急、冰冷。我们这小小的青鳉一家，要为了活下去拼命努力。最重要的是，我们一定要手牵手，别被冲散。

河流会流下高山，流进田野，润泽城市。河流会变宽，河水会变深。流速虽会缓和，但也相应地会有更多沉淀，水质或许还会被玷污。

到那时，我们一家人会变成什么样子呢？有小翔，有妈妈，还有小翔的弟弟或妹妹，还有我。到那时，你还没出生的弟弟或妹妹应该已经会说话，会喊你哥哥了。到那时，我在小翔眼中，是否已经成为一个真正的父亲了呢？

我们是青鳉一家人。小小的，弱弱的，不像鬼鲉那样长着刺，也不像鲨鱼那样有尖牙。

青鳉看似寻常，但因为这种鱼对水质恶化和河流工程等水文环境的变化比较敏感，所以现在已经属于濒危物种了。

我们一家，或许会为中下游的水污染问题所苦恼，也有可能会被堤堰分隔入上流和下流，在分流下被冲进左右不同的分支。即便如此，河流终也会奔向大海。

倘若我们中途分开，那么就在大海团聚吧！

如果从水源到入海口的这段河流的旅途之中，没有找到让我们感到快乐的地方，那我们就在大海之中遨游，在大海之中一起寻找吧！

我们约好了，我要成为小翔的爸爸。那种不停地拉着孩子奋进的爸爸，似乎和我的性格不太相符。不过，我可以等着你，一直到小翔找到那个感到快乐的地方为止，一直等下去。我想成为这样的爸爸。就算全世界的大人都在催你前进，我还是会告诉你："慢慢来，别急。"

所以，小翔，请你放心地去找寻那个地方吧。在广袤无垠的世界里，慢慢地、慢慢地寻找自己的容身之所吧。

青鳉，游向太平洋吧——

馅蜜老师正要吸鼻子，就听到了翔也的呜咽声。这一次，翔也赶在了自己前面。当然，作为奶奶，馅蜜老师非常乐意看到翔也率先表达情绪。

"奶奶要去睡了，翔也可以按你的心情，按你的节奏，'自行自在'地来，是这么说的吧。"这是阿踢教他们的一句北三陆地区的方言。"自行自在"，意思是——海啸来临的时候，不要去找人也不要去喊人，只考虑自身安全，自顾逃命，这叫做"海啸自行自在"。

"咱们家今晚也来个自行自在吧，晚安啦。"

馅蜜老师将自己刚才使用的纸巾盒子放到翔也面前，站起了身。

翔也眼睛盯着电脑的屏幕，很小声地说了一句谢谢，他的声音还有些发抖。老师假装什么都没有注意到，哼着歌离开了餐桌，坐回到了摆在客厅的鱼缸前。

她不会再动摇了。她是翔也的奶奶，是他唯一的家人，他们接下来要向着什么方向、怎样走下去，她已经彻底想清楚了。她终于找到了一条确切的道路，她和翔也要相互陪伴着走下去。

入夜后，气温下降，青鳉的活动会有些迟缓。缸中的五条青鳉几乎都一动不动，在缸内那若有若无、几乎无法被称之为是在流动的水波之中漂荡着。

很遗憾，她至今没办法将这五条青鳉区分开来。不过，这五条鱼中，有一条会浮到离水面最近的地方，就仿佛是为了保护另外四条，特意努力接近危险的水面一般。馅蜜老师决定就把这条鱼称作健夫。

小健——

她没出声地对鱼缸里的那条小鱼说着话。

你放心吧。你这个爸爸的所思所想，翔也他已经全都接受了。我也会好好接过你这一棒，努力成为翔也的奶奶。请你远远地守护我们吧。

她对着鱼缸双手合十，闭上双眼，低下了头。她并非有意，而是十分自然地这样做了。

在她背后，传来翔也拉动椅子的声音，她感觉到翔也走近了自己，于是她轻轻睁开眼，微微回过了头。

翔也就跪在离她很近的后方，和她一样对着鱼缸双手合十。

3

第二天是星期二，馅蜜老师带着翔也一起去了多摩丘的新城。他们事先约好了，要去看望昨天刚刚入院的秀吉。

秀吉在太太理香的陪伴下，躺在四人病房中靠窗的位置。

见到翔也，他抬了抬手打了声招呼。看到馅蜜老师之后，他嘻嘻笑着问："您变年轻了没有哇？"随后操纵电动升降的床面，抬高到能和馅蜜老师平视的位置。紧接着他又一脸认真地说："真的，您看上去比之前在北京浜见面的时候要年轻哦。"

和重疾做斗争的人，在承受痛苦的同时，或许也拥有了看透事物本质的能力。

理香将馅蜜老师引到床侧的椅子上坐下。

"今天需要检查吗？"

"傍晚要做的，今天只查一项，明天开始就从早到晚都要做检查了，夜里还得背着动态心电图监测仪。总之就是检查检查再检查，清净日子也就到今天吧。"

说到这儿，秀吉闻了闻上衣的衣襟："明天开始，这衣服上就全是医院消毒水的味道了。"

老师和翔也都不知道该如何接话，于是大家陷入短暂的沉默。

秀吉似是要将这沉默驱散一般，突然语气明快地换了个话题："啊，对了！前天晚上我和阿踢在电话里聊了一会儿。"

他和阿踢约好了，等出院之后要再去北三陆做志愿者。

"这回我会带着儿子们一起去。最小的那个不好说，但是上面两个哥哥多少都能干些力气活了。"

阿踢也在电话里表示非常期待。

"我还请他给我寄些三陆产的裙带菜呢，因为我现在脑袋都成这样啦。"他一副玩笑样，摸了摸自己那因为化疗副作用掉光了头发的头顶。

"他说要送我最好的那种，那家伙真是个贴心的好人啊。"说罢，他扭头远望着窗外广阔的新城街景。

由于担心秀吉太疲劳，馅蜜老师他们早早就离开了病房。理香一直送到了电梯口，然后给馅蜜老师使了一个眼色。于是老师让翔也先去外面，她们俩坐在了电梯旁休息区的椅子上。

按秀吉的说法，馅蜜老师是变得更年轻了，但和她这变年轻的老人相比，理香却比出发去北三陆前那次见面的时候要更加疲惫、苍老。

老师预想得没错，秀吉的病情比较悲观。化疗的效果非常差，上周的检查显示，癌细胞已经转移到大脑了。老师回忆起自己当年陪护宏史的那段日子，她知道，接下来癌细胞的推进速度会肉眼可见地越来越快，病人的体力也会越来越差。

这次住院，不知道他的身体能不能撑得住这么多必要检查。可能没多久就会从医生那里接到缓和治疗和延命治疗的告知说明了。

"关于还能活多久这一点……"理香说到这儿，稍微顿了顿，努力用平淡的语气说，"快的话，就是夏天了。"

秀吉知道癌细胞已经转移，也知道自己时间不多了。他明明都知道，却还和阿踢订了顶级裙带菜。阿踢的确贴心，可最贴心的，还是秀吉。

"可是，他还是说一定要再去一次灾区，而且要带着儿子们一起去，让他们看看那边的情况，帮一帮那边的人，出点力……这件事成了他坚持下去的动力。"

秀吉是一个父亲。是一个希望用自己的生命，向孩子们传达些什么，留下些什么的父亲。

"到时候可能又要受阿踢照顾，给他添麻烦了，也请老师您代为转达。"

理香从椅子上站起身，深深对馅蜜老师鞠了一躬。

老师努力露出微笑，对她点头道："到时候，请太太您也一起去吧！"

秀吉同时也是一个丈夫，他想要对太太说的话，一定还有很多很多。

理香抬起头，眼睛红红的，有点湿润。老师掩饰着自己的害羞，在心里小声对自己已逝的老伴宏史说："你当时可什么都没跟我说呢！"说完之后，她暗暗耸耸肩，对着脑海中浮现出的那张宏史的脸微微笑着，还有些嗔怪地瞪了一眼。

馅蜜老师和翔也从多摩丘回到家后，点子的电话就打了进来，仿佛是提前掐准了时间。

“再这么下去也不是办法，明天放学之后，我会和班主任森中老师一起去您家做家访。”

她的口吻并不是在商量。

“明天傍晚四点到您家。”她单方面地通知，不，甚至可以说是命令道。

馅蜜老师放下听筒，忍不住叹了口气。点子认为不能再这样不去上学了，馅蜜老师对此十分理解。可是，阐述观点的表达方式也不是非要如此强硬吧。

其实，点子小学时候就是这样的孩子，总是比较激烈地标榜“正确”，一遇到出错或失败，她就完全无法谅解。每当大家遵循着“正确”的做法，齐齐整整的时候，她就是活力非凡、统领全班的领头人。可是一旦大家的步伐乱了，她的情绪就会变得糟糕，开始极端地追究无法贯彻“正确”的责任。“是我错了吗？我没错，对吧？”她会这样反复强调，一步一步将对方的反驳和借口击溃。

她做得很对，没有错。被她训斥的一方，常常会露出不服气的表情，嘟哝着“你说得倒没错啦”，因为没办法正面提出反对意见，所以大家都在心里逐渐积攒起不满和逆反。点子把借口逃避的路封死了，对方只能别扭地垂着头，或者噘着嘴把脸转向一边。就这样，点子最终成了孤独的优等生。

像点子这样的学生，馅蜜老师还教过几个。不过，在念小学的时候总是一副得理不饶人的模样，热爱标榜"正确"的小孩，大部分随着年龄增长，在成年后都能认识到"正确"并非万能武器，最终学会妥协。虽然不知道这是好事还是坏事。

每当开同学会的时候，馅蜜老师再见到那些小学时"孤独的优等生"，发现他们的性格圆滑了许多的时候，她都会同时产生安心和寂寞两种情绪。

然而，点子却不一样。她如今仍坚定地相信"正确"的强大。在馅蜜老师看来，她实在有些可怜。

第二天，整个上午馅蜜老师都在紧张中度过。翔也也难掩不安的神情，声音微弱地对馅蜜老师道："奶奶……对不起。"

"没关系啦。"

虽然馅蜜老师这样笑着安慰他，可是翔也仍旧十分担心："是不是因为我，害得奶奶被人训了？"

虽然健夫在信里并没提过，但当时在小泉小学的那次三方面谈，班主任吉村老师应该是对健夫说了不少语气很重的话。

"不用担心！奶奶可是今天要来家访的老师的老师

呢！那个老师还在读小学的时候，奶奶就很熟悉她了，所以应对她是游刃有余啦，我还要反过来说教她呢。"

馅蜜老师这番话，一半是开玩笑，一半也是认真的。

即便没到"说教"这么严重的程度，她也会作为老师这一行的前辈，以及人生的前辈，告诉点子："你再试着放松放松身心吧。"虽然"正确"很重要，但"幸福"更重要、更珍贵。学校，并不是单纯为了教育孩子们走"正确的人生道路"而设置的场所。学校的存在，是为了让孩子们度过"幸福的人生"，所以才要将必要的知识、智慧，还有"正确"教给他们的，不是吗？

下午三点钟过去了。翔也吃过午饭后，就一直待在二楼的房间里。馅蜜老师上午出了趟门，去车站前的和果子店买了樱饼和高级的玉露茶。她希望大家能吃点甜的，喝点好茶，稍微放松些。谈话的间隙，也可以去鱼缸边瞧瞧里面的青鳉——它们正悠然寻找自己觉得舒适的位置。她希望点子也能多少感受一下这种悠然的节奏。

但是，已经到了约好的四点钟，门铃声仍旧没响起来。又等了五分钟，十分钟，还没动静。

正觉得奇怪，森中老师打来了一通电话。

"实在抱歉，迟了这么久才联系您。"森中老师的语气有些焦急，"其实……学校这边出了点事……现在整个都乱套了……"

是二十人二十一脚出了问题。

当然，事故并没有夸张到会被媒体报道的程度，所以也很难知道究竟发生了什么。对小孩不去上学的家庭来讲，学校离家再近，仍然十分遥远。

馅蜜老师找了过去的同事，托了些关系询问，花了一晚上时间收集信息。到第二天，她陆续掌握了整件事情的始末。

"总之呢，就是那种有点麻烦的家长嘛……"电话里传来她的后辈三好老师的声音，口齿略有些模糊。听上去他不但对整件事感到困惑，而且对被迫卷进事件之中的老师也感到同情。

发生事故的班级是杉木小学六年2班——正是点子从四月开始带的毕业班。

"您知道杉木小学是全校推行二十人二十一脚的对吗？"

"嗯……"

"六年2班的班主任特别拼，那个活动似乎就是她和校长主抓的。但是在其他老师看来，很多都真心觉得挺疲劳的。"

这一点馅蜜老师并不知道。三好老师是同一学区内中原小学的副校长，是男老师。他并不是那种爱偷偷说人坏话的人，所以点子同事的"真心"，或许就是真正的心里话了。

"然后啊，那个六年2班毕竟是她亲手抓的，速度非常快呢。"

"这个班之前在地区运动会上拿过奖吧？"

"对啊。那个比赛我们学校也参加了，我问了一下参赛班级的班主任，据说六年2班非常厉害，明显接受过相当高强度的训练。"

今年四月，六年2班加入了一名转校生——换句话说，这个选手二十人、候补三人的班级，迎来了新鲜的战斗力。

"那个转校生啊……嗯，我倒是也掌握了些信息，暂且不说姓氏了，叫她由记同学吧。这个由记同学呢，在之前的学校打过篮球，还参加过游泳部，属于在运动方面比较有自信的小孩。"

"但是啊……"三好老师的声音放低了一些，"二十人二十一脚这种东西，就算是运动能力强的小孩，也不可能加入之后马上表现得很好，对吧。"

馅蜜老师低声赞同着。

由记不单运动好，学习也很好。她做事很认真，而且胜负心很强。

"哎，虽然作为老师这么说有点那个……但是这种小孩转学过来，其实挺难搞的。"

听对方这样讲，馅蜜老师实在不愿附和，但其实她明白那种感觉。

小学的，尤其是接近青春期的高学年的人际关系，其微妙和细腻的平衡，成年人见了也会大吃一惊。如果一个做事非常认真的转学生突然加入，人际之间的平衡会大受震动。从积极角度讲，已经固定了的班级会在转学生的刺激下变得活跃起来，但如果这种刺激过强，整个班级就可能会被搞得四分五裂。

"其实由记加入六年2班这件事本身，也经历了点小插曲。"

她本来是要进六年1班的，但是1班的班主任却不太愿意。1班是好不容易从五年级稳步升上来的一个团结的班集体，班主任希望他们班还能维持原有的成员不动。简单来说，转学生被当成了麻烦。

馅蜜老师一阵火大。要是她还在一线教书时有同事说出这种话，她一定会在教职工会议上直接呛声：你这算什么老师！

三好老师苦笑着说："是呀，通常情况下，这种任性话说了也没用的。大家本来准备说服1班班主任的，但是2班的老师自告奋勇说她们班来接。"

说这话的老师就是点子。她这样说，与其是为走投无路的转学生考虑，不如说是想展示一下自己搞定学生的手段，或许也带着些想要对1班班主任表示"我和你可不一样"的态度吧。

"所以呢，由记就进了2班，也就加入了二十人二十一脚的队伍，不过一开始她是候补选手啦。"

结果，由记因为生性争强好胜，根本受不了做候补。她父母听孩子回家这么一讲，勃然大怒，跑去学校大闹："凭什么我们家孩子是转学来的就要歧视她！"这件事发生在这周一，也就是三天前。

点子被由记的父母斥责了一通，但毫不动摇。校长被由记父母那副剑拔弩张的样子搞得十分头痛，可另一边，点子却异常冷静，逻辑清晰地搬出 DVD 录像展示给由记父母，还滔滔不绝地演说："二十人二十一脚是一项难度非常大的竞技项目……"

"剑拔弩张……"馅蜜老师注意到了对方话里比较靠前的一个形容词，"刚才你也提到，由记的父母有点难搞，对吧？"

三好老师带着些许迟疑承认："嗯，是啊……总之就是有点'魔鬼'的那种难缠父母……不过，这也只是传言。"

似乎由记转学来杉木小学，也是因为她父母和之前那所小学闹了许多不愉快。"所谓不愉快，大致就是'不要让我们家小孩去当给别人盛饭的值日生''让孩子打扫厕所不是体罚吗'这一类的。"

说罢,三好老师叹了口气。馅蜜老师也叹了口气道:"原来如此,我明白了。"

话题再次回到点子身上。"不过,既然对方是那样的家长,讲道理恐怕人家也不会听吧?"

"是啊,不如说是起了反效果。硬掰道理,对方找不到台阶下,事情就愈发难搞。"

"是啊,的确……"

馅蜜老师在一线教书的时候,也遇到过这种难缠的魔鬼家长,这类家长脑子里只有自家小孩,所以会一个劲地投诉学校、同学、其他学生家长……非常执拗,且毫不自知。

遇到这种家长,绝对不能想着用摆事实讲道理去让对方低头。这是原则,绝对不能把对方的退路直接堵上。一边要维护自己一方的"正确",同时也要维护家长的尊严。要在安抚的同时,尽量去认可、谦让对方,紧紧守护住坚决不能让步的那一点即可。

但是,点子是不会周旋和退让的。她紧抓自己的"正确",步步紧逼由记的父母,把对方彻底惹火了。双方的讨论最终在各说各话里终结,由记的父母愤怒离开。

校长担心这场冲突之后还会继续,十分不安。可点子却不为所动，甚至还游刃有余地鼓励校长道："别担心，我们可一点错都没有。"

可是，成年人勉强维系的"正确"，在小孩子的世界里可就没那么绝对了。

星期一晚上，由记应该是听父母回家讲了来龙去脉，于是在星期二——就是前天，一到学校便揪着一个叫高志的男生说："我们比赛跑步吧，要是我赢了，你就把你的名额让给我。"

由记不单是个争强好胜的小孩，她头脑也十分冷静清晰，之前一直在观察大家的情况，也看穿了同学之间的人际关系和地位。她发现，在二十人二十一脚中，那个叫高志的男生是跑得最慢的。按她的思路，跑赢了这个男生，自己就没理由当替补了，一定能顶替他成为正式选手。对由记来说，这就是她心中的"正确"。

一开始高志不愿意接受由记的邀战，说自己才不要和女生比赛。于是由记当场宣布道："哦，那你就是不战而败喽？好啊，那这就分出胜负了，你输了！"

班上的同学对由记这种硬来的做法都感到为难。因为比起速度，二十人二十一脚更多是要看大家互相之间的节奏配合，可是由记却越过这一点，嚷道："如何呢？要比吗？直接不战而败吗？"在小孩子们的世界里，要比试"正确"与否，很多时候靠的就是音量和气势。

无奈，高志只好同意比赛。结果由记赢了。不过，在开始的瞬间，由记似乎略微抢跑了。不过要说这件事，就又是一番扯不清楚的纠缠。

"那我就是正式选手了哦！没问题吧？因为我跑得更快啊，没意见吧？"

没人有意见。但是大家都互相使着眼色，之后又互递小纸条，暗暗制定了一套"复仇计划"。

六年2班的目标是成为二十人二十一脚的"史上最强班级"，所以每天放学之后，有时间的同学都会一起练习。

这种只是自由练习，所以班主任点子是不参与的。万一受伤了，出了事故怎么办呢？完全不管这些孩子能行吗？面对这样的质疑，点子认为没关系，她非常信任同学们的自主性。但是她这个观念，是建立在去年开始就维持了相同阵容这一前提上的；然而，这一前提，已经在点子不知情的情况下崩塌了。

"今天起由记同学就加入我们了，大家一定要慢慢来，跟着由记同学的节奏跑哦。"队长龙太这样讲，大家都答应着。但其实这正是"复仇计划"的一部分。龙太有意带着一种"我们很照顾你，你得对我们感恩戴德哦"的语气，让本就好胜的由记听得一肚子火。

练习开始了，最初的几次，大家都是用非常慢非常慢的节奏在跑，"一、二，一、二"的喊拍声，也像是接纳了什么低学年小孩加入一般，说好听点是温柔，难听点就是把新来的当傻瓜。

果不其然，这样反复几次之后，由记十分不悦地说："喂，就不能把速度提快点吗？"

等的就是这句话——大家都默默笑了，但是嘴上还在拱火："可是，要是我们认真跑起来，由记肯定会摔倒的哦！""对呀对呀，你可是初学者！""没关系吗？""摔倒了可能会受伤的。"

由记被惹恼，也回敬道："没事！不就是二十人二十一脚吗？是个人就会啊！"

"呵呵，那要是你摔倒了，就自己负责哦，可以吧？""好啊！反正我也不会摔的。""受伤了也要自行承担哦。""谁会受伤啊！"

就这样你一言我一语，最后大家站成一排，这次是拿出真本事来跑了。

大家故意在喊"开始"之后先拿出七分的速度奔跑，等到喊第四次"一、二"的号子时，突然加速疾跑——这杀了由记一个出其不意，她向前猛地一趔趄，为了稳住步子用力一踩，于是脚腕一扭，摔倒在地。

由记没在大家面前喊疼，而是大骂左右绑在一起的同学："都是你跑得有问题！""我是觉得你摔了比较可怜，才代替你跌倒的！"

随后，她甩下一句"突然想起我还有事，先走了"，拖着受伤的脚离开了。

馅蜜老师坐在鱼缸前，漫不经心地望着缸里的五条青鳉，深深地叹了口气。

快中午的时候，她已经从三好老师他们那边收集到了许多相关信息，基本梳理出大概经过了。但是知道得越多，就越觉得头疼。

从学校回了家，由记的妈妈带她去了医院，诊断为右脚扭伤，需要一周时间才能恢复。虽然算不上重伤，甚至也有人觉得是不是真的伤了都很难说，但是由记把自己受伤的经过全都告诉了父母。不过，也有不少人觉得她会添油加醋说得很夸张。

总而言之，由记的父母在昨天——星期三一早，又找去学校大骂。

由记的双亲对着校长和点子执拗地抗议，甚至扬言要叫警察，要打官司。

点子先请校长顶住了由记双亲的攻击，自己则匆匆回到六年2班的教室，找同学们询问事情原委。到那时，她才知道了"复仇计划"的事，以及之前由记和高志的赛跑事件。

馅蜜老师看着鱼缸，青鳉们浮到水面附近，嘴巴一张一合。它们从昨天开始就不怎么精神。翔也今天早上说它们吃东西的样子看上去也不太好。这五条鱼原本的命运是成为大鱼的口粮，如今，它们似乎也很难继续再活下去了。

在由记双亲的愤怒之中，的确存在着作为双亲的"正确"。就算无法接受这种"正确"，也不可能凭空将其抹掉。由记受伤了，是被害者，而研究出"复仇计划"的同学们则是加害者。要推翻这一论断的"正确"性，也是很难的。

点子一直都在强调和宣扬着"正确"，事到如今，她恐怕第一次被"正确"本身的强大所回击。

过了下午三点钟，快到放学的时间，还是一直没收到点子的消息。以点子的性格，原定在昨天的家访不可能就这么当无事发生了；至今尚未联系，只能说明她仍被由记的父母纠缠吧？

翔也下午去了区立图书馆，说是要去找鱼类饲养的书，想办法让青鳉们恢复精神。他还准备回家路上再去趟购物中心的宠物商店，和那边的店员打听一下方法。

青鳉，馅蜜老师当然也很担心，但眼下点子的事更令她心忧。

由记的父母逼着校方把"复仇计划"主谋的名字供出来，他们不单要求赔偿治疗费，还要把问题扩大到对转学生的霸凌上。点子会答应由记的父母，将那些孩子的名字供出来吗？还是会当场拒绝对方的要求呢？点子心中的"正确"一定是保护六年2班的学生，自己一个人担下由记父母的怒火。这很好，或者说，她必须这样做。可是，点子坚持的"正确"在由记父母那里根本行不通，甚至还有火上浇油的危险。不管多么合理，但在解决这件事上都起不到作用。那这种"正确"，真的还能称之为"正确"吗？

馅蜜老师是个久经沙场的老老师，倘若她在点子身旁，肯定会一边语气缓和地安慰由记的父母，一边像解一团打结的毛线一般，慢慢地、丝毫不焦躁地，将由记双亲那高扬的怒火一点点软化下去。她或许还会对点子说：由记父母这边有我，你去班里抚慰一下同学们的情绪吧。

然而，实际情况是，根本没人出来帮忙。中原小学的三好老师说："那个老师啊，貌似在教职员办公室里也不太合群呢。教职工大会上总是一副很有理的模样，到处指责别的老师，所以大家都挺反感她的。"

真的不要紧吗？该不会吵得更厉害、事态变得更复杂了吧？馅蜜老师担心得坐立不安，就这么挨到了下午四点。

此时，电脑突然发出新邮件的提示音——是麻美发来的，邮件名是"关于点子"。

麻美在邮件里先写了这么一句："也不知道是不是应该告诉妈妈这些事。"

随后，便是关于点子在阳光女子中学的经历，读来令人难受极了。

麻美还不知道二十人二十一脚出状况这件事，可是馅蜜老师越是往下读这封邮件，越觉得点子在老师群体里被孤立，或是和由记的父母争执不清，这些都是必然会发生的。

点子在阳光女校并不叫"点子"，她没有昵称，只有"佐野同学"这么个名字，也就是说，班里甚至没人会给她起外号，大家只喊她的姓氏，再加一个"同学"做后缀。可以说，大家对待她都蛮疏远的。

但是，情况和小学时候并不一样，大家不是因为她是优等生，所以对她敬而远之；恰恰相反，就和点子小学毕业时所担心的一样，进了阳光女子中学之后，她在学业上逐渐吃力起来。在公立小学里认真严谨、爱起模范带头作用的那种小孩，到了有很多归国子女的名门中学里就完全不顶用了。所以，她就连发表个人意见都会胆怯，后来就彻底泯然众人了——不，如果把学业方面也加进来的话，那可以说是彻底不起眼的存在了。

虽然她在学期间应该没有遭受霸凌，但是读初中、升高中，她一直都跟得蛮辛苦的。课外活动完全没参加过，也基本没交朋友，就一个劲地学习、学习。可是，她考试成绩却一直飘在很差的那一档……

当然，她的差，也是在全国首屈一指的超级名门中学，阳光女子中学的"差"。与其说是点子失败，不如说是身边的同学太优秀了。她中学考试原本的志愿学校其实要比阳光女子低一档，如果她当时选择了自己本来想去的那所学校，她本不会在班级里那么不起眼的。

　　我联系了她当年的初中和高中同学，问了很多问题，可是关于她，大家基本什么都不记得了。总感觉……这恐怕是最悲哀的一种情况吧……

馅蜜老师的感想和麻美一样。

阳光女子中学是初高中一体的学校，几乎全部学生都会参加高考。在这所学校，考上所谓的一流大学是非常稀松平常的一件事，还有不少学生会考去海外的大学。最近越来越多的学生还会选择高中中退，直接入学海外高中继续学业。

大学毕业之后的职业选择也是多种多样。医生、律师、研究员、官僚、国际机构的职员、外资企业的商务人员、翻译家、政治家……而且，很多人也不愿走纯粹的精英路线，而是选择在学生时代就开始创业，或者创立支援海外儿童的NPO组织，抑或是关注后继无人的传统工艺，做这些工艺匠人的弟子，还有的人选择演艺、电影道路……可以说，大家的选择非常符合这所学校自由且富有个性的校风。

在这样一群同学里，选择做小学老师的，反而是少数派。

麻美在邮件里这样写道：

> 这么说或许会让妈妈很不爽吧，但说实话，大家就是会有一种"阳光女子中学毕业的，竟然跑去学校做老师？"的感觉。不只是从那儿毕业的人会这么想，像我们这种外人其实也有这种感觉。当然并不是因为瞧不起老师这一行，而是觉得阳光女子中学毕业的小孩，应该更加自由，更有个性一些，甚至是能够从学校的条条框框中跳脱出来的那种……和老师这一行的要求并不相符。

点子的同学里，没有一个人做了老师。说不定，就是因为只有她一个人会这么选，所以她才走上了老师的道路——馅蜜老师突然产生了这样的猜想。

进入社会两三年之后，他们举办了中学同窗会，点子也出席了。

因为她在初高中都很不起眼，所以大家一开始都在互相小声打听那人是谁，几乎记不住她的名字。

出乎意料的是，大家喝了些酒之后，点子就变得越来越活泼了。

她一个劲地说在学校当老师是多么美好的一件事，那个努力游说的样子把大家都吓得直躲。最后她喝得烂醉，嘴里一直在念着："我没输，我没输……"

这个人啊，真让人替她难受……

读完邮件，馅蜜老师从电脑旁走开，急急忙忙换了衣服。

她给翔也留了一张便条，上面写着："奶奶有急事出门，如果晚饭的时候还没回来，翔也就去便利店买盒饭吃吧。"她连同便条，将一张 1000 日元的纸币一起放在了餐桌上。

可是，准备了一大圈的便条和现金其实都没什么用。

因为就在她手忙脚乱跑出家还没几步时，就和回家的翔也遇上了。

"奶奶？你要去哪儿啊？"

便条上没写她要去哪儿，馅蜜老师一瞬有些迟疑，但反正她也不能一直瞒下去，于是就老实回答："要去杉木小学。"

"因为我的事吗？"

"嗯……可能会谈到翔也，不过奶奶去是为了别的事。"

"是那边喊奶奶过去的吗？"

"不是啦，是奶奶决定要主动去见见的。"

"见谁啊？"

"见奶奶以前的学生，就是之前和翔也说过的，点子老师。"

"就是昨天说要来家访，但是没来的老师吗？"

"没错，所以我才要主动过去呢。"

也不知道点子和由记父母的争论发展到了什么程度。但是，估计无论如何也不会欢迎她去的。即便如此——不，正因如此，她才想去，她必须要去。

要是点子走投无路，她就去推她一把；要是她一直在拼命解释，就双手搭着她的肩膀，让她冷静；如果她不知道该向哪个方向前进，丧失了方向感，那就去牵住她的手。

她是她的学生，而她是她的老师。不论毕业多少年，她们之间的关系都是不会变的，她也不想改变。

"奶奶，我能一起去吗？"

"欸？"

"可能会给奶奶添麻烦……但是，我想听听奶奶会和那位点子老师讲些什么。"

4

杉木小学的大门口，几个戴臂章的老师正在目送学生放学。这样既是为了和孩子们交流，也是为了保证放学后没有可疑人员进出校园。最近很多学校都把力气花在了警备方面。当下学校这样的做法，令人感到悲伤、难过、气恼……可是，面对现实问题，又无法否定这种做法。

杉木小学也是一样的，虽然老师们都对孩子们温柔地微笑着，可是仔细一看，他们之中有的正紧握紧急时使用的口哨，有的则将手背在身后，抓着一瓶防攻击用的喷雾。而且，一看到放学回家的小孩子暂时走空，没有后续跟上的小孩，老师们的紧张表情就显露无遗。他们一边交头接耳，一边担心地望着教学楼的方向。

与其说是担心不知是否会出现的可疑人员，不如说，他们是在担心已经闯进学校的麻烦人物的一举一动，在为突发事件做着万全的准备。

而麻烦人物，应该就是……馅蜜老师心里泛起一股不祥的预感。

她走近一个身穿运动套装的男老师，问道："您好，打扰一下……"

"嗯？"男老师答应着，扭头看过来，他那表情有一瞬间显得十分严肃。

"请问，六年级的佐野老师和五年级的森中老师现在都在办公室吗？"

"……不好意思，请问您是学生家长吗？"

幸好，翔也跟她一起来的。"是这样的……这个孩子呢，要转学到这里的五年级……然后关于学校方面，我们有些问题想问……之前说好会有佐野老师或者森中老师带我们熟悉一下校园。"

"请问您事前预约过吗？"

"没有。不过，您和他们说是'杉田'来了，他们就会知道的。"

老师们困惑地你看看我，我看看你。其中一位中年女老师勉强露出一个僵硬的微笑，说了句"请您稍等"，随后拿出手机联系起了办公室。

点子那边，据说是在接待客人。估计就是由记的父母吧。

"可能要稍微多花些时间。"

从传话的那位女老师的表情看来，事情似乎相当棘手。"不过，森中老师那边没有问题，所以请您直接去办公室吧。"

女老师说完，又有个老师拿来一个写着"来校记录"的笔记本和笔，递给了馅蜜老师。来校时间、离校时间、姓名、住址、联系电话、来校目的、面会老师姓名……填写了一串必要信息后，馅蜜老师和翔也拿到一个挂着绳子，写着"来校人员"的卡片。馅蜜老师拿着那个挂件，忍住了叹息。

"那请进吧。您直走就行，森中老师就在玄关前等您。"

一通折腾，总算是走进了大门，踏进了校园里。两个人在校园里走着，馅蜜老师问翔也："小泉小学，是不是没有这些要求呀？"

"嗯，大家都是随意进出的，还有人在校园里遛狗，工厂上班的巴西人会在休假的时候进来踢足球……"

据说在酷暑的夏日，学校游泳池还会有日裔巴西人游泳。

老师苦笑。看来，和东京相比，上毛市要随意得多。或者说，那里的治安程度，可能整日提心吊胆的也没什么用。话虽如此，但学校这种地方，比起严格细致，似乎自由随意些才更好——或者说，馅蜜老师希望它是个随意的地方。

"巴西人真的特别擅长踢足球，他们还教我们凌空抽射什么的。"翔也兴致勃勃地说。

即便小泉小学是那样的环境，翔也仍旧对"大家一起"的要求感到局促，不愿去学校。那么像杉木小学这样的一所"大家一起，但是外人免进"的学校，他又怎么可能适应呢？

森中老师在办公室的接待区迎接了馅蜜老师和翔也。

他应该感到很困惑吧？馅蜜老师明白，估计自己给他添麻烦了。所以，她更要跳过烦琐的解释，直奔主题。

"二十人二十一脚的事情，我收集了不少情报，大致的前因后果我都掌握了，应该出入不大。"

这样啊……森中老师点了点头："眼下，那位同学的父母都还在校长办公室呢，佐野老师、校长、副校长都在办公室接待。"

"目前……是什么情况？"馅蜜老师小心翼翼地问道。森中老师看了一眼校长室的门，摇了摇头。

他们进去已经快两个小时了。据进去端茶的女老师说，听到对话里冒出了"教育委员会""媒体""律师"还有"网上"一类的词。

"看来，点子和对面家长互相都没有让步啊……"她本来应该叫她"佐野老师"的，可却不由自主地喊出了"点子"这个名字。

听馅蜜老师这样说，森中老师突然露出了一个微笑。"看来她还真的叫点子呀。"随后他又问，"杉田太太您在学校用的还是旧姓'安藤'，因为叫安藤美津子，所以昵称'馅蜜老师'，对吧？"

森中老师说他是在新学期开始前听说这些的。春假期间意外同馅蜜老师再会后，点子对森中老师说了翔也的事，同时谈到了自己的小学。

"佐野老师还是头一回谈到自己的过去呢。那个老师虽然特别喜欢参与讨论学校教育和儿童心理，但却很少提到自己。"

可是……森中老师继续道："她接下来聊了很多自己小学时候的事，她当时在班上特别受欢迎，对吧？不是那种优等生，而是那种调皮捣蛋、很爱聊天的女生小群体里的领头人。"

欸？——馅蜜老师险些忍不住反问出声，她甚至没能控制住自己的表情。

点子口中那个过去的自己，和实际上的她完全相反。

"佐野老师说她念小学的时候，根本连做梦都没想过自己会想当老师。因为能成为老师的，一般给人的印象就是认真努力的优等生嘛，和她小时候正相反，所以她觉得自己肯定不适合。"

不，全都不对。

"可是，当时是馅蜜老师告诉她，她说不定很适合做老师哦，这也成了她进入大学之后选择教职的一大动力。"

这话馅蜜老师绝对没说过。

"可是，到了初中和高中，她也遇到了很多其他的老师……尤其是中学，她读的是当地一所很混乱的学校。里面的男同学都是那种未来的暴走族小混混，在那所学校，她见证了努力振兴教育的老师们拼命努力的身姿，知道了老师们团结的重要性。"

男同学？本地？很混乱的学校？那个从初中到高中念的都是名门中学的点子，为什么要撒这种谎话？馅蜜老师张口结舌，整个愣住了。森中老师所说的话和实际情况实在相差太远了，她甚至没找到合适的时机去反驳对方："她在骗你，她说的都是骗人话啊。"

点子把没有一丝快乐的初高中时代，从自己的人生经历里抹除了。毕业于哪所大学没办法撒谎，但是初中和高中不一样，除非特别熟悉的人知情，否则总能想办法掩盖。而且，她想要将被周围人蔑视、孤立的青春时代抹除掉，这种心情馅蜜老师也能理解。

可是，为什么连小学时期——身为优等生所度过的每一天，点子都要彻底否定呢？

"……怎么了？"见馅蜜老师没有回应，森中老师有些惊讶地问道。一旁的翔也也一脸担忧地望着奶奶。

没事，什么事都没有——馅蜜老师摆出一个礼貌的微笑。这时，校长室的门开了。

看到走出来的由记父母的表情，馅蜜老师瞬间明白，这次应该又谈崩了。而且，从送客时田中校长和副校长的状态看，校方大概在这两个多小时里毫无招架之力，只能单方面地被攻击。

点子并没有跟出来。校长从房间走出来时，略略回头看了一眼屋内，他脸上带着一丝困惑，但点子还是没出来。于是校长那张困惑的脸上，又露出了一种微妙的不耐烦。

由记的父母环顾了一圈老师办公室，一副掂量的表情。校长室明明还有一扇门是直通走廊的，可是他们却专挑连接老师办公室的门走，会不会是想告诫办公室里的老师们，"接下来要有大麻烦了，做好心理准备吧"。同时，这样展现矛盾之严重，更能加深矛盾的源头——点子，和其他老师之间的隔阂吧。

点子会不会已经从通向走廊的那扇门离开了呢？还是说，她目前仍旧留在屋内？

由记的父母跟着校长和副校长，横穿过办公室离开了。

瞅准这个时机，馅蜜老师站起身，从接待区走向校长室。

"啊，不好意思，您等一下……"森中老师试图阻止她，可是馅蜜老师没有理会，她直接打开了门。

点子在房间里。她独自一人被留在会议桌边，定定地望着桌上的茶杯，满脸不甘，眼睛红红的，有哭过的痕迹。

"点子……"

听到馅蜜老师的声音，她猛地反应过来，抬起了头。认出是馅蜜老师，她似乎马上就要问："您怎么来了？"

可是在点子问出这句话前，馅蜜老师先出声了："虽然老师还不清楚你们两方谁是'正确'的，但是，老师是点子的同伴，不论何时，不论发生什么，都一直一直站在你这一边。"

点子愣住了，随后，她别开脸道："没关系，不必勉强。"她语气里也带着别扭，"和做错的人站在一边，不也没什么用吗？"

"没这回事啊。"

"什么？"

"你是我的学生嘛。老师就是要站在学生这边的，老师一直是学生的同伴啊。"馅蜜老师这样强调。

于是，点子的眼中，不断跌出了大颗大颗的泪滴。

办公室里的气氛明显在疏远点子，虽然没人直接对着点子说都是你的错，但是，"你差不多得了，真烦。""你要怎么收拾这烂摊子啊？""别给我们添麻烦好吗？"等等无声的控诉，都仿佛肉眼看不见的针一样扎着点子的后背。这些，馅蜜老师也感受得到。

"我早就知道，你那态度迟早会捅娄子，果不其然啊。"田中校长看着点子的眼神里明显包含着这样的讽刺。明明之前他还把点子夸上了天的。

不过，同事们的心情，馅蜜老师也能理解。由记父母和校方之间的交涉之所以如此不顺利，最大的原因就出在点子的态度上。

总之，她就是不道歉。不管校长和副校长如何调解，她就是顽固地不低头。

于是，由记的父母聊着聊着，就将怒火转向了点子。

说到底，由记父母来投诉，本身并没占太多的理。虽然制定"复仇计划"的同学们不对，但其实由记本身也过于任性了。她的父母很清楚这一点，所以只能一口咬住班主任的态度不放："比起小孩子的问题，你那种态度更有问题！"

也就是说，点子肯道歉，这件事就有得谈。哪怕她心里接受不了，但只要肯低头，能让由记的父母感觉没白跑这几趟，能让他们的愤怒稍稍平息一些，这件事面子上也就算过去了。

然而，点子的性格是绝对做不到这一点的。馅蜜老师叹了口气，透过老师办公室的小窗口，望着点子整理东西准备下班的背影。这些想法都很圆滑、很虚伪，是成年人的处世之道。馅蜜老师全都懂。她不会这样教育小孩子，但是，世界上的确存在一些场景，需要用这样的圆滑来解围。

"让您久等了。"点子拎着一个巨大的挎包走了出来，"咱们走吧。"

刚才在办公室里，点子没和同事们打招呼说再见。整个办公室里也没有人和她搭话。

"咱们找个地方吃晚饭吧。"

走到校门口时，馅蜜老师如此邀请点子。点子先是轻轻点了点头，随后又叹息着摇了摇头："对不起，我实在是没有食欲……"

她看上去既沮丧又消沉，这令馅蜜老师感到很意外。她以为点子的意志会更刚强些，会对着她倾诉由记父母的种种恶行。而且她已经做好了心理准备，以为点子一走出办公室，就会从田中校长开始逐一批判自己那些没用的同事。

可是，看着点子垂头丧气地走出教学楼，有气无力地走向校门外的模样，她似乎已经被对方的驳斥击垮了。

"点子，你喝酒吗？"

"我不喝……"

"一点不喝？是体质原因吗？"

"那倒不是……我只是很讨厌这种行为。喝醉了酒，然后就开始语无伦次这样……"

馅蜜老师能明白点子为什么讨厌酒精了。她苦笑着回她："我常喝日本酒。说实话，我酒量比我先生都大。"

"从以前就是吗？"

"当然了。我在一线教书的时候，每天晚上都必须来一杯呢。教你们那会儿也一样……反正我也退休了，就和你说实话哦，其实我有时候是宿醉着给大家开晨会的。"

馅蜜老师的语气带着些调侃，但是点子听得目瞪口呆，随后，她忍不住微笑起来。

"我当时想都没想过……老师竟然会喝酒呀。"

"我喝醉之后，经常对着我先生倒苦水。吐槽班级里的事，还有办公室的人际关系什么的。"

"真的吗？"

"我看上去是那种什么烦恼都没有的老师吗？"

"嗯，在我心中，馅蜜老师作为一名小学老师是完美的。"

"哎哟，怎么客套起来了。"馅蜜老师有些害羞地耸了耸肩，可是点子却一脸认真地说："真的。我当时发自内心地尊敬您。"

说完这句话，点子突然加快了步伐。她没有再看向馅蜜老师，继续道："因为尊敬您，所以也讨厌您。"

她的步子更快了。

一直到走出校门，点子再也没说话。在校门口遇到了同事也只是公式化地打了个招呼，一直向公交车站走去。

馅蜜老师费力地跟在她身后。她想追上点子，最好能赶到点子前面去，问她因为尊敬所以讨厌究竟是什么意思？她不是要责备和埋怨点子，她只是想知道，小学生点子的脑子里想的是什么，这些想法又给她之后的人生带去了怎样的影响。

她有预感，这将是一个很难过的故事。正因如此，她想知道，但又问不出口，她想快点追上点子，又害怕面对她。可是，她也不能就这样放点子离开。

已经能看到公交站的站牌了。就在这时，一直默默跟在馅蜜老师身后的翔也，无声地猛冲上前。

"怎么了？"馅蜜老师刚问出口，翔也就突然加速，绕到了点子面前，张开双臂拦住了她。虽然什么都没说，但他却替馅蜜老师做了她想做的事。

"怎么了？"点子被迫停下了脚步，"能让我过去吗？"

她的声音很平静，但那平静中带着冰冷，似乎在说："别管我。"

"那个……呃……"翔也支吾着垂下了头，下一秒，又仿佛突然下定决心一般猛地抬起脸。他用尽全力吸了一大口气："点子老师！"

"欸？"点子的声音似乎受了惊吓一般抬高了。这也正常，现在的点子是"佐野老师"。小时候的昵称后面加上"老师"的叫法，她应该是头一次听到。

点子暂时失语，于是翔也继续道："点子老师，能来我家吗？"

"啊？"

"奶奶和我，现在正在饲养青鳉。特别可爱，您能来看看它们吗？"

"点子老师也一定会喜欢的。"

5

回到家后，馅蜜老师在邮箱里找到了一张送货上门但家中无人的通知单。似乎是需要冷藏的东西，暂由隔壁小池家保管了。

发货人是菊池信一郎——是阿踢。

馅蜜老师先让翔也带点子进了家门，自己去小池太太家拿冷藏包裹。保冷箱的包装纸和三周前那个包裹一样，写着"三陆·海之美味 祈祷复兴"，但是箱里的物品却和上次不尽相同。

之前的瓶装海鞘这次变成了带壳的，玻璃瓶里塞得满满的全是去壳的生海胆，还有和上次一样的乌贼干、鲽鱼干，再加鳟鱼段、盐水煮沙丁鱼、片好的金枪鱼鱼腩，还有干制成海苔样的海藻，好像叫"松藻"。这种海藻不光可以干吃，还可以炙烤，按说明书上所说，它可以配味噌汤、日式清汤、拉面食用，也可以凉拌，还可以趁干燥用手揉碎，撒在白饭上；还能撒进打散的鸡蛋里，做成蛋包。本地人推荐的吃法，是稍微用水烫一下，蘸酸柚醋食用。既简单又美味。

站在厨房，将来自大海的美味一份份取出，馅蜜老师不由得露出微笑。

虽然过了还不到一个月，但是季节已经轮转起来，这令她感到欣慰。

建筑物被海啸卷走之后的荒凉景象，再度浮现在她的脑海。那个城市想要恢复到往昔热闹的模样，的确还需要很长时间。可即便如此，至少让这迟来的北国之春在那片荒土地绽放花朵吧。待到短暂的夏季来临，阳光便会将大海映射得波光粼粼；秋天，大群的鲑鱼游入故土的河川之中；到了冬天，积雪会将失去了高楼大厦的城市染成纯白，那无垠的白色，该是多么凄凉的美。

四季如同不绝流逝的时间一般轮回着，螺旋一样前进。那城市也在岁月更迭中，脚踏实地地向前发展——馅蜜老师坚信这一点。

点子和翔也一起站在青鳉的鱼缸前。点子看上去有些无可奈何，但她能同意来，馅蜜老师已经觉得很欣慰了。

翔也看上去活泼极了，他很健谈，笑意盈盈。就算点子看上去心不在焉，他也毫不在意，丝毫没有初次见面的紧张感和距离感。

倘若一个不知情的人看到这一幕，他大概会疑惑，这样的孩子怎么会不愿意去学校呢？看点子那迷茫的样子，应该也在这样想吧。其实，就连馅蜜老师也感到有些意外，但是，她又或多或少明白其中的缘由。

迄今为止，点子一直是站在"大家"这一边的，她宣扬着"大家的正确"，试图把喜欢"独自一人"的翔也塞进"大家"之中。在她心里，这样做才是"正确"的。

可是，眼下点子被"大家"踢了出来。她为了守住"大家的正确"，坚持和由记的父母对抗，可是却被自己曾深信的"大家"踢出去了。现在，点子成了"独自一人"。

这绝非她本意，她一定很不甘心，甚至无法接受。馅蜜老师明白。但是，倘若真的想在"大家"之中如鱼得水，必要的不是"正确"，而是"圆滑"。

但翔也十分欢迎变成"独自一人"的点子老师。正因为她成了"独自一人"，所以翔也才会邀请她来家里做客——"独自一人"的时候，其实不需要勉强自己挤进"大家"之中。"独自一人"和另一个"独自一人"在一起，一定就不会寂寞了。

是不是想太多了？是不是过分解读翔也的行为了？馅蜜老师暗自苦笑。她回过神将海产品收进冰箱。今天的晚餐就吃加了海胆、金枪鱼和咸沙丁鱼的三色海鲜盖饭，再配一碗撒上松藻的清汤。

"怎么样？行吗？"馅蜜老师问翔也。

"太棒啦！"翔也大声回答。

"点子也一起吃吧？"

听到馅蜜老师这样问，点子有些为难，翔也却拦住她开玩笑说："点子老师说，请给我盛一大碗！"

随那些海产品一起到的，还有一封阿踢写的信。

前一阵子真是辛苦您了。

真不敢相信，从北三陆回东京，至今才只过去两周而已。

　　老师和翔也回东京后，我和秀吉哥一直有联络。他说五月的连休没法再来北三陆了。他的语气特别不甘心，特别歉疚，嗓音也很沙哑。说实话，听上去他连讲电话的体力都不太有。

　　即便如此，秀吉仍旧和阿踢约定说暑假的时候要带家人一起去，他说想让老婆和儿子们一起去灾区看看，希望他们家能多少帮上点忙。秀吉在电话里反反复复地说给阿踢添麻烦了，很抱歉。

　　可是，他话里的"家人"，究竟包不包含自己呢？我没能问出口。不过，我们都坚信，暑假的时候秀吉哥一定会来的。

这句话写了"我们"，就是说——

　　阿菅也让我代她对馅蜜老师表示感谢。她说，和馅蜜老师一起在公园喝酒的那一晚，如今已是非常珍贵的回忆了。不过，阿菅完全不告诉我你们都聊了些啥。

她当然不会告诉你啊……

他还不知道吧？还没意识到阿营心底的秘密吧？不过，这种迟钝正是阿踢的可爱之处。

老师脸上漾起一个微笑，她翻过便笺继续看下去：

　　我老爹也向您问好。他说当时真的非常受
您和翔也的照顾，谢谢你们。

但是，究竟受了什么样的照顾，阿踢的父亲并不愿意告诉他。馅蜜老师脑海中浮现出他父亲康正那张有些顽固的脸，再度微笑起来。

　　总之我也还是很有干劲，我要按自己的方
式，拼命地生活下去。

"加油啊，青鳉——"老师喃喃低语道。

海胆很甜，明明没有加明矾定型，可盛到饭上形状也一点没散。看样子是真的非常新鲜。

"海胆正当时的季节，其实是夏季哦。"翔也一边扒着盖了海胆、金枪鱼和咸沙丁鱼的米饭，一边这样说道。这好像是随货物附赠的说明书上写的，还说到了夏天会有带壳海胆套餐。翔也似乎已经期待起来了。

"不知道阿踢哥会不会寄带壳海胆套餐给我们。"

"别说那么厚脸皮的话啦！下次我们自己买就好嘛。"

"哦！对哦！"

吃饭的时候，翔也也非常有精神，活力四射，甚至还有点没吃相。

"哎呀，不要把胳膊肘挂在桌面上！""饭粒都粘到脸上啦，那儿，对，那儿……""小册子等吃完了再看！"馅蜜老师就这样不时地提醒着他。其实，自从他们住在一起，这种情况还是头一回。她知道翔也是想炒热气氛，故意做出天真活泼的样子，所以馅蜜老师也配合他扮演着一个唠叨的奶奶。

但是，这样做会让点子感受好一点吗？馅蜜老师也不清楚。她看上去还是很蔫。听说她不太爱吃盖饭，于是馅蜜老师专门把海胆、金枪鱼和咸沙丁鱼放在了另外的碟子里，可她还是没吃多少。

"点子老师，你为什么不爱吃盖饭呢？"

听翔也这样问，点子用有点抱歉的口吻回答："在白饭上浇菜，菜的颜色会附着到白米饭上，我有点受不了。吃咖喱的时候，我也会把汤汁和白饭分开吃。"

"是因为觉得沾上颜色了不好吗？"

"嗯……我小时候会觉得是白饭被污染了。"

番茄酱一类的她倒是能接受，杂炊、海鲜饭这类汤泡饭她也没问题，唯独盖饭这种会让白色的米饭染色的情况，她接受不了。

"那你小学时候吃学校的供餐应该很难受吧？"馅蜜老师问道。

点子露出有些恼火的表情回答："当时我真的是拼命忍着吃下去的。有时候还在午休我就感觉恶心，会去厕所呕吐。"

她并不知道这件事，完全不知道。

吃完饭后，翔也说要去洗澡，就一溜小跑着向浴室奔去。本来应该先休息一下，消消食再去洗澡，这样对身体比较好些，但是馅蜜老师明白，翔也是想尽快让她和点子单独相处，所以故意早早离场。

老师明白这一点，她收拾好碗筷后站起身道："我去沏点茶。"

可是，点子却说："翔也既然状态这么好，明天应该能去学校上课了吧？"她的声音极为冷静，"我可真没想到，他竟然这么活泼呢。"

听她的语气，倒像是在对翔也的活泼表示责备。

看来，她真的没懂啊，没懂翔也这些表演背后的深意。

"这种小孩，很快就能适应新集体的。反而一直让他蹲在家里独自待着，活力无法散发，会生病的，我说得不对吗？"

翔也为消沉的点子所付出的体贴，看来完全没有传达给对方。

"……喂，点子。"老师紧盯烧水壶，背冲着点子问道，"你，真觉得翔也是个开朗活泼的小孩吗？"

点子停顿了几秒，随即毫不犹豫地回答："是啊。因为他一点不怕生，又很有活力，不是挺好的孩子吗？"

"开朗活泼的小孩，就是挺好的小孩？"

"嗯，对啊，是这样啊。"

"那不开朗、不活泼的小孩呢？"

"啊？"

"那种孩子，就不是好小孩了吗？"

"不，嗯……倒不能说是'不好'吧。但还是希望小孩都是开朗活泼的……"

水烧沸了。水壶的壶嘴随着蒸汽，"咻——咻——"响着。

"不过呢，点子，开朗活泼，其实只是会让大人觉得放心的一种表现，不是吗？"

馅蜜老师关上火，转过头，和点子四目相对。她的眼神带了挑战的、反抗的、强硬的意味，语气毫不退让地继续道："孩子的幸福，可不止开朗活泼啊。"

两个人面对面坐在餐桌边。馅蜜老师啜了一口茶，那茶水的味道要比平日更苦涩。"点子，你虽然说了不喜欢喝醉酒的感觉，但是，你也不是完全不喝酒的，对吧？"

馅蜜老师将茶杯从唇边移开。说真的，只要点子有那么一点点的"倾向"，她就会马上把茶换成酒。

可是点子却毫不迟疑地否定了。并且，她回答的不是"不喜欢"，而是"讨厌"，还补充道："我之前应该已经说过了。"

"那……你怎么缓解压力呢？"

运动、唱K、游乐场的刺激项目、吃饭逛街、购物……馅蜜老师举了好多例子，但点子都摇着头说不会做这样的事。

"那赌博或者追星呢？"

"请您别开这种玩笑。"点子干脆把头扭开。

随后她又说："缓解压力什么的……我不太理解。"

"你是不是觉得，压力不是用来缓解的，而是应该被解决的问题？"

——就算喝了酒，进入微醺状态之后心情会好，但是喝酒并不能解决问题；就算沉浸在感兴趣的事情里心情会好，但也只是在逃避而已。成年人口中的"缓解压力"，其实只是先把造成压力的事情暂时忘记，这甚至不算是正确含义上的"缓解"。

点子就这样逻辑清晰地说明了一番。听她这样讲，馅蜜老师也只能闷闷地回了句"的确是这样"，茶的滋味又苦涩了几分。

然而，点子的表情并没有显露出辩论胜利后的满足感。她明明滔滔不绝地讲了半天，可快说完时，却突然一副没自信的模样，垂下了眼帘。"可是……"点子大大地叹了一口气，"总觉得，真的很累。"

"因为今天的事吗？"

"不只是今天，是迄今为止的所有事……我觉得自己就像个傻子。"

她没有说其他人，而是指责了自己。

"老师，您别介意我了，请您拿酒来喝好了。"

"没关系啦。"馅蜜老师啜饮着茶水。那茶依然苦涩，可是，自己一定要接受这份苦涩，直面它才行。馅蜜老师在心中这样告诉自己。

稍微喝点酒比较好打开话匣子，这的确没错。但光是自己喝酒就没用了。点子是自己的学生，自己是她的小学老师。她必须明确自己的身份，要是稀里糊涂的，自己在点子面前就会变成一个普通的学生奶奶。

可是，点子却意味深长地笑笑说："我也会一边缓解压力，一边和您聊天的。我刚刚想到了一个缓解压力的办法。"她伸手指了指厨房，那放着一堆包海胆瓶子的包装纸，就是能捏着玩的那种泡泡纸。

"我从小就喜欢捏那个泡泡纸，经常捏得入迷，根本玩不腻。那个泡泡纸可以给我捏吗？"

听点子这样问，馅蜜老师有些迷惑地点了点头。于是点子便自己站起身，跑去厨房把泡泡纸拿了过来。因为是包装小瓶子用的，所以纸很小。

"等，等等，你稍等一下。"老师走向厨房，打开了收纳柜的门，找出一卷用来包装红酒的泡泡纸。这张泡泡纸很大，应该能让点子玩个够。

点子笑逐颜开地"哇"了一声，仿佛一瞬间回到了童年，露出十分单纯的笑容。

"老师也请喝酒吧。"

既然如此，馅蜜老师也就不再顾虑。她从冰箱里拿出一瓶上好的纯米大吟酿。这是广岛的产酒圣地西条的本地酒，因为是用软水酿造的，所以口感非常温软，馅蜜老师十分钟爱。

隔着一张桌子，曾经的老师用玻璃酒盅小口地啜饮日本酒，曾经的学生则捧着泡泡纸用两根手指按着泡泡。

这真是让外人觉得诡异的场景，馅蜜老师也觉得怪怪的。

点子笑了："我们两个究竟在干什么呀。"

她感觉既滑稽，又无奈，却开心极了。

点子一边捏着泡泡纸，一边自说自话地念叨起小学时的事。

修学旅行全班去了日光，暑假的时候大家一起在学校体育馆合宿过夜，运动会、合唱大会、马拉松大会、圣诞节聚会、毕业典礼……不论是哪件事，点子的记忆都惊人的详细。

馅蜜老师不是惊讶地表示"是这样的吗"，就是一个劲地点头，表示想起来了。

突然，馅蜜老师注意到了一点——

点子口中的回忆，全都没有点子本人。球类大会上超活跃的男孩，合唱大会负责指挥的那个女孩……她的回忆如此详细，可是她自己并不在回忆里。"

点子一直捏着泡泡纸，又聊起了毕业送别会。那时每个班级都会在毕业典礼前几天开一个全班同学参加的送别会，要好的同学们会一起表演节目。

关于送别会，点子的记忆依然非常详细。馅蜜老师本来已经不太记得那些学生了，但在点子的讲述下，一个个孩子的表情和动作重新鲜明地出现在她脑海里。

可是，那个送别会上的点子，依然没有被提起。

馅蜜老师对点子的附和变得断断续续，声音也逐渐低沉。听着她的回忆，馅蜜老师越来越觉得难过。点子讲述送别会时的样子，就好像它发生在昨天。可是，她当时和谁一起表演，又演了什么，馅蜜老师完全想不起来了。

"那个……点子。"抓准对方话里的空隙，馅蜜老师问，"你在送别会上演了什么来着？"

点子的双眼并未从泡泡纸上移开，她反问道："您觉得我演了什么呢？"

与其说是真的在问馅蜜老师，那语气更像是早知道老师答不出来。

"对不起，我确实想不起来了。"

"我是主持人。"她淡淡地回答，"因为除了我，班里的孩子谁都做不来主持人嘛。"

她盯着自己的指尖笑了。

啪——

一声格外响亮的泡泡破裂声响了起来。

回忆暂告一段落，点子说："我是不是很像一台照相机呀？"

不只是小学，到了初中、高中、大学，甚至步入社会之后，她的角色始终如一。

"我会从旁观者的角度观察大家。这样能了解很多事，大家的人际关系、每个人的性格、大家擅长和不擅长的东西，等等。"

要是离得太近了，就会看不清楚；倘若走到一起，那就彻底看不到了，只有维持一段距离才能看清。

"二十人二十一脚也是这样。正在奔跑的孩子并不知道自己跑得好不好，他们只是在拼命沉浸其中罢了。而我站在体育馆的二楼往下看，就是一目了然。"

只是给出一两句建议，调整一下排列顺序，大家跑起来就会有显著的进步，速度也会加快。

"在小孩子们看来，这就好像魔法一样。他们都超级尊敬我，说我真的太厉害了。"

点子说这最后一句话的时候，语气里含着调侃。她虽然笑了，但是脸上却没有开心的模样，所以她应该是在自嘲。

"一开始，我是和孩子们一起商量，一起决定顺序和练习方式的。但是，做着做着我就发现这样不行，如果没有人站在局外人的角度去观察，那就无法进步。"

"所以，"点子继续说，"我是一个最合适做二十人二十一脚教练的老师。"

她又笑了。比起刚才，这个笑容显得愈加苍白。

"和馅蜜老师正相反呢。"她喃喃补上这一句。随后，她终于面向馅蜜老师："我说得没错吧。"她的双眼已经溢满了泪水。

"馅蜜老师一直都和大家在一起，会走进孩子们中间，和大家一起欢笑、一起烦恼，有时候还会一起愤怒、一起悲伤……您一直都是那样的老师，一直都是。"

点子的指尖揉搓着泡泡纸，可是捏破的声音从刚才起就不再响起。那张纸上所有的泡泡都被她捏完了。

"我很向往您。"点子说，"那时候我想，将来长大成人，如果我进了学校当老师，就想成为您这样的老师。您是我的目标，是我心中的憧憬，我真的很尊敬您。"

她凝望馅蜜老师的目光不带一丝欺骗和虚伪。但是，她的眼眶却越来越红，眼泪大颗大颗从眼角滑落。"可是，我知道的……"

"什么？"

"老师，您不喜欢我，对吧？"

一瞬间，馅蜜老师的下颚仿佛被弹了一下，左右颤动起来。这个动作比摇头的幅度小得多。

"与其说不喜欢我，不如说，对我这类的小孩，您都不太擅长，对吧？"点子的语气毫不迟疑，充满自信。

别这样下定论嘛——馅蜜老师想这样反驳她，可是开不了口。她觉得自己从下颚到脸颊都僵住了，说不出话，也动弹不了。

"没关系啊，我不会恨老师的，也不是在发牢骚。我自己也经常会想的，如果做了老师，班上有一个我这样的小孩，那应该能帮我这个班主任不少忙吧。认真又严谨，学习也很好，简直就像班主任助理一样。只要交给这个小孩来做，应该就错不了。很方便，是不是？"

这话里似乎带着些刺，可馅蜜老师却没有反驳。她决定让点子把心中累积的所有话都倾吐出来。

"这样的小孩呢，在评价表和家长面谈会上，都一定会被表扬。要说他们做的'正确'还是'错误'，那一定是百分之百'正确'的。但是，要说是否'喜欢'呢？老师您其实就不喜欢我，对吧？我也一样不喜欢这样的小孩呢。站在老师的立场上看，班上有一个我这样的小孩，就是不招人喜欢的。但是，我这种孩子头脑还蛮好的，所以心里其实都明白。我当时也一样，心里都明白，我被同班同学疏远，也不被老师喜欢……可是，虽然都懂，但我就是这个样子，我也没有办法啊……"

眼泪源源不断地划过点子的脸颊，一滴一滴落下。

进入阳光女子中学之后的事，点子也主动说了。

"中学那六年……对我来说那段时光就是无尽的黑暗。"点子勉强笑着，伸手擦掉眼角的泪水。

馅蜜老师沉默着站起身，又去收纳柜找出一张新的泡泡纸，塞给点子。点子脸上还泛着泪光，却又忍不住笑着说："谢谢您。"

这句话的语气，是前所未有的坦诚。

"进入中学我才明白，其实我坚持的'正确'出乎意料的脆弱，只在我是优等生、领导者时才算数。可是，一直到高中毕业为止，整整六年，我再也没站上过那个位置。我只是老实阴暗土气认真的'众人'之一罢了。"

点子一边慢慢地按着泡泡纸，一边说："想要凭着'正确'笑到最后，其实真的很难。"

馅蜜老师无声地点点头，啜饮了一口稍稍变温了一些的冷酒。

点子度过了几乎没有一点快乐回忆的中学。可是，将来要成为老师的这个梦想却没有变。

"我不想培养出像我这样的孩子。让一个正确认真的小孩那么孤单，这难道不奇怪吗？作为老师，这样是不对的呀，是价值观有问题。正确、认真，但是死脑筋的小孩被老师讨厌……这难道不奇怪吗？比起认真的孩子，大家都更喜欢有点调皮的小孩，就算那样的孩子经常做错事，但是活泼开朗就会招人喜欢……这难道不奇怪吗？难道老师不应该是孩子们的'大朋友'才对吗？"

点子的语气并不重，没有强烈的谴责之意，她的眼神和表情也并不锐利。那一句句反问，冲的不是馅蜜老师，而是扎向了她自己。

"小孩子们似乎都很信任我，尊敬我。可是，等他们长大成人，想起我的时候，会带着怀念说我是个好老师吗？我其实不清楚。但是，这也没关系，对吧？也没什么办法，对吧？我，我没办法成为除我之外的其他人啊……"

点子再一次露出一个不知道是哭还是笑的表情，趴到了桌上。

越过点子蜷起来的后背，馅蜜老师和站在门口刚洗好澡的翔也对上了视线。

翔也用眼神表达了自己的担心，馅蜜老师则无声地用手指比了一个"OK"，又比了一个"嘘"，再然后，她向二楼的方向指了一下。

没关系。别出声。先上楼吧。

翔也意会地点点头，蹑手蹑脚地准备向楼梯走去。

可是，这房子毕竟太老了，走廊附近的地板一踩就会发出声音。因为有意轻手轻脚地走，声音反而更明显。

正趴着哭的点子听到声音，坐起了身。她眼里和脸上都还残留着泪珠，鼻头也红红的。不可思议，又有些讽刺的是——看到她哭泣的脸，馅蜜老师脑海中才浮现出她小学时候的模样。真怀念啊，她想。可实际上，点子小时候应该没在别人面前哭过。

点子扭过头，向走廊看去。翔也摆出一副"一二三木头人"的模样，整个人定在了原地。

点子说："你要上二楼吗？稍稍等我一下好不好？"她没理会愣住的翔也和馅蜜老师，掏出手帕将泪水擦干，又拿出纸巾擤了擤鼻子，对翔也说："咱们再一起看看青鳉，怎么样？"

翔也愣住了。

"我教你，怎么让状态不好的青鳉恢复精神。"

"真的吗？"

"嗯！今天已经晚了，我就先教你方法，明天你试试。"她又转头对馅蜜老师说："我刚刚一边哭一边想起来，您在我们毕业的时候，讲了一个青鳉的故事，对吧？"

在太平洋遨游的，小小青鳉们。那虽不现实，却是始终令她魂牵梦绕的画面。

"说得确切些，其实我想起的不是故事的内容，而是讲这个故事时您的表情。老师当时眼里有泪呢。"点子笑了，她再次擤了擤鼻子。"我一直都是个很认真、很爱强调'正确'的小孩，对吧？所以，当时听到馅蜜老师讲了那个青鳉的故事，说实话，我真的一点没往心里去。因为我知道青鳉是淡水鱼，淡水鱼怎么可能在大海里游呀？"

不论是当时正读小学六年级的点子，还是今年读到馅蜜老师寄给青鳉们的信的点子，都只是付之一笑。

"如今，我已经知道青鳉的确能在海中生存了。但是，我反倒更觉得这个故事……虽然我知道老师想表达的意思，但怎么说呢……"

于是馅蜜老师问她："所以，你才没回信？"

点子缩着肩道歉："我不是因为嫌麻烦才没回信的……"

馅蜜老师笑着说了句"没关系"，又说："我倒是更想知道，当时我真的哭了吗？"

她自己完全不记得了。说实话，她心里甚至觉得这是点子编造的记忆。但是，点子却十分干脆地回答说是真的，看上去完全不像是在骗人。

"老师在讲完青鳉的故事之后，慢慢地环视了整个教室，然后对我们说了那些话。"

——太平洋太过辽阔，一旦游进海中，大家就会分散开来，恐怕此后再也不会像这样聚在同一个教室里了。

独自一人在海中遨游，一定会有寂寞难耐的时候。但是，不要紧的。这广阔太平洋的某处，你的朋友们也同你一样在遨游着。

反之，成群结队地在海中游动，可能也会觉得很拘束。但是，这也不要紧的。因为太平洋很大、很大，如果对一段关系感到烦躁难忍，就只需一头奔向更广阔、更广阔的天地中就好了。

"说完这些之后，老师就沉默了。然后您就不再看我们，而是仰头望着天花板。教室里开始变得嘈杂，但您仍旧没说话。最后您再次看向我们的时候，眼睛里已经充满泪水。"

她想起来了，她的记忆复苏了。的确如此。自己究竟有没有流泪，这个另说，但她的确在和马上就要毕业的孩子们说话的时候，突然感觉胸口涌上一股热流。

为什么自己当时看着台下的孩子们，会觉得胸口发热呢？

"点子，你们是改元平成的第一批毕业生，对吧？"

听馅蜜老师这么问，点子点了点头："没错。第三学期刚开始的时候，昭和天皇驾崩。"

点子她们是 1989 年三月毕业的。那一时期，经历时代巨变的不止日本。柏林墙在那一年秋天倒塌，苏联则在两年后解体。点子她们毕业的时候，馅蜜老师已经预感到整个世界都将发生翻天覆地的变化。虽然 1989 年初经济尚未崩溃，但泡沫经济随时都会破裂。再进一步讲，当时点子她们正在读小学的八十年代后期，中学生的霸凌和自杀已经成为严峻的社会问题。

"如今这么说听起来可能会让人生气，但当时我看着教室里的大家，突然想到——"

这些孩子里，能有几个人的人生是幸福的呢？

全班同学，一个不缺，所有的人都实现梦想，所有人都收获幸福……想要实现这个愿望，恐怕太难了。

"我预感到，接下来将是一个动荡的时代。世间将完全凭靠金钱多寡、能力强弱去决定一个人的人生。成与败、黑与白的判定，比过去更加极端。只要输了一次，就是满盘皆输……一想到眼前这些孩子们将面对这样的一个时代……"

于是，她凝望着一个个孩子的面庞，胸膛灼烧了起来。

"您是觉得悲伤，对吗？"点子问。

老师稍稍思考了片刻后回答："不是单纯的悲伤，是有很多情感交织在一起，又奔涌出来了，所以才忍不住流泪了吧。"

她希望大家——不只是点子那一年的学生，而是她教过的所有孩子——都能幸福。即便她心里清楚知道这是不可能的——不，正因为她知道这是不可能的，所以她才会如此衷心地祈祷。

脑海中浮现出秀吉的脸，又浮现出阿踢的脸。你们遨游的那片太平洋，或许是狂风骇浪交加的海域。她在心中对他们说着话。逐渐地，她再也无法控制自己滚落的泪水。

在战争题材的电影和小说中，时常会出现不得不将自己的学生送往战场，并因此苦恼万分的老师。那些老师的心情，她绝不能说自己是理解的，可是馅蜜老师想：一个小学老师，在面对毕业生时，有多少人能说出"你们的未来是玫瑰色的""你们所有人，将来都会幸福的"之类的话呢？当她的学生长大成人，回望自己走过的路时，倘若觉得读小学是这辈子最幸福的时候，她作为老师，是该高兴还是该悲伤呢？

馅蜜老师流着泪，闭上了双眼。在光线透过眼皮营造出的一片灰暗之中，曾经教过的孩子们的脸一个个出现在她眼前。"昭和"和"平成"的六年级学生像走马灯，一个又一个地出现着，不分是哪一年，也不分是哪所学校，就这样没有规律，但又不间断地在脑海中闪现。

有些面孔令她很怀念，有些面孔则久未想起了，还有的一直遗忘至今。其中一部分孩子毕业之后的情况她很了解，还有些孩子打从毕业起就音信全无，说不定已经有人离开了人世，或者和秀吉一样正在和顽疾抗争。

或许还有更多的孩子没能成就梦想，也遭受过人生的重创，比如阿踢。当然，也一定有幸福的孩子。她如此希望着。无论多么细微，她仍希望在大家能有哪怕一瞬感觉过"活着真好"。不论现实多么残酷，她都希望大家别放弃、努力加油——就像在处处都是倒闭店铺的商店街创作出"银天酱"，想尽办法让街道变热闹的加藤朋美、井上莉奈、松岗勇人他们那样。

在她的眼前，想得起名字和想不起名字的孩子们都在笑着。真高兴啊。她知道，自己的学生此刻不可能都面露笑容；不论什么样的孩子，都不可能在人生路上一直笑着，她都明白。可也正是因为如此，她才对此刻浮现在眼前的一张张笑脸感到无比怀念。

老师闭上了眼，泪水不停地流淌。哭着哭着，她又笑了起来。

为什么呢？因为什么样的契机，打翻了自己的回忆盒子？

眼下，馅蜜老师和点子两人的立场突然调换过来，这次换成点子等待馅蜜老师平静下来。

"对不起，我自己也不太清楚，为什么会这样……"馅蜜老师一边擤着鼻子一边道歉。点子苦笑着，慢慢摇了摇头。但那并不是在拒绝什么，而是正相反，她那温柔和缓的动作，想要传达的意思是：她接受了馅蜜老师表现出来的全部。

"那个，馅蜜老师。"

"怎么了？"

"身为老师，是要关注自己学生的整个人生吗？如果是高中，有些学生毕了业可能就会直接进入社会；而在小学，老师就是直接将学生们送进初中而已，对吧？可是，小学老师还要对已经毕业好几年，甚至好几十年的学生现在的情况那么在意吗？"

点子的话和她一贯以来的风格一样，仍带着强烈的挑衅感，但是她的语气和表情都很柔软。其实，不需她问，答案就已昭然若揭；但正因为知道了答案，所以她才希望馅蜜老师能再亲口证实。为了回应她的期待和愿望，馅蜜老师回答："老师和学生，是互相陪伴一生的。"

"是吗？"

见点子有意反问，馅蜜老师很无奈。她这样撒娇，馅蜜老师还是第一次见，或许也是最后一次。

"在你们毕业前，我在教室里教育你们。等你们毕了业，我就在你们的记忆中教育你们。"

所以——"直到现在，我也还是点子的老师。"

她挺直后背，略有些表演性质地板起脸讲道。

于是，点子也摆正了姿势，很有精神地回答了一声："是！"

她配合了馅蜜老师的表演，这，或许也一样，是最初也是最后一次。

"老师在毕业典礼前为我们而流泪，这件事有多厉害，我现在终于懂了。"

"是吗？"

"会让老师含着眼泪教导我们的事，绝对，绝对，是最重要的一件事啊。"点子使劲敲了敲自己的胸膛，哭着露出微笑。

点子和翔也去客厅鱼缸边看了看青鳉。之前都是翔也一个人在念叨，点子一副无可奈何的模样在应付，现在情况却不同了。点子十分热情地教授翔也，如何能让状态不好的青鳉恢复精神。

馅蜜老师在厨房洗着东西，耳畔是翔也兴奋的一声声："好厉害！""原来是这样吗？"还能听到点子的声音："很厉害，对不对！生命真的很神奇！"她的语气听上去也高兴极了。

老师走进客厅，翔也猛地甩过头对她说："奶奶！好厉害啊！"他的声音非常激动，"我们的青鳉也能在太平洋遨游了！"

是点子教给他的——如果青鳉看起来没精神，就在水中加些盐。

"当然，如果是生了白点病或者烧尾[1]了，就得用专门的药物治疗，还需要泡药浴。但如果只是有点没精神，那就把鱼缸里水的盐分提高，会很有效果。"

按点子的说法，盐的浓度应该是 0.5%，每升水中加 5 克的盐。

"一般海水的浓度是 3.5%，0.5% 的浓度无限接近淡水的浓度。不过，河流的入海口差不多也是这个浓度。"

一边的翔也说："那不就是海了嘛！入海口，已经是海了嘛！"

馅蜜老师呆呆地愣在原地。

金鱼或鲫鱼一类的小鱼生病要泡药浴。这对时常在教室指导学生饲养小动物的小学老师来说算是常识。但是给青鳉泡盐水，她还是第一次听说。说到底，之前的青鳉总是给人身体健康、皮实好养的印象，所以总感觉没必要去了解如何让没精神的青鳉恢复健康。

可是，只需要一点点来自大海的力量，就能让这些原本要沦为大鱼口粮的可怜青鳉恢复体力。不知怎的，她突然非常高兴，整个胸口都热乎乎的。

"明天我们试试吧！"翔也说。

"明天，让青鳉们去太平洋遨游吧！"

---

[1] 鱼的尾部出现红色的物质，就像是出血了一样。

第八章

1

"我老爹都被吓傻了。"阿踢在电话里这样讲。不只是康正，其他亲戚的反应也都差不多，还有严肃地说别开玩笑的。

"阿营那边呢？"

听馅蜜老师这样问，阿踢回答："她那边的父母亲戚和我这边反应差不多。但是，她在海啸里也失去了好几位朋友，还有幼儿园的同事……"

"那，这样还是很有意义的。"

"没错。"阿踢干脆地答道，又弱弱地补了一句，"我们都觉得很有意义啦……"

阿踢这个性格，还真是一点没变。不过，和四月份那次见面相比，他在电话里的声音听上去更有力量了。馅蜜老师听得出来，在原本温柔的基础上，他的声音又增添了想要守护他人的那种强劲。

"真是恭喜啊，阿踢。也带我和阿菅说一声恭喜啊！"

阿踢和阿菅要结婚了。举办仪式的时间是下个月——八月份盂兰盆节假期。其实，结婚不该选在盂兰盆节。但那里是灾区，是众多生命消失的城市。在盂兰盆节，逝者的灵魂会回归故里。被海啸夺去生命的家人、亲属、近邻、朋友……所有人，所有失去了肉身，唯剩灵魂的人，都会从那遥远的世界归来。

"阿菅想让他们看看自己穿婚纱的样子。"阿踢有些害羞地说道。

当然，在那个振兴之路还很漫长的城市，不可能举办多么华丽的婚礼。毕竟，阿踢和阿菅也还住在临时住宅里，婚后也没法离开自家搬出来同住，等于是以一种分居的方式开始新生活。

"没办法啦，目前还有很多市民都没抽到入住临时住宅的资格呢。内陆那边的房屋也都租出去了。"

即便是面对如此状况，不，正因情况如此，他们才选择了在这个时候举行婚礼。

"咱们这个城市，去年已经体验过一个巨大、巨大的'终结'了。所以我想，差不多也该出现一个小小的'开始'了吧。"

这，就是阿踢对阿菅求婚时说的话。

阿踢和阿萱也邀请馅蜜老师和翔也参加他们的结婚典礼。此外，还有秀吉。

"秀吉哥跟我说他会来的。"阿踢的声音微妙地低沉着。

"是吗……"馅蜜老师的声音也随之低沉。

阿踢六月腾退了横滨那边租的房子，转道去看望了秀吉。他的情况已经相当严峻。

上一次馅蜜老师见他是在五月，当时他还能自己走，而他的体重在短短一个月内掉了十公斤，眼窝和脸颊全都凹陷下去，那阴影就仿佛深深印刻在皮肤上一样。但秀吉仍未放弃希望，说："抗癌药起了点作用，肿瘤变小一点了。"

可是，等阿踢去看望他时，秀吉就连下床都需要家人搀扶了。移动全靠轮椅，而且连亲手转轮椅的力气都没有。从五月到六月，他的体重又掉了许多。短暂变小的肿瘤最终没有消失，后背和腰部的疼痛无时无刻不困扰着他。

到了眼下——七月，他的状态估计更差了。所以阿踢没有直接联系秀吉，而是给他家里打了个电话，把自己要结婚的事情告诉了他太太理香。他觉得，即便秀吉没法出席他的婚礼，至少也应该告知他。

"我先生听了会很高兴的。我一定转达给他。"

可是，他当时做梦也想不到，秀吉要亲自参加他的婚礼。

"我会去的……绝对会去的，你等着我。"他在电话中努力地喘息着，听上去很痛苦，声音也很嘶哑。阿踢慌忙想要谢绝，可秀吉却说："我不是为了你才去的。我是想让儿子们去看看灾区……我是为了……我自己。"

这将是他作为父亲履行的最后一项任务。

决定在盂兰盆节去北三陆之后，秀吉明显找回了点活下去的力气。他不再剩饭，也能自己去厕所了。理香告诉阿踢："如果届时他的体力允许，请您同意他去参加婚礼吧。毕竟，这是我先生活下去的动力。"

邀请馅蜜老师和翔也参加他们盂兰盆节的结婚典礼时，阿踢最担心的就是健夫和小薰的初盆。

老师在接到阿踢的邀请时，也没能当场应下。但是，听老师转达了参加结婚典礼的邀请后，翔也说："我们去吧！那次地震之后，爸爸妈妈也都特别担心灾区的情况呢！我们就带着他们一起去吧。"

可是……翔也应该还不太清楚盂兰盆节具体是什么意思。在这个节日里，死者的灵魂会回到自己家三天。所以，八月十三日那天，为了不让灵魂迷路，要在自家门前点火迎接；然后到了十五日，还要再点燃火焰，为灵魂照亮归途。要是自己家里没人，那健夫和小薰的灵魂就会无家可归。

"没这回事啦！"翔也干脆地说，"奶奶，我觉得事情不是那样想的。"

"什么？"

"因为，爸爸还有妈妈要回的并不是我们住的那栋建筑，他们是要回到自己最想见的人身边。这么说的话，我们人在哪里，爸爸妈妈就会去哪里找我们，不是吗？"

馅蜜老师被这种说法杀了个措手不及，她愣住了。可紧接着，她恍然大悟，用力地点了点头。其实，她也不知道这种解释是否合理。但是，看到翔也这样谈及自己去世的双亲，这令馅蜜老师感到十分欣慰。

"果真啊，上了自由学校之后，翔也成熟了很多呢。"

馅蜜老师摸了摸翔也的脑袋，而翔也带着害羞和一点小腻烦的表情，扭着身子从奶奶的手掌下逃走了。最近，翔也似乎对奶奶的溺爱态度和大张旗鼓的夸奖都有些应付不来。

他在一点点、脚踏实地地成长。

从五月份开始就读的自由学校里，也有一些几乎不会日语的外国朋友。翔也和这些小伙伴用肢体语言和笑容交流，很快打成一片。据说近期还会把来自土耳其的友人和日裔巴西人喊到家里，举办一个"土耳其烤肉 VS 巴西烤肉"的美食大比拼活动。

翔也并没有入学杉木小学。

就在点子和那对可怕的家长对峙的当日，翔也敏感地察觉到了教职员室的气氛。觉得对自己有利，就把点子推到前面去做理想老师的模板，但一出现纠纷，又立即把一切麻烦都甩给点子——那些人的狡猾心机，都被翔也看穿了。

"奶奶，对不起，我还是不想去那所学校上学……"

听到翔也这样说，馅蜜老师反而感到一丝心安。

"点子老师从校长室回办公室的时候，其他老师看她的眼神都很冷淡。我真的非常讨厌那些人的眼神。"

她明白，翔也的选择非常正确。馅蜜老师对翔也比了一个"OK"，点点头。她突然想，自己还在做老师的时候，情况是什么样的呢？说不定，也会有一边在心里想着"真的好讨厌馅蜜老师啊"，一边含着眼泪去上学的孩子呢……

馅蜜老师和翔也一起跑了几所自由学校，最后选择了一所有很多外国孩子的学校。那学校只占用了公寓的一间屋子，从环境角度看或许并不好，但自从去那里上学，翔也的笑容明显变多了。

看着他的笑脸，老师思考着"教育"究竟是什么？

若追寻其目的，那恐怕就是：为了让孩子度过幸福的一生，教授他们一些必要的智慧、知识和体验吧。

那，"幸福"又是什么？

从长远角度来看，以自由学校的状态完成小学的学业，这样究竟好不好，她还不清楚。但是，眼前翔也的笑容表示他真的很开心，也真的让馅蜜老师感觉到了幸福。

她只告诉了翔也这么一句话："学校的老师啊，大家都曾经想过，下辈子，一定要做更出色的老师。"

可是，人生只有一次，这可真有点遗憾，对吧？

——馅蜜老师对脑海中浮现出来的点子说道。

由记父母和点子的纠纷，花了将近一个月才算告一段落，而且还不是完满解决，对方仍旧心有不满，只是暂且放过了。

"因为还没有彻底解决，所以也很担心会不会再生事端……"点子将整件事之后的情况报告给馅蜜老师的时候，这样说道，"不过……我还是准备按自己一直以来的样子继续下去。"

校长和副校长准备以这次纠纷为契机，对二十人二十一脚的运动再做讨论。之前顺遂的时候，他们明明放话说"日本的国技是相扑，我们杉木小的'校技'就是二十人二十一脚"，结果一遇到这种事，就又退缩改口说区区一个课外活动没必要搞这么热闹。

点子的同事也一样，几乎没人替她说话——

"其实我这边的学生家长之前就有怨言了。这项活动，既会让参加比赛的孩子觉得压力很大，也会让当候补的孩子感受低落，根本就不是什么好活动。"

"所以说啊，我从一开始就反对这项活动来着！"

有的同事是顺着校长的意思这样讲的，也有的同事是忍了很久，总算找到机会批判了。

"比起和由记的父母对峙，反倒是这个教职工会议更让我觉得消沉。"点子有些无力地苦笑，"我啊，果然就是个不讨喜的小孩。"

想要鼓励她一句"没这回事"，其实很简单。而且，既然点子尊敬自己，视自己为恩师，她就更应该鼓励她。可馅蜜老师没有笑，而是干脆利落地告诉她："点子，你要做个宽广的老师。"

"宽广？"

"没错，不是优秀的、正确的、强大的老师，而是成为能包容各种各样的孩子的，宽广的老师。"

点子愣了几秒，随后，她恍然大悟道："我，要成为像太平洋那样的老师。"

一定会的，没问题的。馅蜜老师点点头，满面微笑。

七月快结束时，翔也参加了自由学校组织的夏季合宿，晒得黑黑的回了家。他才刚放下行李就问馅蜜老师："点子老师和阿踢哥认识吗？"

"不认识啊。他们年龄差了五六岁，而且读的也不是同一所小学。"

"不过，结婚典礼可以邀请点子老师吗？我会去拜托阿踢哥的。"

"为什么呢？"

翔也的合宿之旅很愉快。好几所自由学校集合起来，里面有外国孩子，也有一些无法融入一般学校的日本孩子。他们的合宿地是首都圈附近山梨县的某个山村，环境一点不奢侈。大家乘坐JR电车，又换乘公车，到了数年前便已荒废的学校宿舍，饮食方面也都是自食其力。

"但是，真的超级开心！"

奶奶你看！翔也展开笔记本，把本子上记录的那些合宿认识的友人写下的住址给她看。

在有些生硬的日文边上，写着各个国家的文字。英语、西班牙语、葡萄牙语、法语、德语、汉语简体字和繁体字，还有还有——

"这是泰语，这个是越南语。这是阿富汗语，这个是希腊语。下面那个是肯尼亚……好像是叫斯瓦希里语。"

四天三夜的合宿，翔也交到了二十几个国家的朋友。

其中有以难民身份来日本的孩子，也有的孩子父母那一辈曾是难民。头两天，大家为了相处融洽，都非常努力，但最后一晚，每个孩子都主动讲起了自己所背负的历史——战争、内乱、饥饿……日本孩子也讲了自己不去上学，而选择自由学校的理由——虐待、霸凌……翔也也讲了自己曾被称为"老外"的那段日子。

"不是故意抱怨，只是希望能让相处融洽的朋友再多了解一下自己。"

听翔也笑着说出这句话，馅蜜老师真的很高兴。

人和人相遇之后变得亲密，这其中的美好，翔也通过这次自由学校的合宿，已经彻底体会到了。

"因为，全世界有几十亿人，其中 99.9999999% 的人一辈子都不会见面，不是吗？所以，我觉得'相遇'和'奇迹'可以说是同一个意思呢。"

他这样想着的那一瞬间，从前那些无法融进"大家"之中、被喊作"老外"的日子，就一去不复返了。

"'老外'总会遇见谁的，对吧？原本没有熟人和朋友的'老外'或许很寂寞，但这些寂寞全都会变成接下来的遇见，所以他其实一点也不寂寞，对吗？"

一定会有人说这种话是歪理，说不定还会皱起眉，觉得这孩子真可悲，竟然用这种歪理给自己洗脑。

但是馅蜜老师明白翔也的意思。

四月，新学期伊始。刚刚入学的一年级学生自不必说，对那些刚换班的三五年级学生来说，教室里一下子坐了很多不认识的同学，大家都很不安，但同时也希望能交些新朋友。整个教室的气氛很独特。其实，即便不换班，光是来个新的转校生，又或者反过来，班级里有同学转去了别的学校，就算转学走的人只有一个，站在讲台上俯瞰整个教室时，也能感觉到教室的气氛整体有些变化。

作为一个班的班主任，孩子们遇到了新朋友，又闹掰、打架、重归于好……这些戏码，他们只能站在较远的地方，默默地注视和守护着。也正因如此，他们才那么憎恶霸凌，憎恶这种难以摆脱的恶性人际关系。而到了毕业典礼，虽是成年人，老师们仍旧会忍不住心口发热。

"我想呀，要是点子老师、阿踢哥和秀吉叔叔见了面，成为朋友，一定超棒的！所以，就让点子老师也来参加阿踢哥的结婚典礼吧！好嘛好嘛，您就同意了好不好？"

老师微笑着问："就像翔也和爸爸那样的见面吗？"

于是翔也用力点点头："没错，也像我和奶奶，见面之后就变得亲密了一样。"

点子正在放暑假，收到馅蜜老师的联系后，她首先为翔也在自由学校过得很开心这件事感到十分高兴。随后她又问："青鳉们怎么样了？"

　　"最终还是不行呀……"馅蜜老师诚实地回答。

　　很可惜，五条青鳉从五月到六月这期间，一条条去了天国。

　　"做了盐水浴，也泡了药，但是……它们本身体质也不太行，所以最终也没能救回来。"

　　青鳉的结局令人遗憾，但是馅蜜老师并不后悔，他们已经尽了最大的努力。她想到了健夫和小薰，还有秀吉。生命不是靠活着的岁月有多长去衡量的，生命本身是无法去计算的。

　　"是吗……"点子声音有些低沉地回了一声，"翔也呢？他怎么样？"

　　馅蜜老师在心底里正默默等待着点子问出这个问题。"他哭了，每条鱼死去的时候，他都哭得很伤心。总计大哭了五次。"

　　馅蜜老师的声音里略微带着一丝笑意。并不是因为她不够严肃，而是因为她为翔也流泪而感到高兴。当生命的烛火熄灭，人自然会无条件地感到悲伤，这不需要理由，流泪就好。但是，那从心底里流淌而出的泪水，一定得是真诚的泪水才行。只有这样，不论流泪时多么悲伤，过后都会不可思议地感到舒畅。

"我们在院子里给青鳉建了墓地。每次去青鳉的墓前，翔也都会哭。他想起了爸爸妈妈。"

"这样啊？"

"嗯。虽说看到青鳉想起爸妈，听上去有点失礼啦……"

"才没有这回事。"点子干脆地回答道，"真是太好了。真的、真的太好了。"

听到点子这样说，馅蜜老师觉得，她说不定会成长为比现在宽广两倍、三倍，甚至更多的无比强大的老师。而去灾区参加婚礼的事，她也当即应允：

"当然，请让我参加吧。"

2

馅蜜老师和翔也抵达阿踢的故乡时，是八月十三日的傍晚。

从今天开始，伴随着太阳西斜，城市各处都将升起一道道细细的青烟，那是大家在门前烧火迎接魂魄归来。不过，那也是留存在大家记忆之中的光景。

前来迎接馅蜜老师和翔也的，是阿踢的父亲康正。虽然馅蜜老师推脱说筹备婚礼很忙不必来接，可是康正却坚持道："我是新郎的父亲，没什么要做的啦。"他这样笑着，半是强迫般地接到了馅蜜老师他们，恐怕也是因为四月份那次有点尴尬，让康正觉得不太甘心，所以想挽回一下。

"去年的盂兰盆节，到处都是初盆的家庭。毕竟，有好几百人因为海啸死了……"

"是啊……"

"我们这些活下来的人也过得很艰难。去年的这会儿，地震过了还不到半年，当时正在商讨是不是差不多该从避难所搬去临时住宅了，所以大家真的……有种自己总算能活下去了的感觉……反过来说，光是迎接回家的灵魂本身就很吃力了，根本什么都来不及做，那三天就过去了。"

可是，今年有所不同。

"说实话，眼下家乡变成这个样子，简直没脸见死去之人的灵魂啊。"康正不甘地说着，缓缓地开车行驶过一些地面下陷的地方。进入沿海区域后，不少路段非常难走。地震后为了整修建筑，路上整日都是重型机车和大型翻斗车，这些大型车辆将路面压出了很多坑洞。至今，大家还没有余力去填补这些坑洞，重铺道路。毕竟，就连沿路两侧的电线和电线杆都是临时的。

"春天的时候，老师已经来这边看过了。如今又过去四个月，老师觉得重建工作推进了吗？"

听到康正这样问，馅蜜老师沉默了。这沉默其实就是答案。过去了四个月，如今这城市的模样只能说是稍微将废墟撤走了一些，但整体来看几乎没有变化。要判断这里的时间流动，只能靠废地上长高了一节的杂草。

"情况很严峻，真的……"康正咽下一声叹息，朝着港口方向驶去。

就在上一周，港口才设好了急用的海产卸货装备，和临时的贩鱼市场。

"盂兰盆节结束，正好就要下秋刀鱼和鲣鱼了。为了能赶上这一季的捕获，大家拼死赶工才总算建到这个程度。"

当然，目前这个状态，离产业恢复还有相当一段距离。

"鱼不是捕捞上来就算完事了，还需要冰，需要泡沫箱。冷冻仓库、罐头工厂、运输链……要想恢复到地震前的规模，至少得花十年。最重要、最重要的是渔船，有九成啊，九成都被海啸冲走了……"

不过，康正并不是为了和馅蜜老师还有翔也发牢骚，才带他们去港口的。

夕阳西下，在逐渐变得昏暗的港口栈桥边聚集了很多人。大家都穿着同款不同色的 T 恤忙碌着。

"马上就到政府、渔业协会和商工会共同举办的点亮松明[1]环节了。"

大家要在栈桥和高台的空地这两个地方点灯——也就是盂兰盆节迎接故人灵魂的灯火。

"如您所见，大街那边是堆积如山的瓦砾和荒地，还有很多人住在内陆临时住宅。在那样的地方点火迎接，灵魂怎么能看到呢……所以，为了不让他们迷路，我们就在这里点火，告诉他们，故乡在这儿。"

"就像引路的灯塔那样吗？"翔也问。

"没错没错，就是那个意思。"康正用力点着头，在栈桥前将车停下。

"其实啊……是我儿子提议这样做的，大家都很赞成，说应该让这个盂兰盆节热闹些。"

市政府那边的人，穿的是背后印着"加油！"的黄色 T 恤；渔业协会穿蓝色 T 恤，后背印着鲨鱼、秋刀鱼和鲣鱼的形象；商工会则在白 T 恤上印着一个简洁的红色"绊[2]"字。

"您看，就在那边。他们正在商量事情呢。"

是阿踢。他额头上扎着一条毛巾卷，皮肤被太阳晒得黑黑的。T 恤的袖子一直卷到肩膀上，露在外面的手臂比春天见到时粗壮结实了许多。虽然城市的振兴进程缓

---

[1] 含有大量油脂的松木。

[2] 日文中"纽带""连结"的意思。

慢，可这个年轻人却在自己的故乡切实地得到了锻炼。

火焰点燃了松明，暮色沉沉的港口被火把照亮。仰头望去，高台的空地上同样燃起了火光。

馅蜜老师走下车，晚风吹拂着她的脸颊，带着海潮的气息，凉爽宜人。

"盂兰盆节过去后，夏天也就过去了。"康正说，"八月的七夕和盂兰盆舞，都是送别夏日的祭典。"

或许正因如此，东北的夏日祭典不论如何华美壮丽，都带着难以名状的寂寥和悲伤。

"眼下这个时节可以说是最最寂寞的，会让人有种夏日已逝的感觉。不过在这里，今年冬天刚刚结束的时候才是最最寂寞的，大家都会想马上又到三月十一日了。或许明年冬天结束前，大家还是一样的心情吧。"

以燃起的松明为信号，港口外的好几艘渔船也在甲板上点起了灯。这是渔港特有的迎魂方式。

"四月份那会儿，老师和翔也回东京之后，我想了很多。翔也当时说不要做比较，那句话我也认真思考过。"

于是，他想起了一些过去的事。"地震之后，儿子刚刚回来这边的时候，我可能情绪太激动了，大骂了他一顿。'到如今才想起回来已经晚了！''看来你在横滨什么都没做成啊！''别拿地震当逃回家的借口了！'这一类的话吧……"

当然，训斥儿子并不是因为恨他，而是想刺激一下他，同时表达身为父母的威严。

"但是啊，我现在觉得，当时只需要说一声欢迎回家不就行了吗？能对那小子说这句话的，也就只有我和我老婆了，不是吗……"

"是啊……"

"嗯，不过呢，以后就是他妻子对他说这句话喽。"康正呵呵笑了起来。他脸上的表情看上去的确比之前柔和了许多。

老师也回以微笑。她再度望向点燃的松明。

"欢迎回家。"

"我回来啦。"

那一声声呼喊随着海潮此起彼伏，她虽然没有真的听到，但又实实在在地听到了。

等馅蜜老师回过神来，发现翔也从背包里取出了健夫和小薰的照片，抱在了胸口。

"欢迎回家。"

"我回来啦。"

海浪重复着这对话。

很沉静，很沉静。

第二天傍晚，秀吉和他的家人们也到了。他们虽然昨天就出发了，但是考虑到秀吉的身体，一家人在仙台歇了一晚。秀吉还在酒店里嚷着要吃仙台名产牛舌，令理香和三个儿子很是头疼。

"最终还是叫了客房服务。结果我爸又说自己光闻闻味就满足，于是牛舌全被我们给吃了。"长子和良一脸无奈地说。一边的次子智良和末子昭良也苦笑着附和："真的，真的，实在拿他没办法。"

这三个孩子都比四月见面时成熟多了，尤其是和良。高三的这个暑假，正是参加大学考试，决定未来方向的重要时期，但他却一直陪在秀吉身边。

他应该是不准备以应届生的身份参加大学考试了，比起考试——"那孩子说，'我现在正体验的事情，要比考大学更重要。'"

但是，理香偷偷告诉馅蜜老师："其实他说自己重读一年，爸爸那边能拿到一些保险金，不是挺好吗……"

这孩子那不愿直接表达的别扭劲，简直和他父亲不相上下。

秀吉现在只能坐在轮椅上移动，而且轮椅基本和床一样，上半身是放倒的。儿子们轮流帮他举氧气瓶。

他更瘦了，身体变得又轻又薄，皮肤也失去了生机。就算大白天在太阳下待着，他也完全不会流汗。身体的新陈代谢功能几乎失效，如果一直不排尿，就会有大危险。为了秀吉，阿踢提前在医院那边做好了安排，万一有什么突发危险，立即送他去医院。阿菅的前同事介绍了一位有护士执照的阿姨，请她在这段时间一直跟在秀吉身边。康正那边也找了个消防队的年轻人过来，说可能有需要男人出力气的时候，让他给打个杂。

秀吉受宠若惊，可他现在已经连流泪都很艰难了。理香和他的孩子们代替父亲流着泪不住地道谢，康正不由得红了眼睛："只要活着，谁都会给别人添些麻烦的嘛。人啊，就是这样啊。别客气，尽情地麻烦我们好了。这是秀吉先生，也是我们活着的证明啊。"

看到馅蜜老师和翔也，秀吉几乎发不出什么声音。他只对着翔也摆了一个"嘿"的口型，手稍稍抬了抬；见到馅蜜老师时，他就只能无力地眨眨深凹的眼睛了。

为了抑制疼痛，他用了相当强力的药物。

"我先生之前其实一直处在迷迷糊糊、半睡半醒的状态，所以今天他也是在逞强。因为很期待见到馅蜜老师，所以一直在努力呀，孩子他爸。"理香说着，打趣般笑着看了看秀吉。

听到妻子这样讲，秀吉摆了一个有点不开心的表情——或许只是馅蜜老师出于内心的希望而错看了吧。

考虑到秀吉的身体，阿踢和康正帮理香和儿子们做好了一切准备工作。秀吉只需要在有空调的房间里，在护理师的照看下休息即可。万一出现什么情况，他们也做好了迅速将秀吉送去医院的准备。

当然，也会让秀吉一家看看灾区的景象。不单要带他们去看看海啸留下的伤痕，阿踢和康正还坚持一定要让他们看看一点一滴重建起来的家园。

不过，最最想让他们看到的，是从太阳落山后开始的夏日祭典。

"整个片区的人都会去拉山车，山车之间还会互相冲撞。那是既勇猛又粗犷的祭典，我们希望秀吉家——包括秀吉先生在内，能亲眼看看这场祭典。"

当然，阿踢很清楚秀吉现在的身体情况。即便如此，不，正因如此，他才坚持道："透过酒店的窗户也能看见，请一定看一看。"

各处山车都被海啸冲毁卷走了，拉山车的人也都死去、失踪，或是失去了家庭、工作，从而离开了故土。

"去年没能举办祭典，但是今年一定要办！我们就是抱着这个信念努力到现在的。"

祭典的核心，是康正率领的消防队众人。而且，阿踢今晚会穿着被海啸夺去生命的阿部死时穿的那件外套，拉动山车。

"明天就是婚礼了，今晚的祭典，是我单身时代最后一显身手的舞台。"

听到阿踢这番话，秀吉用清晰有力的声音回应道：
"我会的，让我看看吧。"

真是不可思议。直到太阳落山都在酒店的房间里昏
昏沉沉的秀吉，一入夜，听到街上传来祭典的歌声，突
然就清醒了，甚至还说想出去看山车。

按照护理师的说法，他昏睡时的脉搏和血压状况绝
对没到有能力外出的程度，只要再稍有恶化，就必须叫
救护车了。

秀吉醒了之后，脉搏和血压的数值仍没有什么起色，
也很难保持意识清醒，护理师认为他可能很快又会陷入
昏睡。但是秀吉被推出门外吹了吹夜风，意识却越发清
醒了。

看到秀吉的轮椅被推出酒店大门的瞬间，馅蜜老师
和翔也正站在酒店门前的大路上。虽然他们没说出口，
但心里却想着相同的事。

太阳落山了，四下一片暗淡，雾蒙蒙的。秀吉那坐
在轮椅上的身影，也仿佛罩着一层白纱。据护理师说，
这个季节起雾非常罕见。但是，这淡淡的白色，真的是
雾吗？

祭典的提灯在雾气的笼罩下，发出温柔圆润的光。

耳畔祭典的乐声，也仿佛被吸进雾气中一般，分辨不出是远是近。

这是盂兰盆节，是祭典，是那些去了遥远他方的人们回归故里，与家人团聚的一夜。

秀吉凝望着暗黑中的虚空，张开了嘴。他说不成话。只能"啊啊，啊啊，啊啊"地反复发出低弱的呻吟。那声音听上去既痛苦，又有着一丝安慰与幸福。

秀吉此刻已经走到了"生"与"死"的边界了吧。他的双眼，是否也看到了从另一个世界回到现世的灵魂呢？那"啊啊，啊啊，啊啊"的呻吟声，是否是在拼尽全力想要说出"欢迎回家"呢？

理香忍不住开始呜咽，三个儿子也啜泣起来。有些情绪，即便不用语言去说明，大家也都懂。

翔也也是一样。

爸爸，妈妈。

——翔也用气声嗫嚅着。

随着祭典的乐声越来越近，山车也近了。道路两侧没有建筑物，那黑暗仿佛没有尽头。而一架架装饰着提灯和走马灯的山车，就在那片黑暗中前进。

年幼的孩子和老年人手中都拿着提灯，指引着山车的前路。山车的屋顶上是一群气势十足的年轻人，还有老爹们，他们自豪地起舞。屋顶下，女性和少年们吹着笛、敲着太鼓，炒热了整场祭典的气氛。而指挥着拉山车队伍的人们，身上披的都是消防队的短褂——阿踢也在其中。

虽然他也和大家一样穿着消防队的外套，但是和其他队员相比，阿踢的动作明显僵硬很多，看上去犹犹豫豫、提心吊胆的，还一个劲地问边上的消防队员这个动作这样做对不对。

山车缓缓从馅蜜老师他们面前经过。康正在一旁抱着胳膊，仿佛在打分一般，眼睛紧紧盯着阿踢拉山车的动作。或许阿踢并没有让他满意，康正歪了好几次头，最后还从嗓子里发出不悦的声音。说不定，他正拿阿踢和记忆中阿部的模样做比较，断定儿子还是没资格穿阿部遗留下的那件外褂。

可是，翔也却两眼放光地说："阿踢哥好帅啊！就像爸爸跳的桑巴。"

"桑巴？"

听到馅蜜老师这问，翔也解释道："工厂办嘉年华的时候，爸爸也会去跳呢。"

健夫就职的上毛市工厂，其中一大半员工都是日裔巴西人，所以夏天他们就用桑巴来代替盂兰盆舞。健夫也会一起做着不熟练的动作，配合着日裔巴西员工们，一起跳桑巴。

"是这样吗？"

"妈妈看了之后还说，爸爸虽然跳得很逊，但也跳得很帅……还说，又逊又帅的爸爸，全世界第一帅……"

小薰，谢谢你。

馅蜜老师仰望着夜空，眨了眨已经被泪濡湿的眼帘。

此时，康正搂紧了翔也的肩膀："翔也，你又教会叔叔一件重要的事情呢。"

他笑着吸着鼻子，这样说道。

3

第二天一早，点子来了。她坐的是从东京开过来的夜间大巴。虽然坐大巴要花上八个多小时，但是夜巴要比坐新干线、租车、打车都便宜很多，还有——

"我向窗外望着，心里一直在想很多事。"

馅蜜老师在酒店大厅见到点子时，她一脸睡眠不足的惺忪。一整晚都端坐在大巴座椅上，肩颈也僵了。点子轻轻地揉着自己的脖颈，但不可思议的是，她十分开心地笑了。

"可是，坐在夜巴上，应该什么景色都看不到吧？"

听馅蜜老师这样问，点子回答："所以才很棒啦！"

在黑暗中，只有窗外用来照明的橘色灯光，规则而单调地不断流逝着。这种单调正适合思考。

那，点子都想了些什么呢？

虽然馅蜜老师想这样问，但她还是决定不去触碰。点子应该也注意到了馅蜜老师的欲言又止，于是她故意动作夸张地打了个哈欠说："我还是第一次来灾区呢。之前都只是在电视上和网络上看到的，果然啊，那些信息，就只是一些'知识'罢了。"

夜间大巴开到沿海区域时，正是破晓时分。一开始，周围还笼罩着一片清晨的薄雾，所以即便看到道路两旁延展开的荒凉草原，她也没能将这里和灾区联系到一起。

"我一开始觉得，这里好像北海道哦。看起来土地很广袤，很充裕的样子……因为感觉车子就像在大牧场之中行驶。"

可是，她猛然发现，自己以为的草原下面，隐约可见残破的混凝土地基。于是她终于明白，这里之前其实是城市——意识到这一点的瞬间，她感觉脊背凉透了。

"一个失去了建筑物的城市，那种广袤感又可怕、又可悲……我希望这一次回去，能把这些感受尽力传达给我们班上的孩子们。"

的确，不实际来灾区看看，是很难理解这种感受的。点子有些不甘心地说。但她脸上的表情，却和以往那副不服输的表情有着决然的不同。

阿踢和阿菅的婚礼从下午开始，所以点子还有充分的时间去冲个澡、补补觉。

"怎么样？如果需要休息一下，点子就去我和翔也那个房间就好。"

听馅蜜老师这样问，点子回答："我想在街上稍微走走。第二学期开始之后，我想给孩子们更详细地讲讲灾区的情况。"

随后，她又补充道："但是，一旦有人说，你才去了一天而已，你知道什么啊？就完蛋了……"她弱弱地苦笑了一下，那是以往的她绝不可能展露出来的表情。

"先从到处走走开始嘛，以后还有的是机会呢。"老师笑着鼓励她。

听了点子的讲解，班上应该会有一些孩子主动去了解更多的灾区情况了；他们还有可能会认真思考自己能为灾区做些什么。他们会意识到，当重要的人和无可取代的生活瞬间被海啸夺走，那种悲伤，绝不是一句简单的"可怜"能够概括的。

三十个小学生里或许只会有一个人这样想，或者，一个也没有……大部分小学生只会把这些信息当成耳旁风，听过就忘，要等他们再大一些才能理解。

那样也好。

那些在童年时听过的事情，其中真正的深意，等长大成人才能明白。但这样迟来的感受并非坏事——即便在那种恍然大悟中，也掺杂着"为什么没能早些意识到"的苦涩和悔恨。

"学校的老师讲给孩子们的那些话，要放在时间的长河里才行哦。"

"欸？"

"就是'逐渐渗透'，要慢慢浸入才行呢。"

"老师，我不太懂您的意思。"

"哈哈，对不起，没事没事。"馅蜜老师原本笑笑准备搪塞过去，但想了想，她又正色道：

"是这样的，点子。虽然'大家'少数服从多数很重要，但是真正想要传达给学生的东西，是不需要考虑这个原则的。教室里有三十个人，如果能把想说的话切实传达给了其中一个人，就已经是很棒的一件事了。"

不过，点子现在仍然还是喜欢从"大家"的角度想问题，所以听到馅蜜老师这样说，她的笑容略显含糊。不过，她还是点了点头说："我明白了。"

馅蜜老师、翔也和点子一同走出了酒店。前一晚的祭典过后，山车留下了一些装饰的残屑，胡乱散落在杂草丛生的荒地上。但是，举办过祭典的痕迹就只剩这么一点点了，那满目荒凉的城市街道，甚至让人觉得前一晚的祭典只是幻梦而已。

"听说今晚会放河灯[1]，点子你……"

"我没关系的。大巴是九点发车，发车前就请让我和你们一直待在一起吧。"

点子回程也选择了夜间大巴。往返都是在车中过夜，真正待在灾区的时间还没有车程长。听她说，盂兰盆节的假期结束之后，她就要去参加教育大学举办的公开讲座。

"你这么忙，还把你喊过来，真不好意思……"馅蜜老师有些愧疚。

"没这回事！"点子笑着摇摇头，她的双眼望向远方，"而且，我去年夏天其实更忙的。"

去年暑假，为了练习二十人二十一脚，她每天都要去学校。当时参加比赛的学校数量也变多了，所以还要召开讲习会，点子时常需要出席进行教学指导。

但是，今年杉木小学没有参加比赛，也停了校内的纪录大会。曾被视作杉木小学"校技"的二十人二十一脚，现在已经没有任何一个班还在进行了。

在第一学期结束的教职员工大会和家长会上，关于二十人二十一脚，大家从耽误时间、担忧正式选手的压力、容易受伤等等角度，进行了猛烈的批判。点子沉默

[1]将点燃的灯盏放进河里或海里任其漂流，一般在盂兰盆节的最后一天举行，以供养自己逝去的祖先、溺水的死者，以及那些无人祭祀的亡灵。

447

着接受了这些批判。她没有反驳，反驳也没有用。不过，最让她感到不甘的是，在会议上，自己的同事和学生家长们纷纷说："之前我就觉得这样不好！""我早就想提醒你别做！"大家就这样推翻了自己，从根源上否定了二十人二十一脚。

"但是，我当时心里其实默默地准备好了，要来个惊天逆转给他们看看的。"

说到这里，点子停下了脚步，她看着一户只剩钢筋骨架的民宅，叹息地说道："我以为，孩子们肯定会想跑二十人二十一脚的……"

可是，事实却并非如此。点子再度迈开步子。

只能说，是她一厢情愿，单方面在期待罢了。

"我本以为孩子们应该能从中感受到凝聚力带来的快乐。每一个个体的力量虽小，但是大家互相协助，共同进步，所有人的力量加到一起，就能变得强大。我希望大家能明白这个道理，所以教导他们努力练习，而且也收获了相应的结果。"

在教职员工大会上，大家举行了一次无记名投票，想看看孩子们真正的想法。结果，选择"接下来还想继续跑二十人二十一脚"的人数，只占总人数的两成；选择"已经不想跑了"，也就是明确拒绝参加二十人二十一脚的孩子，也是两成。不过，有近四成的孩子选择的是"最好还是不要跑了";剩下的两成,分别是"无所谓"和"不知道"。

"其实,从人数角度来说,选择继续和不继续这项运动的票数也算难分高下。所以,也有人建议让那些想跑的孩子单独组成兴趣小组,用这种方式把二十人二十一脚这个项目保留下来。"

可是,点子自己却突然觉得,一直以来那根支撑着自己的紧绷的线,一下子就断了。

"我自己也觉得这是在讲漂亮话啦……"点子先说了这么一句,随后解释,"自己出于一片好心做的事,大家并不领情,这也震惊到我了。不过,最让我感到消沉的,是孩子们其实一直在硬着头皮勉强自己去做这件事……"

我懂的。馅蜜老师和点子并排走着,伸手拍了拍她的后背。其实她本来是想拍拍点子的肩,但因为两个人的身高差距,馅蜜老师只能够到她的后背。

"大家练习的时候明明那么开心啊……创新纪录的时候,看上去都是真的超级欢喜,超级兴奋啊……"

"不过啊,点子。我觉得孩子们并没有撒谎,也没有勉强自己去假装高兴。"

二十人二十一脚创了新纪录,大家的确是开心的,是真真正正,发自内心地感到高兴。不过,因为不想给大家添麻烦所以情绪紧张，压力很大，甚至不耐烦地觉得再也不想跑了，也一样是发自内心的想法。

"小孩子，真复杂呢。"

听到点子这样讲，馅蜜老师点了点头："所以才有趣嘛。"

他们三个人走到一座小公园，是四月份馅蜜老师和阿营一起喝酒的地方。

荒地上生长的杂草变得更加茂盛浓郁了。不过除此之外，这里跟四月份没有任何变化——馅蜜老师这样想着，抢先一步走进公园的翔也却突然抬高了声音："欸！竟然有这个东西了！"

长椅面前摆了一个手工制作的跷跷板。是将船舶用的油罐切成了一半，埋在地里，然后在这个半圆形上搭了一个板子，板子两边挂了两根绳子。看上去非常简单朴素。

公园添置了新的游戏道具，就说明已经做好准备让小孩子们游玩了吧？虽然现在还没看到孩子们的身影，但是，这个跷跷板，承载的是期盼孩子们早些光顾的愿望。

在这片土地上，发生着一些细微却又令人欣喜的变化。新的开始降临在这座被海啸夺走了一切的城市，希望正缓缓萌芽。

翔也对点子说："咱们玩跷跷板吧！"

点子为难了一秒，但很快便答应道："好哇！"

他们分坐在板子的两头。那两条绳子的长度一个成年人站着也能抓住。完全坐下之后，点子那边比较重，导致跷跷板无法运动。于是两个人都站着拉住绳子，用膝盖的力量蹲下、起来，跷跷板则交错着翘起、落下。

一开始，两个人都很难让身体保持平衡，交互上下的节奏也磕磕绊绊，但习惯之后，动作逐渐变得流畅，拉着绳子的点子也显出游刃有余的神情。

"馅蜜老师……"

"没关系吗？能一边玩跷跷板一边说话吗？"

"没事的。我刚才不是说，盂兰盆节假期结束，我要参加一个公开讲座吗？那个讲座还蛮有趣的呢。"

讲座的主题，是围绕着如何教育"老外"，即非日语母语者展开的。

她目前就职的学校还没有这样的孩子，但说不定哪一天就会遇到这种学生。等到那时再慌里慌张地学习如何应对，就来不及了。

"我是因为认识了翔也，才产生这种想法的。"点子很开心地说道。

一场巨大的挫折之后，在她身上也同样发生了一些细微却又令人欣喜的，新的开始。

4

秀吉一大早就从酒店转移去了医院，直到中午都在病房中度过。因为刚刚经历了长途旅行，换了环境，所以秀吉一直难以入睡，最后是在注射液中加了镇静剂，才总算睡着了。

等早上起来的时候，秀吉的体温已经接近38度，疼痛感仍旧持续着；最令人担忧的是，前一晚送走祭典的山车游行，秀吉的意识就陷入了混沌状态。理香和阿踢商量过后，决定退掉酒店。

"也不知是讲梦话还是说胡话，我听到他在喊爸爸妈妈。"

病房前，理香这样告诉馅蜜老师，"还有……可能是他朋友的名字吧……全都是昵称，而且都是很孩子气的名字，阿凸啊、噗太郎啊、南瓜瓜啊，一类的……"

这些昵称，馅蜜老师都有印象，脑海中也能一一浮现出对应的面孔。他们都是秀吉读小学时候的好朋友。

就是说，现在——

"他又回到小学的孩子王时代了。"理香含着泪，笑着说，"或许那是他过得最开心的时候吧。"

馅蜜老师苦笑着歪了歪头。如果问一个人什么时候最幸福，回答是小学的话，那这个人的人生也太寂寞了。

她希望他人生幸福的最高点，出现在长大成人后，出现在由他自己选择的道路上，依靠着自己的努力去生活的那些日子里。不过，如果要问一个人"最想回到哪一段时光"的话，那么选择小学，似乎就非常合理了。

"他还念叨老师您呢，一直嚷着馅蜜老师、馅蜜老师，总觉得，他喊您名字的时候，特别像个撒娇的小孩子……"理香吸着鼻子又笑了。她静静地将病房的门推开。

"您请进吧，他已经醒了。"

馅蜜老师走进病房里，发现病床被稍稍摇起了一点。她正和秀吉四目相对。不过，秀吉的眼神之中已经几乎没有光了。他虽然醒了，意识仍是浑浊的，精神似乎并未从幻觉中脱身出来。

"早上好呀，秀吉。"

没有回应，但是他的下颚微微颤了一下。

"加油哦！今天就是阿踢的婚礼啦，我们都要祝福他们两个人呢。"

下颚再次颤动了一下。秀吉的眼神之中似乎有了一丝力气。说起来，以前每当班上举行生日聚会，秀吉都是最努力那个。他是会尽全力去祝福别人的人。

一群青鳉，为什么会选择朝着同一个方向，一起逆流而上呢？是因为不努力，就会被水流冲跑吗？所以那其实是青鳉的本能吗？还是说，一群青鳉之中率先出现了一条选择逆流而上的鱼，其他的青鳉都在追随着它前行呢？

秀吉——

馅蜜老师轻声呼唤他的名字。

在护理师和理香的协助下，秀吉从床上坐了起来。接下来，他这第一届"青鳉学校"的毕业生，就要走上一生唯一一次的终点舞台了。

三个儿子支撑着秀吉的身体，一边和他说着话，一边帮他换衣服。脱下病号服，换上衬衫，再披上礼服，甚至还打了蝴蝶领结。

"他觉得这么难得的机会，至少上半身还是要好好穿的。阿踢先生很担心他，也说不用这样，但是他这个人下定了决心就不会改变了。"理香苦笑着解释。

不管到了什么时候，秀吉都没有变，他一直都是那个秀吉。

馅蜜老师仿佛被强烈的光线刺到一般，眯起了眼，一个劲点着头。

一群青鳉之中第一条逆流而上的鱼儿，一定是个决心坚定、意志坚强、不服输，还有一点点虚荣心的，会大笑着告诉同伴"喂！逆流游可真是舒服啊！"的小孩吧。他还会说着"虽然我们无法前进，但是有什么关系？

只要努力游着就好嘛！"去鼓励大家。当有天敌出现时，他则会说"没关系！交给我！"，为保护大家而努力战斗。最后，虽然很可惜、很悔恨、很悲伤、很揪心，但……

秀吉换好衣服了。衬衫和外套都已经变得太肥了，穿在他身上空空荡荡的。

"前年参加他们公司员工结婚典礼的时候，他就穿了这身衣服，当时紧绷绷的，我们还担心衣服被他撑破呢……"理香笑着说，可是她的努力已经到了极限，她实在笑不下去了，抬起双手捂住了脸。

可是，秀吉却轻轻抚了抚自己单薄的胸口，声音沙哑地说："还是要比……胖大叔……强的嘛，现在这样，更帅一点，不是吗？"

他笑了，他露出一个大大的笑容。可这样一来，连儿子们也都深深地低下了头，不敢再抬眼看他了。

秀吉更衣的时候，点子一直在外面的走廊等待，此刻，她在翔也的带领下走进了病房。

其实，点子一直在犹豫要不要和秀吉见面。当她知道秀吉的情况又恶化许多之后，便更退缩："请他珍惜自己的体力，别把精力浪费在我这种人身上了吧。"

可是，秀吉本人却坚持要见见她。就算自己说不出话了也不要紧，只要见见面就好。

"虽然他也很期待见到阿踢和阿菅……"理香偷偷告诉馅蜜老师，"但是新郎新娘他已经见过了，不是吗？点子他是第一次见。而且同是馅蜜老师的学生，他们还是前辈和后辈的关系，点子在秀吉心里有点像妹妹吧。秀吉可能觉得自己要作为最年长的大哥和她见面……"

太符合秀吉的性格了。馅蜜老师忍不住扑哧一声笑了。见老师笑了，点子的神态也稍微轻松了一些。

其实，他们都不知道，秀吉想要传达给点子些什么。不过这就是秀吉呀——他还是小孩子的时候，就很喜欢让人吃惊，一想到什么好点子，就会摆出一个"嘘"的手势，笑着对大家说："这是秘密，是秘密哦！"

即便能够坐起来，倚靠在升起的床上，秀吉也已经无法挺直腰背了。

点子见了这一幕，声音有些颤抖地说："初次见面……"

秀吉强撑着回了声："哟！"然后用尽自己仿佛最后一点力气，语气轻快地说，"我可是前辈哦！"

可是，那之后，秀吉便沉默地用深陷的双目一直凝望点子。

他说道："青鳉……"

"欸？"

"……青鳉……们，就……拜托你了……可要，要做个……好老师啊……"

他用枯瘦得宛如干柴一般的手指对着馅蜜老师的方向，嘴巴动了动。虽然没发出声音，但只看嘴唇的动作，也能看出他的意思——

榜……样。

——榜样。

点子抽泣着，不住地、不住地点头。她的动作是那么用力，泪水都飞溅了出去。

点子走出病房后，护理师将秀吉喉咙里堵住的痰吸走。前来查看情况的医生在测了脉搏、血压和体温后，眉毛紧皱起来。他的脉搏很不稳，血压和体温的数值也不理想。

医生对理香耳语：“先让他休息一下，睡一觉吧。用些注射药物可能会舒服很多。”

可是，秀吉还有很重要的事没做，他就是为了这件事才来到东北，实实在在拼了命来到这里的。

理香很清楚秀吉的愿望，她也下定了决心。

“对不起……”她恭恭敬敬地对医生行了一礼，“只要他本人没有主动说撑不住了，就请允许他继续努力吧。”

“不，可是……”

医生正准备反驳，三个儿子也一起并排站在了母亲身后：

"求您了。"

"我们会好好照顾他的。"

"爸爸现在真的很努力！"

最后，秀吉也开口了，他不知是对谁说了一句："喂，来……把我的床再摇起来一点。"

他的声音非常清晰，但病房里的空气却仿佛瞬间被冻住。

"喂，孩子他妈，来按一下遥控器，把床摇起来点。"

听上去虽然是在对理香说话，但他脸朝着的方向却微妙地和理香错开了一点。

"小智，你来也行，把床摇起来点。"

他嘴上明明喊的是次子智良，可是脸却向着小儿子昭良的方向。是不是因为发烧，所以视野比较模糊？不，恐怕是因为癌细胞已经转移到大脑，他的视力早就丧失殆尽了。

理香按动遥控器，操作床铺升高。秀吉念叨着："没错，嗯，还可以再高一点。"

眼睛已经看不见了这件事，他绝不会主动说出口。这或许也是秀吉的一种坚持。可是，这样下去，阿踢和阿菅那一生一次的珍贵模样，他就看不到了。

"秀吉，久等了。"

馅蜜老师走进了房间。

"大家久等了，美丽的新娘和帅气的新郎现在登场喽！"

阿菅穿着一身婚纱，和身穿礼服的阿踢手挽着手，静静走进房间。

阿菅身上的那件婚纱绝对称不上豪华。婚纱设计得很老旧，又土又俗，布料和剪裁也不太贴合；最糟糕的是，婚纱上还有很多钩破后又缝补的痕迹，以及一些淡淡的泥点。

即便如此，阿菅仍旧选择了这件婚纱。她没想过选择其他的款式，而阿踢也对她的选择感到欣喜，举双手赞成她。

这件婚纱，是从被海啸彻底冲毁的婚礼场地租借来的。库存的几十件婚纱不是被海啸冲走，就是被淤泥彻底弄脏。费尽心力清洗修补，总算完整留下的也就只有这件最老的一件婚纱而已。

"不过，婚纱越旧，就意味着有越多的新娘穿过它吧。所以，这件婚纱上一定沾满了震前的幸福和喜悦。"阿菅刚刚这样告诉馅蜜老师，"我是被大家祝福着的新娘呀。"

这个城市可不是从一开始就是灾区的。大家从数年、数十年前，就在这个小小的海滨村落里生活，在这里欢笑、哭泣。在这里，他们一点一滴地编织了整个生活。

此刻——

病房里，秀吉默默地望着阿踢和阿菅。

这两个人的模样，秀吉真的能看清吗？

"我们结婚了。"阿踢说。

秀吉点了点头。

于是阿菅又一字一句地说："我们会和大家一起，走向幸福的。"

秀吉闭上了眼，短暂的沉默后，他闭上双眼，大大地叹了口气："啊，我看到了。"

秀吉的声音带着喜悦。

"喂，怎么回事啦。反倒是闭着眼睛看得更清楚呢！我这病真是奇怪……阿菅真美呀，阿踢你也是，人靠衣裳马靠鞍喽。嗯，看到了，嗯！"

说完，他又睁开了眼。视线直直落在二人的脸上，送出了祝福的话语："请二位青鳉夫妇，踏踏实实，相敬如宾，遨游太平洋吧！"

"海浪可是很汹涌的，阿踢可别呛水哦。"秀吉调侃地加了一句。

秀吉一直都是那个秀吉呀。

"和爸爸一样。"翔也凑到馅蜜老师耳边低语。他指的是秀吉送给阿踢和阿菅的那句话。

的确，秀吉的话，和健夫对翔也说的那句"青鳉，游向太平洋吧"完美地重叠到了一起。

"我觉得，要是爸爸和秀吉认识了，他们一定会成为好朋友的。"

馅蜜老师微笑着点点头。这时，和他们坐在同一张桌旁的点子小声清了清嗓子。老师和翔也赶紧跟着周围人一起鼓起了掌，一边鼓掌，一边互相对视着吐了吐舌头，偷偷笑了。

现在，阿菅之前工作过的幼儿园园长刚刚结束发言。可能是因为喝了酒吧，园长的演讲发散得很。但无论说了什么，都能看出他对阿踢和阿菅的婚礼感到多么高兴。

大家都很高兴，很高兴。即便没被司仪点到名，还是不停有人跑到台上去抢麦克风发言。在临时商店街的小广场上举办的婚礼，两个小时之后就成了出入自由、欢迎大家随时加入的大宴会。很多人都穿着日常的衣服；宴席本身提供了酒水和餐食，但参与进来的人们自己也不断地带来新的食物，仿佛永远吃不完、喝不完。这地方本身就有喜爱饮酒的风俗，大家都非常能喝。喝起酒来，有的人说话开始走调，也有人跟跟跄跄地往台上爬。

大家都聊得很热闹。聊昭和时代的贫穷，聊地震后的悲伤痛苦，但是没有人哀叹，没有人怨恨。大家都吃了很多苦才熬到现在，这个城市中的每一个人都经受了巨大的磨难，而磨难之后的强大，也清晰地体现在了阿踢和阿萱身上。

"绝对不会放弃的！"

不知是谁对着麦克风口音浓重地喊了这么一句。

"我们啊，强，倒是强不过别人，但要是比不放弃，我们绝对不会输。"

所以啊——那人对着阿踢说："如果你们这些年轻人放弃追求幸福了，这城市可就完蛋了哦。"

所以啊——他也对阿萱说："重建的工作再怎么辛苦，只要我们没放弃，就不算输啊！"

大家高高地举起装着酒的一次性纸杯，不分你我地紧抱彼此的肩膀，干杯、互酌对饮。

终章

　　婚礼的宴席一直持续到傍晚才结束。

　　"后半段基本就是饮酒会嘛。"点子无奈地笑着说。的确，这场宴席的氛围似乎有些过于日常了，反倒不像一场婚礼。

　　"不过，听了阿踢父亲最后的致辞，我才明白了原因，而且觉得婚礼能办成这样真的太棒了。"

　　馅蜜老师也有同感。她想，总有一天，疑惑着为什么大家喝醉了之后那么能说爱笑的翔也，也能明白其中的原因吧。

　　婚宴收尾的致辞，康正首先感谢了大家的出席，一起快活地喝了酒。的确，会场上没有一个人耍酒疯，也没有人抱怨、发火、大哭。对此，康正不住地说着："谢谢了，谢谢大家了。"随后，他又挺起胸膛继续道："我们大家呀，好久没有从大白天起就因为喜事喝酒喝到醉了，是吧！海啸过去一年半了，我们喝的净是凭吊的酒、供奉的酒，净是喝醉在不甘和悔恨之中，醉在伤痛之中……"

　　闹哄哄的广场，一瞬安静了下来。

"正如大家所见，我这儿子是个靠不住的家伙。就算结了婚，估计也需要新娘子拽着他才会往前走。"

不过呢——"犬子希望，今天，咱们大家能时隔许久，重新放松、快活地大喝一场。嗯，我儿子就是这样决定的。明天开始，大家要再度投入到城市的重建中，要为自己生活的未来头痛。但是今天，今天请大家开心痛饮，一醉方休，大声欢笑吧……这就是我的儿子，和新娘一起决定的。"

他将手搭在身穿礼服的阿踢肩上："我儿子想要让这里久违地欢腾起来，他能有这样的想法，我为他感到骄傲！"

阿踢他，第一次得到了康正的表扬。

而那个比他本人还要高兴，高兴得流下眼泪的人，是阿菅。

大家用掌声热烈地包围住了阿踢和阿菅，此时，所有人都褪下了醉意。眼下，太阳徐徐落山，馅蜜老师突然想：或许，大家是想着为了新郎新娘，要努力表现得开朗些，才故意装醉的吧。

走出酒店步行几分钟，就来到了被混凝土围住的河流边。这条河发源自远处的群山之中，一路蜿蜒着，润泽了片片田地，穿过城市街道，最终注入太平洋。

这附近已经非常接近河口地区了，站在河岸边就能眺望大海，甚至可以看到海面的渔火闪光。

那一天，海啸卷起浊流，冲毁了混凝土河堤，海水倒灌进河流数公里。延展在两岸的住家全部被水吞没。待海啸撤下，河边尽是残砖碎瓦，地盘下沉，附近一带全部被水浸泡了。如今仍有不少区域堆着一些应急处理使用的防洪沙袋。

"请小心，这边有很多路面下陷的地方。"

阿踢用手电筒照着馅蜜老师的脚下。建筑物被海啸冲走的街区，因为干线毁坏，所以街灯也是时有时无；即便是本地人也需要打着手电走路，否则十分危险。

"还有，走在路边上有可能会踩到碎裂的水泥墙里露出来的钢筋，很危险的。"一边的阿菅接过阿踢的话头。阿菅正在用手电筒为点子和翔也照亮脚下。

"前面就是市政府设的帐篷，那里就是办理放河灯手续的地方了。"

放河灯，就是在扎着灯盏的、麦秸编织的小船里摆好贡品，放入河流中。其实这个灯盏，就是在蜡烛前放上一枚像船帆一样挡风的和纸，十分袖珍。

"今晚没什么风，小船驶入大海，烛火也不会消失的，会很美。"阿踢说。

明明婚宴一直持续到黄昏，但是阿踢和阿菅脸上却丝毫没有倦容，而且也很好地收敛起了婚宴上的兴奋喜悦，平静地走入了放河灯的会场。

走在馅蜜老师他们前面的，也都是之前在婚宴上兴奋地推杯换盏的人们。他们个个步履坚实，丝毫不显醉态，每个人的背影都肃然沉静。

翔也从刚才起也不再说话，只是安静地走着。他不时抬手按住前胸的口袋——健夫和小薰的照片，就安放在那里。

理香给馅蜜老师打来电话。现在，秀吉正在儿子们的陪伴下上了医院的屋顶。他的身体目前还不错，视力也暂时恢复了。从屋顶方向，能够看到黑暗的河面上，慢慢滑过一盏又一盏燃着蜡烛的河灯，美极了。

河面已经漂浮着数不清的河灯。不过，听说在地震前，人们放河灯时会去河口的大广场，那时候河灯的数量要比现在多得多。

但是，海啸已经将河岸的堤防和道路破坏掉，那座广场也被瓦砾深埋，去年只能中止了放河灯的活动。到了今年，其实光是处理残砖、清理出一片可以放船的地方，就已经费尽了气力。从大路到岸边，只沿着断壁残垣开辟出了一条极为狭窄的通道。

"想要恢复到以前放河灯的那个会场，可能还要花上很多年。但是，我们绝不会放弃。"阿踢仿佛在回味着宴席上听到的赠言一般，这样告诉馅蜜老师。

到了秋天，鲑鱼会游回这条大河里。虽然和去年相比，这里产生了如此天翻地覆的变化，可是鲑鱼们仍旧会按时返回自己的故乡。到了今年春天，从鱼卵孵化出的鲑鱼宝宝们，便会向着大海深处开启它们的生命之旅。

"到明年、后年，这个循环会一直持续。总觉得，生命真好啊。"

游向大海的幼鱼身长仅有五厘米左右；几年后，回归故乡大河的成鱼，身长将长达数十厘米。这是一段漫长的旅程。在此期间，它们都遇到了什么呢？它们去了哪里，看到了什么，有了怎样的邂逅，又遭遇了怎样的别离？产卵后很快便会死去的鲑鱼，并不能将自己这一段漫长的旅程讲述给自己的孩子，它们只是沉默着，将生命的接力棒传递下去。

理香再次打来了电话。馅蜜老师按下接听键后，理香说："我先生……一定要和您说句话。"

理香的声音带着哭腔。随后，电话转到了秀吉手中。

"老师……"

"怎么啦？"

"星星，快看星星。"

"欸？"

"我呀，现在正在屋顶看星星呢，星空真美啊，您也抬头看看吧……"

听秀吉这样说，馅蜜老师抬起了头，霎时间，她屏住了呼吸。之前自己一直忙着注意脚下，看向河面，竟然没有发现，天上已经有无数星星在眨眼了。

"而且呀，老师……看了星空之后再看河流……河灯里蜡烛的光亮，就好像星星一样……就好像，银河落在大地上，奔流到海中一样……"

如今，秀吉眼中的世界是什么样子呢？天空、大地、河流、海洋，是不是都融合在了一起，无尽地扩展来，又变成了无数光芒，在他模糊的视线前闪耀着、颤动着呢？

馅蜜老师一边听着电话中的声音，一边仰头望着夜空，又低头看向河流。她环视荒凉的街道，重新将视线落回远处的大海。

"老师，我，我会在那边见到您的儿子和他太太的……一定能见到，我心里很清楚。"

别说这么不吉利的话，振作点嘛——像这样打断他、给他鼓劲，其实很简单，或许，也应该这样做。

可馅蜜老师只是缓缓地说："健夫，还有小薰，他们如果见到你，一定会非常高兴的。"

"像我这样的孩子王，您儿子应该不知道如何应对吧。"

"才不会啦，那孩子自己生性内向，所以特别羡慕活泼的小孩呢。"

"那，我们会成为好朋友的。年龄差这种事，在那个世界也不重要，对吧。"

秀吉的声音听上去很高兴。

老师笑了："那就请你多多关照他们了。有你在，我就放心了。"

真不可思议啊。秀吉说的话其实已经很难听清楚了，他只能在痛苦的咳喘的间隙里，尽力发出嘶哑的声音。

可是，馅蜜老师却真切地听到了他在说话——精神饱满地、笑意昂扬地。那声音流进她的耳中，她闭上眼，秀吉儿时那饱满的笑容便浮现在了眼前。

不只是秀吉。离她几步远，正一边在灯笼上摆放贡品，一边和翔也说话的点子的声音，也一同流入她的耳朵——

"翔也的爸爸妈妈呀，会乘坐着用茄子和木筷制作的牛，回到那个遥远的世界。不过，盂兰盆节刚开始，他们回来见翔也的时候呢，是乘坐黄瓜做的马来的。马跑得比牛快对不对？所以他们很快就能见到你。回去时则正相反，他们想慢些离开，所以才会骑牛呢……"

手牵着手眺望河面的阿踢和阿菅的声音，她也能听到——

"到明年，死去的那些人再次回来之前，我们所有人都要变得幸福一些呀，哪怕只是一点点……"

如果当老师也有那么一场毕业的话，那么对馅蜜老师来说，就是现在了。

盛放在灯笼船里的贡品，是翔也挑选的。有健夫每天泡完澡后会喝上一罐的烧酒兑苏打水，还有几粒小薰最爱吃的麝香葡萄；此外，就是用茄子做的牛，和落雁[1]点心。最后，翔也将养青鳉的鱼缸里装饰的几颗玻璃珠也放进船里。

"这些是你从东京带过来的吗？"

估计是猜到了馅蜜老师会吃惊，翔也嘿嘿笑着挺起胸膛回答："很漂亮的嘛。所以这些也是给爸爸妈妈的礼物。"

蜡烛被点亮了。挡风用的和纸被光芒渲染成橘色，那几颗玻璃珠也被照得斑斓，熠熠闪光。

"真厉害，今年的灯笼船最漂亮了！"阿踢说。

一边的点子则冷静地表达担忧："会不会太重？会不会沉？"

没关系的。馅蜜老师将它轻轻放在水面上，小船

---

[1] 日式干点心的一种，用糯米粉、炒大麦粉、豆面等加入白糖糅合，再用模子压出花型。

只轻微地摇动了一下，就慢悠悠地向着大海的无尽之处漂去。

"喂？能看到吗？我们现在把小船放到水面上了哦。"馅蜜老师对着电话说。秀吉在电话那边笑着回答："看到了，真的好像星星呀……太美了……"

无数的小船，化作星辰顺流而下。那些太阳刚一落山便被放出去的小船，已经冲出了河口，漂到了海面上。

"在那儿呢，那个就是爸爸妈妈的船。"

翔也兀自念着，不想让小船从自己的视野中消失，他站在岸边一直用手指着漂远的小船。

"啊——"阿营出其不意地喊出一声，"刚才我看到对面的天空落下一颗流星！"

于是，馅蜜老师下意识地双手合十，低下了头。她向着夜空中的繁星祈祷，向着顺流而下的繁星祈祷，向着冲向大海的繁星祈祷——

"奶奶，你祈祷了什么呀？"

听到翔也这样问，馅蜜老师微笑着摇摇头："翔也，你得认真盯着小船哦，不然很快就分不清楚是哪一只啦。"

她再度望向水面。

属于健夫他们的那片星光，已经漂得很远，变得很小很小，距离河口也仅有一步之遥。而那无垠的大海，就在他们的面前延伸开来。

馅蜜老师仍旧双手合十，她用很轻的、近乎气息般的声音念道——

　　青鳉啊，游向太平洋吧。

图书在版编目（CIP）数据

青鳉啊，游向太平洋吧 /（日）重松清著；董纾含
译. 一昆明：晨光出版社，2024.8
ISBN 978-7-5715-2150-9

Ⅰ.①青… Ⅱ.①重…②董… Ⅲ.①长篇小说 - 日
本 - 现代 Ⅳ.① I313.45

中国国家版本馆 CIP 数据核字（2023）第 236719 号

MEDAKA,TAIHEIYO WO YUKE
by KIYOSHI SHIGEMATSU
Copyright © 2021 KIYOSHI SHIGEMATSU
Original Japanese edition published by GENTOSHA INC.
All rights reserved
Chinese (in simplified character only) translation copyright © 2024 by Beijing Yutian Hanfeng Books Co., Ltd.
Chinese (in simplified character only) translation rights arranged with
GENTOSHA INC. through BARDON CHINESE CREATIVE AGENCY LIMITED

著作权合同登记号 图字：23-2023-051 号

QINGJIANG A YOUXIANG TAIPINGYANG BA

青鳉啊，游向太平洋吧

〔日〕重松清 著

董纾含 译

出 版 人 杨旭恒

选题策划 王小花
责任编辑 李 政
封面绘画 Taku Bannai

出 版	晨光出版社
地 址	昆明市环城西路 609 号新闻出版大楼
邮 编	650034
发行电话	（010）88356856 88356858
印 刷	北京顶佳世纪印刷有限公司
经 销	各地新华书店
版 次	2024 年 8 月第 1 版
印 次	2024 年 8 月第 1 次印刷
开 本	125mm×185mm 32 开
印 张	15
I S B N	978-7-5715-2150-9
字 数	265 千
定 价	69.00 元

退换声明：若有印刷质量问题，请及时和销售部门（010-88356856）联系退换。